目次

トマト・ゲーム

トマト・ゲーム

1

オートバイの音が止まった。

皮ジャンの衿《えり》を立て、長身をやや屈《かが》めて、ノブが店に入って来た。すらりとした痩せがた、といえば、かっこうよいイメージが湧くが、猫背、胴長、その上、痩せすぎている。

狭い店内を一わたり見まわすと、両手をGパンのポケットにつっこみ、肩をすぼめて、通路をへだてて私の隣の席に腰を落ち着けた。ブルーのメットを脱ぎ、皮の手袋もはずして、椅子の背にもたれた。冷たい風にさらされて、鼻の頭が赤くなっていた。

ノブのテーブルには、灰皿が置いてなかった。Gパンのベルトに挟んだ煙草のケースから一本抜き出して、ちょっととまどった表情をみせたノブに、私は、手をのばして、私の前の灰皿を渡してやった。

ノブと目があった。ノブは、はにかんだような笑顔で、ほんのわずか、頭を動かした。

——変な小母さん——と、いぶかしんでいるようでもなかった。

なんで、こんな小母ちゃんが〝ピット〟に腰を据えているのかと、奇異な目で見られても、しかたのないところだった。

私は、この喫茶店〝ピット〟の客としては、およそ不似合いな人間だった。

〝ピット〟は、その名前からも察しがつくように、若い単車狂たちのたまりになっている。あざやかな原色のヘルメット、皮ジャン、あるいは、黒いなめらかな、上下一つづきの〝つなぎ〟のレーサー服。十六、七からせいぜい二十どまりの少年たちが、グループで集まって来る。マスターの桐生武郎《きりゅうたけお》が、昔、オトキチで鳴らした男なのだ。

壁には、ハーレイ・ディヴィッドソン、BSA、ノートン、ホンダ、数々の単車のカラー写真や、レーサーのポスター。これは、常連の客たちが、かってに持ってきては貼りつけたものだ。店の奥正面に、いまでは骨董的価値のある旧式な単車、インディアン・チーフ一三〇〇が、うやうやしく飾られてある。代赭色《たいしゃいろ》の巨大なガソリンタンクの腹に、金色の羽根飾りをなびかせたインディアンの横顔。桐生が、かつて乗りまわしたマシンであった。

たえまなく、ディキシーランド・ジャズが流れている。古風なディキシーは、ロックやダンモの激しいビートになじんだ若い狼たちをいらだたせるが、これも、桐生の好みだった。二つのスピーカーから流れてくる、キッド・オーリーの、テイル・ゲイト・スタイルのボーン。

〝ピット〟で、私にふさわしいのは、この古びた調べと、色褪せたインディアンの横顔ぐらいなものだったろう。

〝ピット〟は、男の店だった。それも、若い——幼いといっていいくらい若い、いきのいい……。女の子もあらわれるけれど、彼女たちは、ライダーのペットだった。単車の尻に乗って二人乗《タンデム》りを楽しみ、街道レースでピット・モプシーをきどる娘《マスコット・ガール》たちだった。ふつうのＯＬが女同士で訪れることさえ、まれだった。

ライダーといっても、プロのレーサーではない。その卵ですらない。まったくのアマチュア連中だった。それだけに、やることはかえって荒っぽい。

ハイウェイぶっとばしてよ、ブルＵ、スカＧ、総なめにひっこぬいてやったぜ。

おれなんか、昨日、東名で十八台こましたもんな。そのうち三台は外車、しかも、一台はムスタングだ。

こますというのは、彼らの用語で、追い抜きざま前にまわりこんで、けつを振りこむことだ。ヨーイングともいう。

ほとんど一日おきに、夕方になると隅の席に坐っている私を、変な女がまぎれこんでいると、彼らは思ったことだろう。いや、気にとめもしなかったのかもしれない。彼らの視線は、いつも無関心に私の上を通り過ぎた。私は、彼らにとって、透明人間《インヴィジブルマン》にひとしい存在らしかった。

ノブの目は、はっきりと私を捉えた。私は少し気をよくした。ノブのあるかないかの微笑に、せいいっぱい愛想のよい笑顔でこたえた。

しかし、そのとき、ノブの注意はすでに、表通りのエンジンのひびきにひきつけられてい

た。バリバリ、という音が止み、

「なんでえ、あいかわらず、チンタラチンタラ、ディキシーかよ」

威勢のいい声といっしょに、羽島《はじま》が、肩でスイングドアを押し開けて入ってきた。

「よオ、マスター、たまには、ダンモで〈シスター・サディ〉なんてわけにいかないの？」

ノブとむかいあったシートに、どかっと尻を落とし、テーブルの下におさまりかねる片脚を通路に突き出した。

私は、カウンターをふりむいた。私のためのコーヒーを淹れている桐生に、かるくうなずいた。


〈この子のせりふは、いつも同じだわね〉

桐生は、微笑を返さなかった。何かに気をとられているのか、細い目は、ぼんやり宙をさまよっていた。


羽島もノブも、十七ということだった。直接きいたのではない。私は、彼らと言葉をかわしたことはなかった。桐生が教えてくれたのである。二人とも小さな町工場に住み込みで働いているオートバイの修理工、共同で一人の娘を内妻にしているのだと、これも桐生からきいた情報だった。

本当？

すぐには信じられなかった。ノブも羽島も、私の目には、ほんの子供に見えた。

二人はときどき、梨枝《りえ》という娘を連れてくる。

あれが、二人の内縁の奥方だよ。変わったものねえ、世の中。

溜息をつく私に、

そうかね、と、桐生は、ちょっと謎めいた笑いをみせたのだった。

そう言われれば、私たちだって、若い日をお離さまのように過してきたわけではなかった。

と呼びかけて、桐生は、カウンター越しに私のコーヒーを渡してよこした。ウェイトレスも、ナッちゃんという娘がいるのだけれど、ナッちゃんは、ノブたちのテーブルに水とおしぼりを運んでいるところだった。

「ケイティ」

ケイリイ、または、ケイニイときこえるような、アメリカ風の鼻にかかった発音を、桐生はした。ケイティというかわいらしい呼び名も、私にはふさわしくなかった。二十二年前の私には、ぴったりしていたけれど。

このごろ、私は、どうかすると五十前後に見られることがある。よそおうことを忘れた顔は、皮膚がたるみ、下瞼に袋ができ、唇の両脇には、がんこそうな皺《しわ》がきざまれている。かきあげて、うなじでひっつめにした髪の、こめかみのあたりには、一筋の白髪《しらが》が目立つ。

実際の年は、まだ、四十にも一年、間《ま》があった。ケイティと、ベース・キャンプで呼ばれていたころ、私は十七だった。メイドをしていた。いまは、家政婦として、方々の家庭を渡り歩いている。家政婦は絶対数が不足しているので、かなり大きな顔をしていられる。泊まりこみは窮屈なのでひきうけない。私のアパートから通える範囲の家だけを受持つことにしている。

田園調布の真木《まき》という大学教授の家に、一月《ひとつき》ほど前から一日おきに通っている。奥さんが寝ついてしまったためであった。胃の具合が悪く、癌ではないかと本人も周囲も気にしながら、胃カメラを飲まされたりするくらいなら死んだ方がいいと、還暦《かんれき》を迎えた奥さんは、がんこに検査を受けようとしない。他人のことだから、好きなようにしろと、私は内心冷ややかな気持だ。

一日の仕事を終え、オーバーの衿をかき合わせて、環七のバス停にいそぐ途中、ふとみかけた喫茶店、熱いコーヒーでからだの中から暖まろうと、ドアを押した。

カウンターのほかには、四人掛けの座席が六卓ほどの、小さな店だった。あまり景気はよくないとみえ、店のなかは、すすけて薄暗かった。暗さは、ムードをかもしだすかわりに、どことなく、陰気でみじめっぽい印象を与えた。椅子は布目がすりきれ、テーブルには、しみや煙草の焼け焦げの跡が残っていた。陰鬱な雰囲気を救っているのは、客たちの、若々しい笑い声、エネルギーにみちた高声だった。

カウンターのむこうの桐生と視線があったとき、それが、二十二年前の、ベース・キャンプの倉庫《ストア》係サニーだとは、すぐにはわからなかった。

ケイティ！

声をあげたのは、サニーの方が早かった。

私のどこかに、しなやかな手足、十分にふくらみきってはいないけれど、それなりに形のいい胸、仔猫のようだといわれた逆三角の小さい顔、十七歳のケイティの俤《おもかげ》を見出したのだろうか。

ケイティ！　と呼ばれて、私の目にも、頭頂部の毛が薄くなりかかり、顱頂骨《ろちょうこつ》の目立つビリケン頭、顎にも下腹にも贅肉《ぜいにく》のついた中年の小男に、色白のふっくらした顔立ち、マシマロを思わせる肌、薔薇色の頬、ちんまりかわいらしい鼻、女の子のようなやわらかい曲線を持ったくちびる、ベース・キャンプのサニーの顔が、やっと重なった。

キャンプの兵士や将校たちは、使用している日本人を、決してその持ち前の名前で呼ぼうとはしなかった。夏目京子はケイティ。桐生武郎は、どういうわけか、サニー。ほかにも、ジョーだの、ケンだの、ナンシーだの……

一瞬、からだがこわばった。とっさに踵《きびす》を返して店を出て行くことさえ、思いつかなかった。

サニーの眸《ひとみ》に、なつかしさの色しか浮かんでいないのを認め、

特別うまいやつを入れてあげるよ、ケイティ。

その声に、ひきずられるように、腰をおろした。インディアン・チーフ一三〇〇に目がとまったのは、そのあとだった。

店の居心地は、悪くなかった。最高だった。少年たちの体臭は、いくらか私をとまどわせたけれど、片隅にひっそりと身をしずめて、彼らのとりとめなくはね廻るお喋りに、それと

なく耳をかたむけているのは、こころよかった。

白バイのやつよ、まんまとひっかかって、ひっちゃきになって追っかけて来やがんの。カーヴんとこで、後ろ手に砂撒《ま》いてやったら、ダーッとスリップ。ざまあねえや。

おれ、来週のスクランブル、出るぜ。ジャンプでよ、最高にかっこいいところ見せてやる。ミツコのやつ、ぐっと濡れちゃうだろうな。

アパートの火の気のない四畳半に、帰りをいそぐ必要は、少しもなかった。

仕事の帰り、いつも立ち寄って、コーヒーを飲んで行く習慣がついたのだった。

ノブが、ふいに、椅子をガタンとひいて立ち上がりかけた。運ばれてあったお冷やのコップがひっくり返りそうになり、あわてて押さえた。

入口に背をむけていた羽島がふり返り、手を上げた。

入ってきたのは、梨枝だった。

梨枝は、丸顔で、胸よりもヒップにたっぷり脂肪《しぼう》のついている娘だった。それでも、ウエストはきりっと細くしまっているし、尻も、大きいけれど形よく固太りで、肉感的な魅力があった。長い素直な髪が、腰のあたりまで垂れている。

もう男を複数で知っているというのに、口のきき方にもしぐさにも、幼女のようなたどたどしさが残っていた。意識してカマトトぶっているわけではなく、からだの成長になかみの方が追いついていない感じだった。

羽島もノブも、隣に一つずつ空席がある。どちらに坐ろうかと梨枝がためらうひまもなく、羽島は、からだを奥の席にずらせ、手を梨枝の細腰に巻きつけて引き寄せた。

梨枝は、羽島にもたれかかり、ノブとは、手のひらを叩きあうような挨拶をした。内妻という桐生の表現は少しオーバーで、三人は同棲しているわけではなく、巣は別々で、ときどき肉体関係を持っているという状態らしかった。

ナッちゃんが「スリー・コーラ」と、ノブたちの注文を通した。

桐生の目は、手もとの夕刊に落ちていた。ナッちゃんの声は耳を素通りしたようだ。

「マスター、スリー・コーラよ」

「何か、おもしろい記事がのっているの？　交番が爆破された？　飛行機事故？」

問いかける私に、

「いや、人違いだった」

桐生は新聞をたたみかけたが、思い直したように、私に手渡した。

第二面だった。ふだん、目を向けたことのないページだ。テレビ番組の紹介、映画や週刊誌の広告、芸能欄、社会欄――いわゆる三面記事。そんなところしか見ない私に、〝米中関係……〟、〝国際通貨会議……〟といった見出しは、何の意味も持たなかった。

しかし、左隅に二段抜きでのった男の顔写真、

「ルテナン・シマック！」

テーブルが小さくゆれた。コーヒーがソーサーにこぼれた。

「と、ぼくも思ったんだが、ケイティ、よく見てごらん、人違いだ」

コーラのびんとタンブラーを三つずつ、金属製の盆にのせて、ナッちゃんに渡しながら、桐生は呟くようにいった。

名前は違っていた。経済関係の会議に列席するために来日したというような説明がついていたが、堅苦しい単語ばかり並んだ記事を読む気はしなかった。写真をつくづくと眺め直した。

別人だった。当時三十に近かったルテナン・シマックが中年になったら、きっとこんな顔だろうと思わせるほど似通ったおもざしを持っていたけれど、中尉《ルテナン》ではなかった。

シマック中尉は、Nキャンプで、Leave Hotel《リーヴ・ホテル》のマネージャーという役付きをしていた。リーヴ・ホテルというのは、地方の基地から休暇で上京してきたり、朝鮮の戦線から帰還してきた兵士たちが宿泊するキャンプ内にある宿舎である。

シマックは、家族といっしょに来ていた。夫人と二人の子供。私は、シマックのハウスメイドであった。

あんな横暴なひどい男はいないと、リーヴ・ホテルの日本人従業員は言っていた。いかつい大男。マーガリンのような体臭。しかし、粗野ではなかった。ブルーの虹彩《こうさい》を持った目は、冷静なときはたいそう知的な印象を与えた。

おそろしいのは、とるに足りない些細《ささい》なミスで、その場で馘首《くび》を言いわたすことだった。ホテルの他に、PX、ランドリー、ポスト・オフィス、倉庫《ストア》、さまざまなセクションがある。それぞれのマネージャーは、配下の日本人従業員に、絶対的な権力を持っていた。程度に個人差はあったけれど、傲慢《ごうまん》で残忍な奴ばかりだった。そのなかでも、シマックはひどいという定評があった。

公平を欠かないように付け加えれば、役付きでない兵士たちは、気のいいのが多かった。また、将校たちにしても、上下の関係のないところでなら、きわだって残忍というわけではなかった。ごくふつうの、むしろ、紳士といってもいい連中も多かったのだろう。権力を振るい放題振るっても決して咎《とが》められることのない相手に対したときだけ、彼らの――いや、日本人にでも誰にでもある――本性の一面が、極端に露骨に発揮された。そこに白色人種の黄色人種に対する根強い蔑視《べっし》が加わった。

ときどき、まったく予告なしに、検査《インスペクション》が行なわれた。シマックは、日本人通訳を連れ、ホテル内をくまなく点検してまわる。備品が一々チェックされる。タオル一枚、コップ一つでもなくなっていたら、大金庫が盗難にあったような騒ぎになる。

調理場は、ことに入念に調べられる。日本人は横着な泥棒猫だという観念がしみついている。

食器のしまい場所がまちがっている、マッチの燃えかすが床に落ちている、その程度のことで、馘首《くび》を宣言された。猶予期間はない。即刻、その場で、免職。ただちにキャンプを立ち去れと命じられる。馘首《くび》になるかならないかは、ひとえに、シマックのその時の気分にかかっていた。

弁解は許されなかった。冷たい表情を毛一筋も動かさず、〝Ｆｉｒｅ！《ファイア》〟（馘首《くび》）と言い

なかった。

ほどだった。送らないといっても、もちろん、占領軍の要請があれば従わないわけにはいか

責任を持たされている職業安定所は、もう、Nキャンプには人手をおくらないと言いだした

ルテナン・シマックのおかげで、一月《ひとつき》に五十人もの日本人従業員が解雇され、要員補給の

渡すのだった。

このようなシマックの一面を、私は、直接にはそれほど知らなかった。ホテルのメイドたちからきいた話である。

家庭におけるシマックは、完全にミセス・シマックの尻に敷かれていた。去勢された驢馬《ろば》のようにだらしなかった。彼女の機嫌《きげん》をそこねないよう汲々《きゅうきゅう》としていた。紫がかったブルーの大きな目と、すんなり細い鼻を持ったミセス・シマックは、同性の私の目から見てもすばらしい美人だったけれど、すごいヒステリー女でもあった。

私にとって恐ろしくおぞましいのは、ルテナン・シマックではなくて、その妻の方だった。中尉《ルテナン》が配下の従業員たちにいばり散らすように、ミセス・シマックは、メイドを冷酷にこき使った。そうすることによって、本国では味わえない王侯貴族の気分を満喫《まんきつ》していた。

ミセスの、洟《はな》をかんだどろどろのハンカチ、メンシーズの血がどすぐろくしみついた、悪臭を放つ月経帯《サニタリー・タオル》。時がたつにつれて、ほかの仕事にはなれたけれど、これらの汚物の洗濯だけは、そのたびに、鳥肌がたった。

電気洗濯機はまだ普及していなかった。素手でもみ洗いする。水にひたしておいたサニタ

リー・タオルを両手でもむたびに、桶の水に赤い渦がひろがった。爪のあいだに、経血がしみこんだ。

　敗戦国民の屈辱感などと認識するほどには、私は成育していなかった。ただもう、汚ならしくて、汚ならしくて、ひたすら情けなかった。メイドを自分と同じ感情を持った人間とは思っていなかったから、ミセスは、人目にはさらせない汚物のしまつを命じることを、少しも恥しがらなかった。

2

　私がサニーを知ったのは、十一月のはじめ、やはり、風の冷たい日だった。

　広大な敷地を占めるNキャンプでは、メイドやPXなどで働く娘たちと兵隊たちの情事がはなやかだった。真剣な恋愛もあれば、一時の遊びもあった。兵隊たちの遊びの相手にされ、女の方で夢中になるころには、兵隊は本国に帰還、遊び捨てにされるというケースが一番多かった。

　私もよく声をかけられた。

　ケイティ、キティ――仔猫ちゃん――。

　ヘイ、今度の休みに、映画に行かないか。

なれなれしく、肩を組み、腰に手をまわしてくる。私は、つんとした態度をくずさなかった。べつに、貞操堅固をこころがけていたわけではない。どんなに愛想よくしてくれても、一皮むけば、ミセス・シマックと同類のやつらなのだと思うと、気が許せなかっただけだ。恋人は欲しかった。

陽が落ちて、敷地には、ほとんど人影がなかった。兵舎の窓から、黄色っぽい光が洩れていた。

なぜ、あのとき、暗い倉庫の裏を一人で歩いていたのか、いまになっては、もう思い出せない。たぶん、リーヴ・ホテルのルテナンに、届け物にでも行った帰りだったのかもしれない。

キティ。声をかけられた。

倉庫係《ストア》の軍曹《サージャン》だった。私は彼が嫌いだったので、知らん顔で行き過ぎようとした。彼を嫌う理由はごく単純なものだった。彼の容貌がきわめて醜かったからだ。黒い肌。分厚い唇。サージャンは、私の前に立ちふさがり、いろいろ話しかけてきた。南部のなまりが強くて、ほとんど意味がとれなかった。

言葉の内容は、彼にとっても、意味のないものだった。彼は、行動で私にわからせようとした。いきなり、私にのしかかった。

両腕の自由が奪われ、私は土にはりつけられて動けなくなった。口の中に、何かが、のたくりながら押し入ってきた。芋虫のように、弾力があって、なめらかで、不ゆかいだった。

声が出なかった。下半身はしびれ、感覚がなくなりかかっていた。

地面が、かすかなひびきを耳に伝えた。

ひびきは、たちまち大きくなった。ふいに、からだが軽くなった。

サージャンは、私のからだの上から、はじけとぶように離れ、ころがって逃げた。

二人の間の狭い間隙《かんげき》を、巨大なオートバイが走りぬけた。

マシンは、スピン・ターンすると、ねらいをサージャンにむけた。はね起きて、サージャンは走る。その脇を、すれすれにマシンが掠《かす》めた。

マシンは、再び、むきを変えた。執拗《しつよう》にサージャンを狙う。しかし、轢《ひ》き殺すつもりはなさそうだった。グワーッ、グワーッ、と、エキゾーストパイプの怒号が、遠ざかり、また、近づいた。

サージャンの長い脚が地を蹴って走る。闇の中に、黒い姿がとけこんでゆく。マシンは、追跡を止めた。

「送っていってやろうか」

ライダーが声をかけた。

恋を恋しているような年頃の女の子に、これ以上すばらしい出会いがあっただろうか。

マシンから下りたサニーは、私を抱き起こした。その腕の中に、私はもたれこんだ。サニーがくちびるを重ねてきたとき、私は逃れようとはしなかった。サージャンが求めたことを、結局サニーも求めたのだけれど、私は夢心地で彼を受け入れた。

サニーとサージャンが組んだ芝居の一幕ではなかったかというようなことは、露疑《つゆ》いもしなかった。

ずっと後になってから、サニーの出現は、ずいぶんタイミングがよかったと思ったりもした。でも、サニーが私を欲しければ、なにも、あんな手の込んだ芝居をする必要はなかったのだ。ちょっと声をかけてくれれば、私は喜んで応じただろう。それまで、言葉を交したことはなかったけれど、同じキャンプに働く者同士として、顔だけは見知っていた。

サニーは、かわいい顔立ちで、その上、マシンを乗りまわすという特技を持っていたのだから、私ぐらいの年頃の女の子の気を惹く要素は、十分だった。

もし、自信がなくてあんな手段に訴えたのだとしたら、その理由は、キャンプの女の子たちに通有な、白人崇拝。日本人従業員よりは、アメリカ兵の方と仲好くしたがる――そんな気風を私も持っていると思ったのだろうか……。ちょっとそんなことも考えたりしたけれど、じきに、私はその疑いを忘れた。

サニーがサージャン――あとで、ジム・ハワードという名だと知った――の下で働いている倉庫係だということは知っていたので、馘首《くび》にならなければいいがと、私は本気で心配した。

サージャンは、本当はとてもいい奴なんだよ。きっと、魔がさしたんだ。上官の耳に入ると懲罰《ちょうばつ》をくってかわいそうだから、黙っていてやってくれ。そういうサニーのことばに、すなおにうなずいた。

すっかり遅くなって、サニーのマシンの後部座席《リア・シート》に乗って、私はシマックの住居に送り届けられた。

キチンの戸を開けると、先に帰宅したシマックが、夜食を食べていた。サニーは、兵隊の一人に襲われたのを自分が救ったのだと、すごいブロークンな英語で説明した。シマックにどこまで通じたか不明だった。シマックの目は、ねばっこく、サニーを捉えていた。その視線の意味を、私は、そのときは理解できなかった。

サニーは、襲った者は誰だかわからないとサージャンをかばい、私も口裏を合わせた。襲われたりするのは、おまえがふしだらな娘だからだと、ミセス・シマックにさんざん怒られた。馘首《くび》にはならないですんだ。ミセスは、メイドとしての私の仕事ぶりは気に入っていたからだ。

私は、サニーたちキャンプで働く男の子たちのマシン熱にまきこまれるようになった。あの、すさまじいトマト・ゲームにも参加した。

シマックという名前から呼びさまされた回想を、荒々しい羽島の声がぶち破った。

「てめえ……くそっ！」

羽島は、腰を浮かした。

客はほかに、三組ほどいた。騒ぎが起きそうだとみて、彼らがさっと緊張する気配が感じられた。好奇心と期待にみちた視線が、不遠慮に、ノブたちのテーブルに集中した。

ノブは蒼ざめていた。壁に背をへばりつかせ、それでも、何か言いかける。その顔面を、横なぐりに、羽島のナックルが襲った。もろに、鼻のつけ根にぶちかまされ、ノブは、椅子からくずれ落ちた。顔を押さえた指の間から、鼻血がしたたった。

「立てよ!」

少年たちは、けしかけた。

ファイト! ファイト! ほかの連中の声にあおられて、ノブは、のろのろ立ち上がりかける。その腹に、羽島は、たてつづけにショートフックをぶちこんだ。ボクシングの心得があるわけではなく、形だけの物まねだから、決定的なダメージにはならず、いったんかがみこんだノブは、羽島の脚にむしゃぶりついた。

羽島は、ノブを蹴放した。

「一回戦は、それまでだ」

桐生が大きく手を打ち鳴らした。

「あとは、外でやってくれ。店がぶっこわれちまう」

「やるか」

羽島は、嵩《かさ》にかかって、にやっと笑った。ノブは、戦意を失っていたようだった。しかし、梨枝の目を意識したのだろう。虚勢をはって肩をゆすり上げ、桐生の指さす裏口の方へ歩き出した。梨枝は、舌なめずりせんばかりの表情だった。ふだんは、とろんと焦点の合わないような目が、熱を帯びて光っていた。ノブの後を追おうとする梨枝と羽島に、

「ちょっと、ちょっと、あんたたち、コーラ代は置いて行きなさいよ。飲み逃げなんてだめ

よ」

私はおせっかいな声をかけた。

羽島は、せっかくイキがっているところに水をさされ、しらけた顔になった。五百円札をテーブルの上に放り出すと、梨枝の肩に手をかけ、ノブにつづいて、裏口から出て行った。

「お釣りよ、坊や」

声は、もう、届かなかった。

「喫茶店に来てコーラを飲むやつの気が知れんよ」

コップが倒れてびしょびしょになったテーブルを、ティー・タオルでぬぐいながら、桐生はつぶやいた。

「そこらの自動販売機で、三分の一の値段で飲めるのに」


その夜、私は、〝ピット〟に泊まりこむことになってしまった。喧嘩といっても、仲の好い友だち同士のことだ、いいかげんのところでなれ合うのだろうと、たいして気にとめていなかったのに、三、四十分たってから、裏にごみを捨てに出たナッちゃんが、ぶっ倒れて動けないでいるノブをみつけたのだった。

医者に連れて行くほどのこともないと、桐生は冷淡に言った。一晩二階に寝かせておけば、明日はけろっとしているさ。

瞼にこびりついた血糊《ちのり》を、熱い濡れタオルでぬぐい、泥まみれのシャツをぬがせて、脇腹に残る黒痣《あざ》に眉をひそめながら、私は、甘い気分に浸っていた。まるで、かいがいしく一人息子の世話をやく母親のようだった。その気持の中には、異性に対する感情も混じっていたことは否めない。世の母親たちは、息子に対して、半ば恋人めいた感情を抱きがちだときいている。たぶん、今の私は、息子に恋する母親の気持を味わっているのだろう。

ノブは、もちろん、私を、異性を眺める目では見ていなかった。親切な世話好きの小母さん。弱気になっていたためだろう、ノブは、若い子にありがちなはにかみや虚勢を捨てて、甘えた顔で、私の手が彼のからだをまさぐるのにまかせていた。

〝ピット〟の二階は、桐生が寝室に使っている屋根裏部屋のような小部屋が一つあるだけだった。ノブは、桐生のベッドを占領していた。木製のフレームにラバーフォームのマットレスを敷きこんだ簡易ベッドで、本式にメイキングはしてない。毛布の上に、和式の蒲団がかけてあった。まだ、暖房具が置いてない。本式に毛布だけでベッドメイキングしたのでは、寒くて眠れたものではないのだろう。

男一人の住居としては、意外なほど清潔でかたづいていた。ちらかるほどのがらくたも置いてないけれど、蒲団や枕のカバーも、シーツも、まめにクリーニングに出すとみえ、真白で糊がぴんときいていた。私のアパートの部屋より、よほどきれいだった。私は、一日、よそのうちの家事雑用をこまごまかたづけてアパートに帰ると、もう、何をするのもいやになってしまうのだ。万年床《まんねんどこ》の敷きっ放し。掛蒲団にはカバーもしてなくて、衿もとにあたる部分は、垢がしみついて黒光りし、ほつれた縫目から綿がはみ出している。枕も、垢と髪の脂で真黒だ。

部屋に帰って、冷たい汚れた蒲団の中にもぐりこむと、今日も一日終わった、虚しいなあと、しみじみ心が寒くなる。私は感傷的になるたちではないけれど、この乾いた虚しさは、やりきれない。

しかし、真白に洗い上げ糊をきかせたシーツとカバーでおおわれた桐生のベッドにも、同じような虚しさがただよっていた。夜、一人のからだを横たえるだけの塒《ねぐら》は、汚れていようと清潔だろうと、その虚しさには変わりはないと思われた。いや、むしろ、しみ一つなくとのえきった場所の方が、孤独が肌に絡《から》みつくのではないかしら。垢と脂の汚れは、いくぶんでも、そこが自分の巣だという感じを与える。

桐生もナッちゃんも店に出ているので、小部屋には、私とノブと二人きりだった。

ノブの目は、壁に貼った、四つ切りに引き伸ばした写真に注がれていた。写真は、黄ばみ、ふちがめくれて、すりきれていた。

「あれ、だれ？」

「マスターよ、ここの」

「へえ！」

ノブは、口笛を吹くような口つきをした。

「信じにくいねえ。オトキチだったたってことは聞いていたけど」

メットを片手に、インディアン・チーフ一三〇〇にまたがった、紅顔のサニー。獰猛《どうもう》な巨人ゴライアスをうち従えた、少年ディヴィッド。

その隣の写真に、ノブは目をうつした。

疾走するマシンに腹這いに寝て、からだを流している。背景が奔流となって、マシンのスピード感をあらわしている。

「フライング！　やるじゃん！」

Nキャンプのサニーといったら、ちょっとしたものだったのよ、と私は話しかけたけれど、ノブは、古い日の追憶物語にはまるで興味を示さず、

「おれ、東名高速の料金徴集所《トールゲート》を、フライングで突破したことあるぜ」

と、話を自分のことにひきつけた。

「すごいのね」

と、私は甘やかした。

「ゲートの係員、泡くってよ、とび出したときは、こっちはもう、フケちゃってる。一四〇ぐらいで突っ走ったもんな。富士スピードウェイで、スピード・レースの全日本選手権見た帰り。我ながら、かっこよかったな、あれは」

店が看板になって、ナッちゃんは帰り、桐生が二階に上がってきたとき、私とノブは仲好くお喋りの最中だった。

「飼っているわけではないのよ」

と、私は桐生には目でうなずいて、話をつづけた。

「ときどき遊びに来る野良猫なの。最初来たときは、ちょうどプリンを食べていたところだったので、プリンと呼ぶことにしたの。そのあと、マゾって改名してやったの」

「マゾ？　マゾヒストのマゾ？」

「そうよ。その猫はね、首をしめられるのが、とても好きなの」

「まさか」

「本当よ。私が首をしめてやると、舌を出して苦しがるんだけど、決して暴れたり爪を立てたりしないのよ。手を離すと、逃げるどころか、からだをすり寄せてくるの。首をしめられるのを承知で、こりずに遊びに来るんだから、本物のマゾだと思うわ。私も彼の期待を裏切らないように、遊んでやるの」

「いやらしいな」

ノブは、露骨に顔をしかめた。

「どうだ、まだ痛むか」

と、桐生が声をかけた。

「平気。武士は食わねど爪楊枝だ」

とんちんかんな返事に、私も桐生も、きょとんとした。それが、男は意地でも我慢するものだと言うつもりで、しかも、二重にまちがって引用したのだとわかって、私は、涙が出るほど笑いころげた。馬鹿にされたと思ったらしく、ノブはぶすっとしていた。

「梨枝にコナかけたのは、おれの方が先口だったんだ」

寝酒に一杯どうだと安物のブランデーを出されて、ノブの口がほぐれ出した。早く眠らせてしまおうとアルコールをすすめた桐生は、あてがはずれて、迷惑そうだった。

ノブは、あつかましくベッドを占領して、桐生や私がどこに寝るつもりかというようなことまでは気をまわさない。自分に関係や興味があること以外は、いっさい関心を持たないのだろう。私と桐生の関係にも、いっこう好奇心は示さない。傷の手当てをされるときだけ、心から感謝している顔になる。感謝しているのではなく、心地よがっているだけか。

はじめの一言を聞いただけで、三角関係のもつれ話かと、私にもすぐ察しがついた。そのあとは聞かなくてもだいたいわかってしまうようなものだけれど、私は、熱心に相槌《あいづち》をうってやった。

こないだの夏、羽島の野郎と映画館に入ってさ。外は暑かったんだ。でも、映画館の中、冷房が効きすぎて、その寒いったら。

おれの隣に坐った女の子、ノースリーヴの服で、肩からむき出しの腕を、ひっきりなしにさすっているんだ。おれだって寒かったけど、Gジャンひっかけていたから、そいつを、〝着ていなよ〟なんて、無理していいとこみせちゃってさ、肩にかけてやったんだ。それが、梨枝とのなれそめ。

休憩時間になって、館内が明るくなったら、その女の子、意外といかしちゃっててさ。羽島の奴、〝畜生、差つけたな〟なんてぼやいて、さっそく、コーラ三本買ってきて、女の子に一本やった。ドジだよね。寒くて震えていたのに、冷たいもの飲みたいわけないじゃないか。でも、梨枝は、すなおだったぜ。羽島ががっくりこないように気をつかって、ありがとう、なんて、にっこりしちゃってさ。

そのあたりの話は、桐生は、もう聞かされたことがあるとみえ、興味なさそうに、タンブラーを口に運んでいた。

梨枝とのつきあいが始まった。肉体的にも結ばれたのだけれど、梨枝は、羽島もノブも、同じくらい好きだと言った。

「真間《まま》の手児奈《てこな》ね」

と、私は口をはさんだが、ノブには通じなかった。手児奈を争って、ついに死にまで追いつめた二人の男よりは、ノブと羽島の方が合理的だった。梨枝にどちらか一方をとれと迫るのは、きわめて残酷なことだと、二人は納得した。それで、梨枝は、二人の共同のおかみさんになった。だけど……

「わかっているよ」

桐生の声は、不機嫌そうにきこえた。霧のかかったような、あいまいな表情だった。事の成行きで、そう親しいわけでもないノブを泊めこんでしまったのを荷厄介《にやっかい》に思っているのか、自分自身の屈託《くったく》か。まるで、半分死んでいるみたいだわ、この人、と私は思った。店の経営は、楽ではなさそうだった。スナックでも併営すれば、もう少し利潤が上がるのだろうけれど、〝ピット〟には、コーヒー、紅茶、コーラといった飲みものと、アイスクリームしか置いてなかった。コーヒーが主体だった。あまり懐《ふところ》のゆたかでない常連たちは、一杯百五十円のコーヒーで、二時間でも三時間でもねばっている。いくらコーヒーの原価が廉《やす》いといっても、採算が合うはずがないと、商売には素人の私にも思えた。それでも、曲りなりにも、一国一城の主なのだ。キャンプのボーイのなかでは、出世頭の一人じゃないかと思うのに……。

「ノブちゃん、おまえさんは、梨枝ちゃんに首ったけだ」

桐生の声には、抑揚がなかった。そのためか、皮肉っぽく、いじわるく聞こえた。

「しかし、おれのみるところ、おまえさん、相棒になめられきっているね。おまえさんがやりたくてたまらないときでも、あっちに独占されちまって」

「しまらねえんだよなあ」

ノブは、つとめて冗談めかした喋り方をしたけれど、涙声になるのをこらえているようだった。アルコールに弱いたちとみえて、目のふちが真赤だった。

「羽島はね、なにも、梨枝でなくたっていいんだよ。女なら、誰でもOKってなもんなんだ。それなのに、おれが梨枝を愛してるのを知っていて、わざと……」

ノブは、早いピッチでブランデーをあおっていた。グラスが空になると、手酌でつぎ足した。酔いが、いっそう、酒を口に運ぶ手を早めさせ、口を軽くした。

母親なら、傷に悪いから飲むのはおやめと、たしなめるところだろう。私は、とめなかった。私は母親ではなかった。少年が自制心を失って、心の想いをぶちまけるのを、興味深く眺めていた。酔いつぶれて寝入ってしまわない程度に、酒をすすめた。酔ってだらしなくなった男の子というのが、こんなにかわいらしい生き物だとは知らなかった。素面《しらふ》だったら、決して、赤の他人の前では口にしないだろうと思われることを、ノブは、ぺらっと喋った。

「おれ、殺人未遂やったんだ」

「殺人ではなく、未遂か、ますます、しまらないな」

「かっこ悪いよね。そうなんだ。おれ、いつだって、だめな奴なんだ」

「何をやったの、殺人未遂だなんて。羽島くんを殺すつもりだったの？」

「殺すなんて、そこまで本気で思いつめたわけでもないけどさ、何とか、三日でも四日でも消えていてくれたら、その間だけでも、梨枝をおれ一人の女にできると思って……」

　羽島と二人で奥多摩にツーリングに行ったとき、こっそり、羽島のマシンの尻にとりつけたサイドバッグの金具を、内側にひん曲げておいた。気がつかないで走っているうちに、タイヤに傷がついて、バーストするだろうと思った。

「あいつは、とばし屋だからね。フル・スピードで突っ走ってるとき、タイヤがバーストしたら、ひとたまりもない。だけど、おれ、恐くなっちゃって……途中で、教えてしまったんだ、バッグの金具がひん曲がってるぞって。羽島は、おれがやったとは気がつかないで、さっき転んだとき曲がったんだな、おかげで命拾いしたなんて……」

「最低にしまらない殺人鬼だな」

「そうなんだよ。おれって、徹底的にだめな奴なんだ」

ノブは、泣き上戸だった。自分の言葉に自分であおられて、ぐしょぐしょ泣きだした。

「もっと、正々堂々と、ライダーらしく、マシンのレースで決着でもつけたらどうなの」

私自身は、あまり正々堂々という柄ではないけれど、他人には何とでも言える。

「だめ、かないっこない。あいつは、七五〇ｃｃ《ナナハン》楽々乗りこなす、すごい奴なんだ。おれは、二五〇ｃｃ《ニーハン》で、やっとだもの。馬力が全然違う」

「あんただって、相当なものじゃないの。フライングで、トールゲート突破したんでしょう」

「ほう、イキなことをやったんだね」

桐生が言った。

「違うんだ。ほんと言えば、あれやったの……実は、羽島なんだ。おれじゃない」

ノブは、ひくっと、しゃっくりのような泣き声を呑みこんだ。

「二五〇ｃｃ《ニーハン》でも、七五〇ｃｃ《ナナハン》と、どっこいどっこいではりあえるレースってのがあるぜ」

私は、おや？　といぶかしんだ。桐生の声に、それとわかる、はりがあった。はずみがあった。

「ケイティ、憶えているかい？」

桐生は、私の顔をまともにみつめた。

私は考えこんだ。はっと思いあたった。

「トマト・ゲームね」

トメイトウ・ゲイム、と、私は発音した。

3

キャンプの仕事が休みの日、私は、サニーと二人乗り《タンデム》を楽しんだ。

タンデムの正しいライディング・フォームを、サニーは嬉しそうに教えてくれた。

いいかい、足は、タンデム用のフットレストにのせて、ひざでシートの脇腹をぐいっと締めつけろ。

そり身になっちゃだめだ。そうかって、ライダーにべったりくっつくのも、イモだよ。抱きつかれた方が、こっちだって気分はいいけどさ、操縦がやりにくくなる。

カーヴするときは、おれと同じように上半身を傾けてくれ。車体が傾斜《バンク》すると、怖がって、からだをライダーと反対側に倒すバカがいるけれど、あんなことをされたら、マシンがカーヴできない。

マシンてのはね、ゆるいカーヴなら、からだを傾けて重心を移すだけで、ハンドルひねらなくても、曲がってくれるものなんだぜ。

私たちは、国道を突っ走った。ハウスボーイやバーボーイのオトキチ仲間が、いつも五、六人いっしょだった。女の子を尻に乗せているのが多かった。異性同士がおおっぴらに仲好くするのは不良じみていると見る風潮がまだ尾をひいて残っている頃だったから、私たちは、あまり好意的な目で大人たちからは見られなかった。そんなことは、いっこう平気だった。

女の子にぎっちり抱きつかせたり、急ブレーキをかけて、しがみつかせて喜んだりするのもいたけれど、サニーは、そういうのはキザなへたくそが、イキがってやるのだと軽蔑していた。

最初の出会いのときの、猛々《たけだけ》しいまでに颯爽《さつそう》とした印象とちがい、サニーは、どちらかといえば、無口でおとなしい方だった。いくぶん陰性な感じだった。

サニーのマシン、インディアン・チーフ一三〇〇は、でかい図体とすごい馬力を持っていた。ギヤ・チェンジは、四つ輪のようにチェンジ・レバーの手動で行なう。

このマシンは、チコ・ブラケットという黒人のサージャンからもらったものだった。チコは、私を襲ってサニーと知り合うきっかけを作ったジム・ハワードの前任者であった。

マシンは、チコの私物ではない。倉庫にぶちこんであったのを、かってに自分の物のような顔をして、サニーにくれたのだということだ。チコは、朝鮮の戦線で戦死したときいた。私は、顔も知らない。

従業員がキャンプの物を外部に持ち出すことは、厳しく禁止されていた。日本人従業員が門を出るときは、守衛に厳重に身体検査された。それでも、チョコレートや石鹸、シーツ、みんな、何とかごまかして持ち出していた。

倉庫係《ストア》の連中のやることは、派手だった。倉庫には、大はベッド、机、椅子、絨緞《じゅうたん》などの家具から、花瓶のような小さい什器《じゅうき》にいたるまで、雑多なものがつめこまれている。

ベッドや机といった大物をトラックにのせて、悠々と運び出す。秋葉原あたりに持ちこんで売っ払う。倉庫の責任者であるサージャンと結託すれば、仕事はたやすかった。もちろん、サージャンも分け前をもらって儲けるわけだ。サージャンたちは、倉庫にしまわれた物は自分の物、とでも思っているようだった。

タンデムで国道走破を楽しむほかに、サニーたちがしばしば打ち興じたのが、トマト・ゲームだった。

キャンプの中の、人目につかない裏の空地で、一日の勤務が終わってから、それは行なわれた。私はいつも応援にまわっていたのだけれど、一度だけ実戦に参加してみた。

男の子たちは、一番軽い五〇ccのマシンを私に貸してくれた。もちろん、私は無免許だ。でも、操縦は、サニーに教えてもらって、かなり腕をあげていた。

コンクリートの壁が、ゴールだった。二百メートルほど離れたところにスタートラインをひく。

フル・スロットル、フル・スピード。

これが、このレースの絶対条件だった。

エンジンの回転数を落とすことなく、全力疾走する。コンクリートの壁めがけて突っ走る。

激突寸前、ブレーキとハンドルさばきのテクニックで、スピン・ターンして身をかわす。イキな離れわざだった。

誰が壁の一番近くまで突っ走れるか、それを競うゲームであった。単車の鬼みたいな連中がまわりで審判している。エンジンの回転数が落ちれば、爆音も変わってくるので、すぐわかってしまう。いんちきして、スピードを落として走る奴は失格だ。ブレーキをかけるために、クラッチを切る。その時、瞬間的に、スピードがあがる。クラッチを切るタイミングがむずかしい。

途中でシフトダウンしようとしても、そうはいかない。タコ・メーターの針は、危険帯《レッド・ゾーン》でぴりぴり震えている。ダブルクラッチ使ったって、ギヤは落ちないのだ。強引にチェンジしようとすれば、ギヤがぶっ欠ける。

女には無理だ。ケイティ、やめろよ。男の子たちの声を無視して、挑戦してみた私だけれど、一度でこりごりした。

コンクリートのざらついた壁が、あっという間に眼前に迫る。ブレーキかけても、マシンは勝手にすべってゆく。三十メートルも手前で、クラッチを切り、車体を傾斜《バンク》させ、スピン・ターンして逃げた。

こんなにゴールから遠い地点で逃げたのは、私だけだった。

やっぱり女はだめだなと、みんなに笑われた。でも、軽蔑はされなかった。挑戦しただけでも、たいした勇気だ。男の子たちを負かさなかったから、かえって好感を持たれた。

男の子たちのやり方は、はるかに激しかった。激突か！　と思わせる場面が、何度かあった。ハンドル切ったとたんに、マシンが尻を振り、転倒して、はねまわるマシンに巻き込まれ、骨折した者もいた。

トマト・ゲームと呼んでいたけれど、本当に、トマト——壁に叩きつけられて、ぐっしゃり潰れたトマト——になった者は、まだ、いなかった。

なるべく目につかないところでやっていたのだが、次第に見物人がふえた。従業員仲間だけでなく、兵隊たちや下士官、将校たちまでが、ちらほら見物の輪に加わるようになった。禁止されるかと思ったら、彼らは、いつのまにか、かってに賭けをやり始めた。どのマシンが優勝するか。おかげで、レースは黙認された。

見物の輪の中に、ルテナン・シマックの顔を見出したときは、ひやっとした。でも、勤務時間を終えたあとは使用人といえども、自分の時間は自由に使っていいはずだ、それが民主主義ってものでしょ、と、私は腹の中で思っていた。

シマックは、何も言わなかった。ガラス玉のような碧《あお》い目が、たえず、サニーを追っていた。そうして、その頃から、それでなくても陰性なサニーの表情が、ますます陰鬱《いんうつ》になりはじめた。

トマト・ゲームのルールを説明する桐生の声が、耳に入っているのかいないのか、ノブは、とろんとした目で、しゃっくりをつづけていた。そのうち、ひくっ、ひくっ、という音がやんで、寝息にかわった。

急に、桐生の体温が意識された。ノブは、次元の異なる世界に没入してしまった。とり残されているのは、私と桐生と二人だけ。

「もう、バスどころか、電車もないね、ケイティ。拾って帰るかい」

タクシーで帰るという方法を、私は全く思いついていなかった。こんなに遅くなったのだから、当然、ここに泊まるときめていた。

私は、なま返事した。

しばしば店を訪れ、長い時間を過しながら、これまで、桐生としみじみ話したことはなかった。店にはいつも、一組や二組の客はいた。店のマスターが特定の客とことさら親しげに話しこんでいるさまは、他の客にあまりいい感じを与えない。それを心得てか、桐生は、話しかけてこようとはしなかった。私もしいて喋らなかった。思い出に浸れるような店の雰囲気ではなかった。思い出したくない部分、意識の下に押しこめてあるものが、一つの言葉から、ずるずると、ひきずり出されてくるのが恐かった。

私は、何本めかの煙草に火をつけた。ここに居坐るつもりよという意思表示だった。狭い部屋の中は、天井がぼやけるほど、煙が充満していた。

私がいて、ノブがいて、この冷たい小さい部屋に、なにかしら家庭的な雰囲気がただよいだした……と、私には思えた。

ふと、私は想像した。このまま、ここについてしまったら、どういうことになるかしら。

桐生と私。サニーとケイティ。

　いままで、真剣に家庭を持ちたいと願ったことはなかったような気がする。私の職場は、〝家庭を築く〟という言葉の裏側の、味けなさ、もろさ、醜さを、むきだしにしてみせるところだった。そこでは、精力的な、頼もしい、働く男の姿に接することはできなかった。

　いまになって、私は、自分の先に続く道を眺める。ぐんぐん傾斜を増す老いへの下り坂。私は、あまりに早く開花したので、凋《しぼ》むのも早かった。とっくに、男を喜ばせるのは面倒くさくなっていた。相手がなくても、性の満足は得られた。去年あたりから、メンシーズの間隔が不規則になり、最近では完全に終わっていた。私の年では少し早すぎるけれど、生殖の能力など、もういらない。いっそ、さばさばしていいと思った。

　家庭などいらないと、一人暮らしをつづけてきた私なのに、ふいに、まったく突然に、ここに巣が欲しくなった。家庭などいらないと思いつづけてきたのは、それが、望んでも得られないものと承知の上で、負け惜しみしていたのだろうか。

　〝ピット〟に、私の座席を作ってはいけないかしら。私は、この店をもう少し明るく作り変えることができる。腕を振るって、おいしいメニューをふやすこともできる。

　桐生には、いまさら何の魅力も感じないし、私を女として扱ってくれることも期待していない。ただ、落ち着ける巣が欲しかった。

　ノブが寝返りをうった。くちびるのはしから、よだれが垂れていた。

「キャンプを蒸発してから、すぐ、このお店を持ったの？」

私は、用心深く、さぐりを入れた。危険なものをつっき出してしまうかもしれなかった。

桐生が黙っているので、話題を変えた。

「壁を塗りかえるといいと思うのよ、このお店。ずっと感じがよくなるわ。そうして、たとえば、ホット・ドッグなんか出すようにしたらどうかしら。私、おなかを空かせた男の子が、がつがつ食べるところを見るの、好きよ」

桐生は、ちょっとけげんそうに、私を見た。

私のせりふは、すでに、この店のパートナーとしての発言であった。自分では気がつかなかった。

スナックは厄介だから、というようなことを、桐生はぶつぶつ言った。

人手も足りないし、調理場を建て増す余地も資金もない……。

「電子レンジを一台置けばいいのよ。ホット・ドッグとハンバーガーぐらいなら、カウンターのかげでできるわ」

桐生には、私の誘いかけが通じなかった。

もっとおしゃれをして、若々しく身づくろいして、女としての魅力をいくぶんなりと……たぶん、だめだろうと、私は思った。桐生の身辺には、女っ気は全くないようだった。ナッちゃんも、単なる使用人だった。もしかしたら、桐生は、男色者として自分を決定づけてしまったのかもしれない。

桐生が、チコ・ブラケットの男色の相手をしていたという、私にとっては衝撃的な事実を告げたのは、ジム・ハワードであった。

　暇をみて倉庫に遊びに行ったある日、サニーはいなくて、ジムだけが、退屈そうにぶらぶらしていた。

　ジムは、愛想よく私を迎えた。

　あの事件のあと、ジムは、私と顔を合わせたとき、とてもあっさりした笑顔で、ソリーとあやまった。サニーがいっしょにいるときだった。相手がもう少しなよなよした小男なら、ひっぱたいてやるくらいの気の強さは持ち合わせていたが、身長二メートル、腕は私の太腿より太く、なまくらな刃なら皮膚を上滑りしそうな強靭《きょうじん》さ。私は顔色を変えて後退《あとずさ》った。サニーがなだめた。

　その後、少しずつ気を許すようになった。親切ないい人のように思えた。なんであんな乱暴をしたのかと、不思議なくらいだった。しかし、彼の唇と舌の感触だけは、思い出すと吐き気がした。あれが、私にとって、生まれて初めてのディープ・キスだったのだ。すぐ次につづいたサニーのやわらかい快いキスをもってしても、あの感触をぬぐい去ることはできなかった。

　チョコレートをやろうか。

　サニーがいないので、多少警戒心を抱きながら、私はうなずいた。

　そのかわり、と、ジムは私の肩に手をおいた。悪寒《おかん》が走った。私はからだをひいた。ジムの手は、私の肩を抱えこんでいた。くちびるが近づいた。腐った玉葱《たまねぎ》のようなにおい。

いや！

私は、声をあげて、顔をそむけた。

サニー！　サニー！

サニーは来ないよ。外出している。そう、いつもうまい具合にはいかない。

ジムの表情ゆたかな目の色から、私は、はっと悟った。

それじゃ、あれは、やっぱり……

そうだ。おれは、サニーのために一肌ぬいだ。

——一肌ぬいだって、英語で何と言ったのかしら。思い出せないけれど、とにかく、そういう意味のことを言った。

あのときのキスは、よかったよ、ケイティ。もう一度だけやらせてくれ。

いやよ、ジム、人を呼ぶわよ。

ジムは、しょんぼりした。図体に似合わない気弱なところをみせた。

そんなに、おれが嫌いか？

嫌いじゃないけど、いやなのよ。

だけど、どうして、あんなお芝居をしたの？　と、私は、力をゆるめたジムの腕から逃れて、たずねた。

サニーは、何か、こう……

ジムは、手で、踏み切り板を決然と跳ぶ動作を示した。

彼にとっては、必要な行為だったんだ。

なぜ？　どうしてなの？　サニーは、あんなお芝居を自分からやる人とは思えないわ。ジム、あんたがけしかけてやらせたの？

二人で相談して決めたんだ。

どうして？　理由があるのね。どうしてなの？

「サニーは、立ち直ろうとしていたんだよ」

ジムは、力をこめて言った。

「おれは、サニーの親友だ。だから、力を貸した」

サニーは、女を知る前に、チコ・ブラケットに、男同士の愛を教えこまれた。チコは、朝鮮に送られ、戦死した。

「後任で倉庫係《ストア》になったおれに、サニーは、チコと同じことを期待した。あいにく、おれには、そういう嗜好《しこう》はなかった。軍隊というところは、正常な人間をもホモ・セクシュアルに仕立て変えてしまうところだが、幸いおれは、その悪癖に染まらないですんだ。おれは、サニーに教えてやった。それは、非常に罪深い行為なのだということを。

娘との正常な愛を育《はぐく》めとさとした。

自信がないと、サニーは言った。好きな娘はいるが、愛の行為が持てる自信がない。

サニーは、生まれながらのホモ・セクシュアルではなかった。大丈夫、できる、と、おれは励ました。激しい、異常なシチュエイションを設定してみろ、二人が燃え上がらずにはいられないような……」

私は、耳をおおいたい気持だった。しかしジムの言葉は、鼓膜の奥に突き刺さった。

自分の話が、どんなに私を傷つけたか、ジムは気づかなかった。計画が成功して、サニーが正常な恋人を持てたことを自慢していた。そうして、つけ加えた。

「気をつけなくてはいけないよ、ケイティ。サニーは、どうも、男色者の欲情をそそるタイプらしい。おまえの主人のシマックが、サニーに目をつけている。彼は、両刀使いらしい。しつっこく誘われて困ると、サニーはこぼしていたよ。ひょっとすると、二、三回関係を持ったかもしれない。せっかく立ち直ったサニーをつなぎとめておくのは、ケイティ、おまえの責任だ」

そう言いながら、ジムは、すばやく私のくちびるを掠《かす》めた。

二十二年も昔のできごとだった。

もう、忘れたっていいことなのだ。

「人手が足りないのなら、私が手伝うわ」

私は、桐生の顔色をぬすみ見ながら言った。

「私は家族もいないし、とても気ままに暮らしているの。ここに住みこんで、お店を手伝ったっていいのよ」

「ケイティ、ぼくに結婚を求めているの？」

桐生は、軽い口調で、私の本心をついてきた。

私は口ごもった。桐生は、私の手首をふいに握りしめた。強く引き寄せた。私は桐生にしなだれかかるかっこうになった。

チャックをひきさげると、桐生は、私の手を中に導き入れた。思わず引き抜こうとしたけれど、思い直して、彼のなすにまかせた。

肌に指が触れた。

私は悲鳴をあげた。さらに奥へ――。

掠《かす》れた声だったので、ノブは目をさまさなかった。

私の指に触れたのは、くちゃっとした肉塊だった。男根の形をしていなかった。私は、幾度か彼を受け入れたことがあったのに……。

「サニー！　どうしたの。シマックが……シマックが、こんなひどいことを……？」

私は、もう一度悲鳴をあげた。手首を摑んだ桐生の手に、万力のような強い力が加わったからだ。

「あいつは……シマックは、おれを古倉庫に連れ込んだ。トマト・ゲームで、おれがシマックに儲けさせてやった、その夜だ」

キリキリと、歯ぎしりしているようにきこえた。

おぼえている。サニーの最後のトマト・ゲーム。サニーは、インディアン・チーフ一三〇〇で立ち向かった。

このレースでは、重量車は決定的に不利なのだ。いつもは、二五〇ｃｃぐらいの軽量車をサニーも使っていた。

てしまう。

重量車は、よほど技術がすぐれていないと、マシンの馬力にライダーの方がふりまわされてしまう。

トマト・ゲーム、ゴール直前のスピン・ターンは、巧緻《こうち》なテクニックが必要だ。一瞬のためらい、距離の判断のミスによって、ライダーは、壁にたたきつけられる。重量車は、ブレーキをかけてもすぐ効かないし、ハンドルさばきもむずかしい。

いくらサニーでも、一三〇〇でトマト・ゲームは無理だ。ゴールのはるか手前で逃げるだろうと、野次馬たちの予想だった。

小雨が降っていた。地面はぬかるんで、マシンは、スリップしながら、泥のしぶきをはねかえした。

九台のマシンが、次々に壁に挑む。泥まみれになって驀進《ばくしん》する。

出足のいいサニーのマシンは、スタートと同時にダッシュ。そのまま一気にゴールへ。激突寸前、あざやかなターン。

マシンが傾斜《バンク》した。とたんに、後輪がスリップ。バランスを失って、大きくゆらぐ。横倒しになりざま、サニーはマシンを突き放し、自ら地に転がった。

サニーの行動は機敏だった。からだを丸め、泥の中を転がって、マシンにまきこまれるのを逃れた。マシンはタイヤを空転させ、地ひびきをたててバウンドした。

サニーの記録を破った者はいなかった。その翌日から、サニーの姿は見えなくなった。

「あの夜、倉庫の中で、おれは椅子にくくりつけられた」

桐生は、私の手を股間にあてがったまま続けた。

「下半身は、むきだしにされていた」

電熱器が一つ、ついていた。片手鍋の中で、煮えたぎった油が、紫色の煙をあげていた。

シマックは、鍋の柄をつかむと、しずかに、油を桐生の股間にそそぎかけた。

細い、鋭い、ねっとりした糸が、下腹部に、〝の〟の字を描き、〝S〟の字を刻みこんだ。

「いっそ、ひと思いにぶっかけられた方が、楽だった。恐怖は一瞬ですむ」

いつ果てるともなく、油はしたたりつづけた。肉の奥まで灼けただれた。

「叫び声をあげることもできなかった。やつの下穿きを、それも、そのとき脱いだばかりの、まだなま暖かいやつを、口の中に押しこまれていた」

反吐《へど》が出たよ、と桐生は言った。

「ところが、反吐の出口がない。また、もとに逆もどりだ」

吐瀉《としゃ》物は、気管をふさぎ、鼻孔からふき出した。

「いっそ、のどがつまって死んでしまえばよかった」

桐生は小さく笑った。その笑い声は、私をぞっとさせた。私は無言だった。そして、長い時間が過ぎた。

「ケイティ、訊かないのかい。なぜ、シマックがおれにそんな拷問を与えたか」

桐生の声に、私はうろたえた。

「え？　ああ、そうね。シマックは、なぜ……」

桐生は答えずに、私の目をじっとみつめた。自分でも思いがけなかったことだけれど、私の目から、ふいに、泪《なみだ》がふきだした。あとからあとから、糸をひいて流れた。

4

次の日は、私の仕事は休みだった。真木邸に行くのは一日おきだ。ノブは二日酔いの頭を叩きながら、工場に出勤して行った。私は黙って店の掃除や開店準備を手伝った。尻切れとんぼに終わった昨夜の会話については、どちらも触れなかった。桐生の沈黙がうすきみ悪かった。許してくれているのか、それとも何も気づかなかったのか、私にはわからなかった。この店を出て行こう、アパートへ帰ろう、そう思って腰をあげかけるたびに、桐生は簡単な用を私に言いつけた。それは、私をひきとめたがっているようにもとれた。

夕方、ノブと羽島が、梨枝を連れてやってきた。

「マスター、ノブにおかしな知恵をつけてくれたんだな」

羽島は、カウンターにもたれかかって言った。

「こいつ、おれに決闘を申しこみやがった。梨枝を賭けて、いっちょう勝負だとさ。ところが、こいつの言うことが、さっぱり要領を得ないんだなあ。マスター、トマト・ゲームって何だい」

キュッキュッと音をたててグラスを磨きながら、桐生は、そっけない口調で説明した。

コンクリートの壁にむかって、
フル・スピード、フル・スロットルで……

絶対に、フル・スロットルでなくてはいけないんだ……

激突寸前で、スピン・ターン……

梨枝は、羽島の胸に鼻の頭をすり寄せて、満足そうな小さい溜息をついた。

「もし、かわしきれなくて、壁に突っこんだら、そいつは？」

「失格さ、当然。ただし、ターンに成功したあとで転倒したのは、かまわない」

「転倒したはずみに、首の骨を折ったり、マシンにまきこまれて死んだら？」

ノブがおずおず口をはさんだ。

「全速力、エンジンフル回転のまま、一番ゴールまぎわでターンした奴が勝ちだ。そのあと、ライダーがどうなろうと、問題外だ」

「受けたぜ、この勝負」

羽島は、ノブを見返した。ノブの頬が、かすかにひきつれた。ノブは、こちこちになっていた。勝負の危険性が、やっと、はっきり認識できたのだろう。顔色が悪かった。

「おまえ、どうなんだ。やるのか、やらないのか」

羽島は、じれったそうに、

「おまえが言い出した賭けなんだぞ」

「や、やるよ」

「ハンデつけてやらあ。おまえはニーハン、おれはナナハンでいこう」

羽島は、桐生に説明されないでも、軽量車の有利性に気がついていた。

「マスター、あんた、審判してくれるんだろう」

「いやだね」

桐生は冷たく突き放した。

「きみたちは餓鬼、おれは大人だ。万一のことがあったとき、おれは刑事責任をとらされる。ごめんだね」

「責任を負わせるようなことはしない。事故が起きたときは、黙ってその場を立ち去ってもらってかまわない。始末はおれたちでつける」

この言質《げんち》を手に入れるために、拒否のポーズをとったのだと、私は察した。

平静をよそおいながら、桐生は、かすかに小鼻をいからせていた。

「レースのあとで、おれに羽島くんのマシンを貸してくれるか？　そういう条件なら、一枚嚙《か》んでもいい。ただし、結果がどうなろうと、おれは知らんよ」

分別のある大人として、私は、彼らをとめるべきだった。桐生のことばに踊らされるなと、忠告すべきだった。

桐生の中にひそむ残忍なものをみせつけられる思いがした。それは、私をたじろがせるどころか、桐生に対する親近感をかきたてた。あなたも、あれが見たいの？　血まみれのトマト。紅いしぶき。桐生の中にサディスティックな嗜好が根を生やしているとしたら、おそらく、シマックによってみじめな形骸《けいがい》と化せられたその後の人生に於て、育まれたものであろう。

あまつさえ、桐生は、ノブたちには内緒で私に提案したのだ。

「ぼくたちも、賭けようじゃないか、ケイティ。キャンプで、白や黒のGIどもが、ぼくたちのゲームに賭けたように」

「お金？」

「いいや。きみは、ぼくと結婚したい意向を仄《ほの》めかしたね。ぼくは、こんなからだだ。結婚はできない。しかし、ケイティ、きみが欲しいのは、ぼくのからだではないだろう。この店だろう。店の共同経営者になりたい、一銭も出資することなく。そうだろう」

私は、できるだけ魅力的な表情を作って、

「あら、まさか」

と言った。

「そんなあつかましいこと……」

共同経営者どころか、この店、ひとり占めにしたいとさえ、ちらっと思った。巣が欲しい、家庭が欲しい……というのが私の望みだと錯覚していた。そうではない、つきつめていけば、私が惹かれたのは、渡り鳥の家政婦商売を辞めて、こぎれいな喫茶店のカウンターの後ろにおさまるということだったらしい。

「それでいこう。きみが勝ったら、ここに来て、いっしょに住む。世間体が大事なら、籍を入れてもいい。ただし、夫婦の生活はできないがね。ぼくが勝ったら……」

私は、首をかしげて桐生を見た。

「一つだけ、ぼくのいうことをきいてもらう」

「何なの？」

「たいしたことじゃない。ほんのちょっとした……きみにとっても、楽しいことだと思うよ」

どちらに賭ける？　と、桐生は、寛大だった。私に先に選ばせた。私は、躊躇《ちゅうちょ》することなく、羽島を選んだ。ノブは、ゴール寸前までもいけないだろうと思った。はるか手前で、尻尾を後足の間にはさみ、こそこそ逃げる負け犬のように、情けないターンをすることだろう。

「人目につかない、コンクリートの塀のあるところというと……」

羽島は、決闘の場所を考えていた。

「小池モータースの裏の空地なんか、どうかな。工場の、コンクリートの万年塀がある」

小池モータースは、ノブと羽島の働くオートバイ修理工場である。

「くれぐれも言っておくが、あとの責任は負わんよ」

マシンを貸してくれる約束を忘れるな、と桐生は念を押した。インディアン・チーフは、動かない。

いまさら、マシンとばす年かねと、羽島は遠慮のないところを言った。

店をしめてから、夜の道を、決闘場にいそいだ。梨枝は羽島のナナハンのリア・シートにまたがり、私と桐生は、とぼとぼと徒歩で行く。ノブのマシンにのせてもらおうと思ったら、タンデムは弱いんだと、ことわられた。

工場の裏の空地は、木柵と鉄条網で囲ってある。木枯しに、くちびるが冷たい。鉄条網の破れめから、空地に侵入した。ごみを捨てるなと記した立札の根もとのがらくたの山で、サーディンの空缶がカラカラ音を立てていた。

羽島たちは、ゆっくりマシンを走らせてきたものの、私たちよりははるかに先について、もどかしげに足踏みしながら待っていた。

ノブと羽島は、ジャンケンでレースの順番を決めた。

最初スタートラインに立ったのは、羽島だった。

羽島はいさぎよかった。二五〇ccを使えば勝利はほぼ確実なところを、ハンデをつけてやるといった自分の言葉を忠実に守った。

黒い巨大な羽島のナナハンは、スピード・レースでなら思う存分その威力を発揮しただろうが、この競技では、でかい図体がいかにも重苦しく、扱いにくいだろうと思われた。梨枝は、私といっしょに、スタートラインの近くに立っていた。ジーンズとセーターの上に、裾の短いイミテーションのファーコートを羽織った梨枝は、獲物を前にした小さい肉食獣のようにみえた。羽島の傍に近づくと、頬にキスした。羽島は、まつわりつく羽虫を追い払うように首を振った。

どいていろ、と押し離して、大きくスイングし、キック・ペダルを踏みこんだ。

全身の重みをペダルにかける。三度、四度とくり返す。吐く息が白い。エンジンがひびき始める。

スピード・レースと違ってスターターは不要なのだが、きっかけを与えるために、梨枝がスカーフを振り下ろした。

羽島のマシンは、とび出した。

たくみなライダーだった。全力疾走。みるみる、壁面に迫る。前照灯が、ざらついた壁を丸く照し出す。光の輪は、非常な早さで大きくのび広がる。

私の脳裏《のうり》に、一瞬、幻影が浮かぶ。

コンクリートの壁面に、力いっぱい叩きつけられたトマト。

私は、さっきから、下腹にかすかな痛みを感じていた。股の間が、きもち悪く濡れはじめた。なまぬるいものが、内股を濡らし、太腿からふくらはぎの方に伝わった。

ゴール直前、羽島は車体を傾斜させ、カーヴを切る。フットレストが土をはね上げる。壁すれすれに弧を描いて、マシンは激突を逃れた。

塀から、ターンをはじめた地点までの距離を、地に残された軌跡をたどって、桐生が巻尺で計った。

ゆっくり走り戻ってきた羽島は、前照灯の光をスタートラインに立ったノブの顔にまともにあてた。蒼《あお》ざめた顔が浮かび上がった。

「梨枝、見ろよ、こいつの面《つら》。まるでビビってやがる」

しょんべんちびるなよ、と羽島は高声で笑った。

ノブは、言い返す余裕もないようだった。正面にそそり立つコンクリートの壁を透かし見ながら、スロットル・グリップを開く手が、細かく震えている。

梨枝が近寄って、公平なキスを与えた。ノブは、そのくちびるにしゃぶりついた。たっぷり時間をかけて、赤ん坊が母親の乳首を吸うように、丸みのあるくちびるを、きつく吸った。まるで、決死の覚悟をきめたようなオーバーなやり方に、私は思わず、くすっと笑ってしまった。

梨枝は、何を思ったのか、スタート合図のためのスカーフを私の手に押しつけ、塀にむかって歩き出した。ゴールの傍に、桐生と反対側に立った。

ノブは、キックした。あおりたてるように、エンジンがひびく。私はスカーフを振り下ろした。

ノブのマシンがとび出したとき、私は、気づいた。

梨枝は、カンニングをしている。

羽島がターンを開始した地点がはっきりわかれば、ノブは、自分がいつターンすればいいか計算がたてられる。しかし、地に残されたかすかな痕跡は、マシンをとばしながらでは、とても見わけられない。

梨枝の立った位置は、羽島がターンした地点と、塀から等距離の地点らしい。

ノブが、梨枝の手引きを知っているのかどうか、私にはわからなかった。この場になっての梨枝の気まぐれかもしれない。

ノブも、下手なライダーではなかった。スピード・レースのレーサーのようないいフォームで驀進《ばくしん》する。

塀に突っこんでゆく。梨枝の示す地点を過ぎ、ノブのターンは、一瞬おくれた。しかも、何をうろたえたのか、ノブは左にハンドルを切ってしまった。左側には梨枝が立っている。右側は、たっぷりあいているのに。土煙をあげてバンクした車体のどこかが、壁をひっこすった。車はバランスを失った。大きく弧を描いて、横倒しになりながら、ライダーの制御《せいぎょ》を振り切って暴走する。

梨枝は、悲鳴をあげて逃げる。

マシンを、早く、突き放しなさい！　私は、心の中で叫んだ。ノブは、逆に、ハンドルをしっかり握りしめ、マシンを自分のからだにひきつけようとしている。地面をバウンドして、黒い車体がのたうちまわる。ノブのからだが、マシンともつれあう。

マシンが梨枝の上にはねとばないように、そのために、ノブは暴れまわるマシンにしがみついているのだと、私は知った。

手のつけられない勢いで荒れ狂いはねまわっていたマシンが、やっと止まった。ノブのからだは、車体の下だった。

「ぼくの勝ちだ、ケイティ」

走り寄ろうとする私に、桐生がささやいた。

「早く、救急車を呼んで、一一九番に電話を」

「あとは、あの子たちが始末する約束だ。ケイティ、きみは、ぼくとの約束を果たさなくてはいけない」

「あの子たちを、放っておくの？」

「そうだ」

「ノブが……死ぬわ」

「彼らだって、一一九番に電話ぐらいはかけられるさ。行こう、ケイティ」

羽島に、きみのマシンを借りるよ、約束だ、と、桐生は非情な声をかけた。羽島と梨枝は、ノブのからだを巻きこんだマシンをもぎ離そうと一生懸命だった。振りむきもしなかった。

私は、オートバイを押す桐生のあとに従った。

――ちょっとした観物《みもの》だったわ。

桐生も冷たいけれど、私は、自分自身の冷たさにも驚いていた。かわいく思った少年が重傷を負ったらしいというのに、私の反応は少し時間がたつと、もう、この程度だった。トマト・ゲームのドラマは、ノブと羽島と梨枝にとっては、痛切な現実だろうけれど、私は、スクリーンの映像に胸おどらせる一人の見物人にすぎなかった。

太腿をぬらし、ふくらはぎを伝うものが、私の冷えた子宮から流れ出した血であることに、気がついた。死滅したと思った機能が、ふたたび、息づきはじめていた。

空地を出はずれると、桐生はマシンにまたがり、リア・シートに乗るように、私を促した。

「これが、賭けに勝ったあなたの報酬《リウオード》なの？」

桐生の操縦するマシンは、瀬田の東京インターから東名に入り、ハイウェイをとばしていた。問いかけた私の声は、風に吹きちぎられた。

タンデムを楽しみたかったの？　久しぶりに。こんなことなら、なにも、賭けの報酬にすることもなかったのに。あなたは、いつも、変なことを考え出すのね。

夜のハイウェイは、長距離トラックの天下だった。サイドに突き出たエキゾーストパイプから排気ガスを吐き散らし、巨体が疾駆する。その間を縫って、私たちのマシンはとばした。砂利を積みこんだ大型トラックの横腹に、マシンはくいついた。スピードを上げた。

ばかね、止めなさい。

どんな無茶なライダーでも、トラックにヨーイングは挑まない。単車のライダーが、けつを振りこんでいたぶる獲物は、乗用車、それも、スポーツ・カーや外車、女を横にのせてちゃらちゃらしているやつ。

トラックでは、追い抜いて前にまわりこむのに成功しても、追突されたら、こっちは、もろに吹っとんでしまう。敵は、かすり傷一つ負わない。

追い越そうとするこちらの意図に気づいたトラックは、見上げるような車体を、ぐっと寄せてきた。

桐生は、平然と、直進をつづける。ハンドルを切ってよけようともしない。トラックの方が、あわててハンドルをもとに切り直した。やはり、人身事故を起こすのはいやなのだろう。背中を、どっと冷汗が流れ落ちた。まるで自殺的行為ではないか。羽島の言いぐさではないけれど、いい年をして、何をいまさら、スピードとスリルを……。私たちは、ヘルメットもかぶっていなかった。

出血がつづいていた。濡れた下着がきもち悪かった。

桐生は、ますますスピードを上げる。スピード・メーターは見えないけれど、一二〇か三〇は出ている感じだ。止めて、と背を叩こうとしたが、桐生の注意を他にそらせることは、かえって危険だった。タンデムのコツなど守ってはいられない。私は、桐生のぶ厚い腰にしがみつき、顔を背に押しあてていた。

風が、むき出しのからだを切り裂いた。

さっきのトラックは、桐生の暴走ぶりに呆れたらしく、抜かれても追って来ようとはしなかった。

マシンは、更に次のトラックと並んでいた。

スピードが上がる。エンジンの震動が下腹を突き上げる。昔、タンデムを楽しんだころ、この震動は、私たちを昂奮させた。性的なエクスタシーにみちびいた。男の子は、フライングの最中に射精する者もいた。

いまは、それどころではなかった。私の心に、おびえが、徐々にひろがり始めた。

いったい、何のつもりの暴走……。

自殺的行為だわと、もう一度呟き、あっ、と、しがみついた手に力が入った。

桐生は、私に復讐するつもりなのだろうか。

シマックが、なぜ、あんな拷問を与えたの？　と、私は、あの時、すかさず問い返すべきだった。それは、私にとって、思いがけないニュースであるべきだった。シマックがやったということさえ、私は、知っているべきではなかったのだ。

桐生の異常を知らされた衝撃に、思わず、

――シマックがこんなひどいことを……？

私は、口走ってしまったではないか。

桐生は、あのとき、悟ったのに違いない。

二十二年間、桐生は、疑いつづけてきたのだろう。

誰が、シマックに密告したのか。

彼が最初、黒人の、チコ・ブラケットの愛人であったことを。

私は、がまんできなかったのだ。私をむさぼった桐生のくちびるが、男との不潔な行為で濡れたものであったこと。男との、不潔な愛に用いられた肉体の一部で、私を愛したこと。そのおぞましさは、理屈を超えたものだった。ジムは、なにげなく私に語ったのだが、その話をきいたあとで、私は、嘔吐しつづけた。

白人の黒人に対する差別感情のすさまじさは、キャンプ生活で身にしみていたから、チコのことを告げれば、サニーはシマックの激しい怒りを浴びるだろうと予想した。シマックを通じて、私がサニーに与える罰であった。

でも、まさか、シマックが男根を灼くといった陰惨な行為に出るとは、子供だった私には、思いもよらなかった。

私はいま、過去から連なる私自身のドラマのただなかにいた。

マシンは、宙を飛翔《ひしょう》するように走り続ける。

水銀灯が銀の矢になって流れ去る。

桐生が、どのような二十二年間を過してきたのか、私には想像がつかない。もう、人生を投げ出したいほどに、実りのない日々に倦《う》み切っていたのだろうか。

でも、どうして、桐生は賭けたのだろう。

トマト・ゲームで、羽島が勝つチャンスは十分あったのだ。羽島が勝っていれば、桐生は、私を〝ピット〟の女主人として迎え入れて……

ひょっとして、それは、私の泪……

自分の行為をはっきりと悔いたわけではなかった。我知らず流れた泪だった。しかし、桐生は、そこに私の悔恨《かいこん》を見た。桐生の心にためらいが生じた。そして、彼は、賭けた……。

いや、桐生は、ノブが勝つことに八割がた勝算が立ったのでは……。梨枝にあの地点に立つよう、桐生が入れ知恵したのだとしたら……

私は、思い惑った。

私はなるべく楽天的に事態を考えようとした。桐生は、ただ、昔にかえって、無茶なヨーイングを楽しもうとしているだけなのだ。それだけなのだ……

からだの感覚が、ほとんど麻痺していた。

私は、譫言《うわごと》のようにわめいていた。

やめて、やめて。

もう一つの声が、私の中で叫んでいた。

とばせ、とばせ、サニー！　ほら、ムスタングだよ。あいつを、いっちょ、こましてやろう。負けるんじゃないよ、サニー！

それは、ケイティの声だった。

ぐーっと、スピードが上がった。並んで走るトラックの鼻がうしろに遅れた。サニーは、ハンドルを右に切った。トラックの進路を斜に切って、突っこんでいった。

アルカディアの夏

1

——やっと済んだ！

軽い足どりで、令《れい》は階段を駆け下りた。玄関の、唐草模様のマットの上で、小さくとびはねながら、彼が下りてくるのを待っている。爪先立って、くるりとまわるたびに、短いフレアスカートが円盤のようにひろがり、下駄箱の上の陶器の飾り皿が、カタカタ揺れる。

土間におかれた彼のサンダルは、足の指の痕がうす黒く残っている。令は、自分の足をのせてみる。爪先を合わせると、踵の方は、令の足がもう一つのるくらい余る。

彼の足音は、なかなか聞こえない。令は、いらだち始める。貴重な時間が、どんどん過ぎてゆく。

令の時間は、分刻みで細分され、管理されている。

毎週二回、夕方七時から九時まで二時間の学習の後、帰途につく彼を、最初の四つ角まで見送ることが許されている。

わずか三百メートルほどの距離である。なるべく時間をかけて、ゆっくり歩く。その分、帰りはフル・スピードで走らなくてはならないけれど。

そのあいだに、彼は、二時間の学習時間に教えてくれたことよりも、はるかに多くの情報と知識を令に与えてくれる。

たとえば、

混沌《こんとん》としていた宇宙が、天と地と二つにわかれたとき、そこから一番最初に生まれたのは、ティタンという、巨大で不恰好で、うすきみ悪い神さまたちだった、とか、

亀でも鼻風邪をひくことがあって、人間のように、鼻水を垂らしたり、瞼《まぶた》が赤く腫《は》れたりするとか、

一年のある時期は虫の形をしていて、他の時期は植物になる、奇妙な生物の話とか、

山羊《やぎ》の角とひづめを持った牧神《パン》や、美しい水の妖精《ニンフ》が群れ遊ぶ、遠い昔のギリシャの夢想郷、そこには、悲しいことも、いやなことも——もちろんテストも——ないのだとか……

そしてまた、彼と並んで歩きながら、令がひとりで学びとる知識もある。

彼の手が、父の手より大きく骨が太く、指のふしが高いこと、手をつないでいると、父と手をつなぐより、ずっと心地よいこと。肩に手をおかれると、そこだけ、火傷《やけど》したような感じがすること……

でも、令は、九時十五分から、また一人で部屋に閉じこもり、学習をはじめなくてはならない。その開始の時刻を遅らせることは許されない。だから、彼が下りてくるのがおそけれ

ば、二人で歩く時間はなくなってしまうのだ。

催促するために、令は、階段を引返して上った。

自分の部屋の前に立ち、ドアを押した。――どうしたことか、開かなかった。鍵なんかついていないのに……

嗅ぎなれた化粧水のにおい。あ、また、入りこんでる。

ドアと柱のすきまに目をあてた。建てつけが悪いので、三ミリぐらいの隙間が、細長く縦にあいている。

内側から何かたてかけて、突っかえ棒にしてあった。

令は、隙間に目を押しあてたまま、貼りつけられたように、動かなくなった。

頬がこわばり、ひくっひくっと、ひきつれた。

――あたしの部屋なのに……、あたしの部屋なのに……

息をつめて、立ちつくしていた。玄関のドアが開いた音にも、踵から踏み下ろすような重い足音が階段を上がって来たのにも、気がつかなかった。

煙草のやにの臭いのまじった脂っこい体臭が、ふいに背後にただよい、令の眼は、湿った、厚ぼったい掌でふさがれた。

三年前――令が十二の夏だった。

去年の夏。令は、中学二年生だった。

道は白く乾いていた。砂埃が舞っていた。

しかし、空は、陽が落ちつくしたように急に暗くなり、空気はしめり気を帯びて、いまにも雨粒を落としそうな気配になってきた。

黒いビニール皮のスーツケースを右手に、いったん門を出かかった男は、あたふたと駆け戻り、下駄箱を開けると、一番上の段の隅にしまってあった折畳みの洋傘を取り出した。

サックからぬいて、ひろげてみた。この前使ったとき、バネのぐあいが悪かったのだ。

ひっかからずに、うまく開いたが、雨に濡れたのを干しもせずにしまってあったので、皺だらけだった。

きちんと折り畳んで、ひだをきれいに直し、サックに入れてから、スーツケースを開いて、隅の方につっこみ、チャックをしめた。

もう一度開いて、降り出したときすぐ使えるよう、サックとなかみを別々にし、サックは下の方に入れ、傘だけ、洗面用具や衣類をつめたなかみの、一番上におきなおした。

令は、玄関のわきにしゃがみこんで、植え込みのカンナの一叢《ひとむら》を写生していた。絵を描くのは、好きではないけれど、宿題で、いやおうなしだった。

男は、小肥りの背を丸め、いそぎ足で、令の横を通り過ぎて行った。立ち止まらなかった。

袖をまくりあげたワイシャツの背に、汗じみがひろがりはじめていた。

さっき、一度、行っていらっしゃいと挨拶をしたので、令も、もう、声をかけなかった。

お父さまを好きか？　とさっき聞かれた。

好きよ、と返事をした方がよかったのかな。黙っていたので、気を悪くしたのかな。だって、今さら、わざわざ好きよなんて言うことないじゃない。

あの、じっとりした手の感じだけは好きになれないな、と、令は振り返って、小さくなってゆく丸い背中に目をやった。

それから、すぐ、画用紙に視線を戻した。黄色いカンナは、説明をつけなければ、花と認めてもらえそうもなかった。

もう一度道のむこうに視線を送ったとき、父の後姿は四つ辻を曲がってみえなくなるところであった。

2

ドアを閉めると、令《れい》は、椅子をひきずってきて、たてかけた。更に、椅子の上に百科事典を積み重ねる。一冊、二冊……

五冊積み重なったところで、皓二《こうじ》が声をかけた。「何のおまじない？」

皓二は、令のベッドに腰をおろしている。終業式の帰りなので、制服のままである。大事にかかえてきた鳥籠は、令のスカーフでくるんで、脇《わき》に置いてある。

「おふくろ、今日は留守だから、こんなことしなくてもいいんだけど、つい、癖でね、こうやらないと、気が落ち着かないの。なにしろ、あの人、ノックだけはするんだけど、返事待たないで、ドア開けちゃうのよね。まんがかくすのに、苦労する」

　令の部屋は、六畳ほどの洋間である。南面の大きなガラス戸に、うす曇りの空が重たくひろがり、やわらかい芽立ちをみせた楓《かえで》の梢が、枝先をのぞかせている。

　白い漆喰《しっくい》の壁に、中年の渋い魅力が売物の洋画の俳優のポスター。一輪挿しに突っこまれた菊は、ドライフラワーになって、うっすらと埃をかぶっている。

「寝るとき、まんが読みながら寝るでしょう。朝、ぎりぎりで起きるもんだから、ふとんの中にかくしたの忘れて、そのままとび出しちゃうの。帰ってくると、その本、ベッドの枕もと──そこんとこに、わざったらしく置いてあるの。

　怒ればいいのにね。怒らないんだ。ベッドの下につっこんでかくしてある分も、みんなひきずり出して並べてあるの。いやらしいったらない。いかにも、見通しですよって言わんばかり。

　もっとも、怒るとあの人凄《すご》いからね。お互い、黙っている方が、世の中平和だけど」

「鍵かけりゃいいんだよ」

　皓二は、鳥籠を片手で軽く叩いた。

「だって、このドア、鍵ついてないんだもん」

「簡単な掛金《かけがね》売ってるじゃないか。自分でそのくらい取付けられるだろ」

「だって、あれ、内側からしかかけられないでしょ」

喋りながら、令はセーラー型の制服のリボンをとき、上衣を脱いだ。ブラジャーとスリップはつけたまま、ふだん着のワンピースを頭からかぶる。それから、手さぐりでスカートの鉤ホックをはずし、軽く腰を振ってワンピースの下から落とした。

「つまんねえストリップ」

皓二は、鳥籠に気をとられているようなふりをする。

「留守のとき、かってに入られるのが、一番いやなのよ」

「外側からだって、かけられるさ。推理小説読まない？　密室の作り方」

「知らない、そんなの」

「糸を輪にして……」

と、皓二は、手真似をまじえて、ドアの内側に取付けた金具を外から閉める方法を説明する。

「このドアみたいに、柱とドアの隙間があいてるんなら、とても簡単だ」

「このうち、建売りだからね。建てつけ悪いの」

制服をハンガーにかけると、令は皓二の隣に並んで腰をおろした。固い木製のフレームが腿の裏がわにくいこむ。

「でも、外から開けるとき、どうやるの？」

中学に入ってから二年間、クラスは同じだったが、令はこれまで、皓二と親しく口をきいたことはなかった。席は遠いし、家の方角も違う。

その上、皓二は、今日の終業式を最後に転校する。春休みが終わり三年生になって登校しても、もう顔を合わせることはない。父親の転勤について行くので、行先がオスロときいて、それだけで皓二に魅力が一つ加わった気がする。

北欧行きの話をきくまでは、たいして関心を持っていなかった。少女まんがのロマンチックな主人公が雑誌からぬけ出してきたようだ。もっとも、現実の皓二には、顎から頬にかけてにきびが目立ち、背が低くて垂れ目で、かっこういいところは一つもない。しいて長所をあげれば、その垂れ目がやさしい感じがすることぐらい。

「ドアの隙間に下敷つっこんで、横にわたった掛金を下からはね上げるんだ。かるくできちゃうぜ」

「いいこと聞いた。早速やってみるわ」

「おれの部屋なんか、ナイトラッチつきだった」

皓二は、鳥籠を両手で持ち上げて、二人の間に置きなおした。スカーフをはずす。

「わあ、かわいい!」

手のひらにのりそうな、小さいミミズク。

「鳩ぐらいかな。もうちょっと大きいわね」

耳を両側にぴんとはり出し、目を閉じて、剝製《はくせい》のように動かない。胸のにこ毛がわずかにゆれる。背の方は褐色で、胸から腹はやや黄ばみ、斑点がとんでいる。象牙色の彎曲《わんきょく》した嘴《くちばし》は、先端にいくほど黒い。コノハズクとよばれる種類である。

「鳴く？　ブッポーソーって、ほんとはこれの鳴き声なんでしょ」

「めったに鳴かないな。二度ぐらい聞いたけど、ブッポーソーなんていわなかったぜ。カキトン、カキトン、て聞こえた」

「カキトンって鳴くの？　けっさく！」

とぼけてるねえ、この顔、と令は嬉しがって、指を籠のすきまにさしこんだ。

「気をつけろよ。つつかれるぞ」

「痛い？」

「痛いさ。小鳥ふんづかまえて、ばりばり食うんだから、こいつ」

「ほんとう？　だって、鳥の挽肉《ひきにく》食べさせればいいって言ったじゃない」

「生き餌をやるのが一番いいんだけど、厄介だろ。だから、鳥屋の方で、挽肉にならしてから売ったの」

約束だぜ、見せろよ、と皓二は何も気にとめていないような顔つきを、いっしょうけんめい拵えて、促した。

令は、ちょっとたじろいだ。

「青木だって、与田だって、みんな、このズク欲しがったんだぜ」

――でも、あの人たちは、皓《こう》の持ち出した条件をきいて、おりちゃった。あたしだけ、OKした。

「そのかわり、おれのも見せてやってもいいよ」

「いやだ、きもち悪い」

皓二は、傷つけられたような表情をみせた。わりあい立派だと自負していた。

「あたしがいやだって言ったら？」

「ズク持って帰るさ」

「持って帰るの、困るくせに」

オスロまで生き物を運ぶのはめんどうだ。誰かにゆずって置いていかなくてはならない。しかし、仔犬や猫の仔とちがって、鳥屋で買えば何万もするといっても、いざとなると引きとり手は少なかった。飼い方がわからない、と敬遠される。子供は欲しがっても、家人の反対が強い。

「欲しいんだろ、こいつ」

令の指が金茶色の羽毛に触れると、コノハズクは薄い皺だらけの瞼を開いた。かっきりと丸い目。あわてたように羽搏きして、止り木を横に移動する。

その恰好がおかしくて、令は声をたてて笑った。

欲しいだろ、と、もう一度強く言われ、令はゆっくりと立ち上がって、雨戸を閉めだした。最後の一枚を閉め終わる。こんなの契約違反だ、と、まっ暗な中で皓二のぼやく声が聞こえた。スカートの下のパンティをとってから、令は豆電球をつけた。部屋のすみずみまでは光が届かない。コノハズクの籠を床におろすと、ベッドの上に横坐りになったが、「やっぱり、いや！」と首を振って、足をちぢめた。

いやだ、止めよう、こんなの。皓のエッチ。

皓二は籠の戸を開き、手をさし入れた。コノハズクは皓二によく馴れていた。両脚をつかむと、羽をひろげて騒いだが、すぐ静かになった。

籠の外にひき出されたとたんに、コノハズクは翼をひろげた。小さな躰には不釣合な逞しい翼だった。羽音をたてて舞い上がったが、じき下りてきて、ベッドのへりに止まり、目を閉じた。

こころもち首をかしげた恰好が、何ともいえず愛らしく令の目にはうつる。猛禽《もうきん》の一種だといわれても、実感が湧かない。カナリアや十姉妹《じゅうしまつ》といった、手の中に握りつぶせそうな弱々しい小鳥より親しみをおぼえる。犬の仔に対する気持に近い。大きさが似かよっているためかもしれない。

「おいで、ほら、カキトン、カキトン」

鳴き声をまねて、手をのばしてみる。足首を、ふいに、強い力でつかまれた。

いやッ。何するのよ！

はねのけようとしたが、まにあわなかった。

皓二は、つかんだ両脚を押しひろげると、全身の重みを令の上に投げかけた。むきだしの腿の内側に、サージのズボンの織目がざらざらと痛い。

覆いかぶさったまま、ベルトをはずそうと皓二はあせる。皓二の顔は、令の肩と首筋の間に埋まっている。令の脚は、どのようにもがいてみても、ズボンをはいたままの腰を抱きこむ恰好になる。右腕も押さえこまれている。わずかに自由のきく左手で、皓二の髪をかきむしる。体育の授業のあと嗅ぎなれた、脂と埃のいりまじった臭《にお》いが、皓二が頭を振るたびに、鼻をつく。

呻き声をあげて、皓二の全身から力がぬけた。令の躰の上で、くたっとなった。

「どうしたの」

令はあわてた。所きらわず振りまわした左手が、思わぬ打撃を与えたかと思った。週刊誌、まんがの本、友人の話、雑多に詰めこまれた知識の中から、やっと理解した。

しばらくじっとしていたが、いつまでたっても皓二が動かないので、

「重たいわ」

邪慳《じゃけん》に肩を突いた。

皓二は、重い荷物をひきあげるように、のろのろと自分の躰をひき起こした。ベルトがはずれ、前チャックがなかば開いた恰好のまま、頭を垂れている。その肩に、コノハズクがとんできて、爪をくいこませて止まった。

皓二の顔に、羽毛が触れた。手をのばして、半ば無意識に、皓二は、なめらかな翼を撫で下ろす。

その手と頬が感じたであろう感触を、令は、自分のものとして感じた。すべすべとやわらかく、なま暖かく……

下腹から全身に、これまでに経験したことのない感覚が走った。それが性の快感と共通す

るものだということを、令は知らなかった。一瞬の間に走りぬけて消えた快いしびれをひき戻そうというように、令は仰向いた躰を横にたおし、足を腹にひきつけて、目を閉じた。

かたわらに、皓二の顔が近づいた。皓二も躰を横たえてきた。唇が触れあった。

——にきびが触ったらいやだな。

ちらっと、そんな考えが頭のはしを掠めたが、躰のなかから突き上げてくる衝動に、令は少し上半身を起こして、強く唇を合わせた。

皓二の反応には熱がこもっていなかった。令は、いらだって、両腕を皓二の首にまわし、抱きしめた。

「ねえ、好きなのよ。好きなのよ、皓……」

自分の言葉に自分で驚いていた。皓二を好きだと思ったことなど、これまでに一度もなかった。

「好きって言って。あたしのこと、好きって言って」

こんなこと喋っているのは、いったい、誰なのかしら……

前に一度、これに似た経験をしたことがあった。級友の家に遊びに行き、家人の留守なのをいいことに、葡萄酒を水割りにして砂糖で甘味を増して呑んだ。口当たりがいいので何杯も流しこみ、上機嫌になって、ぺらぺら喋りだした。口の方がかってに動いて、へえ、こんなこと喋ってるの、と呆れている自分がもう一人いた。

好き、好き、と繰り返しているうちに、令は、ずっと前から皓二を愛していたのだと気がついた。相手が少しも愛撫を返してくれないのが歯がゆかった。

「皓、愛してるわ」

そう言ったとき、言葉の裏にすきま風が吹いた。しらじらしい気分になった。

皓二は、もう一度起き直った。次に口にした言葉は、およそ殺風景なものだった。

「トイレ、どこ」

「階段下りて、突き当たり」

立ち上がると、ズボンがずり落ちそうになった。チャックを閉めなおし、髪をちょっと手で撫でつけ、ベルトはだらりと垂れたまま、皓二は、百科事典ののった重い椅子をとりのけて、部屋を出て行った。

「カキトン、おいで」

コノハズクは、ふたたびベッドのふちに止まり、そこを棲家《すみか》と心得たように、ゆったりと目を閉じている。

ベッドに寝ころがって、令は、下腹に残る奇妙な感覚をもてあましていた。自慰の方法を聞いたことがないわけではない。しかし、何かに導かれるように指を股の内側にはこびながら、それが、「いやらしいわね」と友人の話に顔をしかめたのと同じ行為であることに、令は気づかなかった。

皓二は戻ってこなかった。そのまま、家に帰ってしまったらしい。

「カキトン」

脚をつかもうとすると、コノハズクは舞い上がった。翼が、したたか手の甲を打った。

「カキトン、皓ちゃん……」

ふいに目尻に流れてきた泪をぬぐって、ククッと笑った。それから、ドアのつっかい棒を、ととのえなおした。

3

——五月。

木蓮《もくれん》、白木蓮、木瓜《ぼけ》、連翹《れんぎょう》と、いっせいに咲きそろって、きちがいじみた濃厚な匂いをまき散らす花のときが過ぎ、成城近辺の住宅街はおちつきを取戻したけれど、マーケット、銀行、洋品店、古くさいのとモダンなのと、ごちゃまぜに立ち並ぶ下北沢《しもきたざわ》の駅の周辺は、三月も四月も五月も、たいした変化はありはしない。

駅の北側は、終戦直後、自然発生的に空地に出現した闇市が、そのまま定着したマーケット。ごみごみ汚ならしいが、置いてある品物は安くて良質なので、沿線からわざわざ電車賃を払っても、客が集まってくる。その奥には、最近になって、急に、しゃれた洋品店や喫茶店が軒を並べはじめた。

南側は、戦前から続いている古い店が多い。外装は改築され近代的になったが、北の新規に開店した店の方が、どことなく垢ぬけている。

アド・アド企画は、戦前の場末的感覚のぬけきれない南側の商店街、パチンコ屋と牛乳屋の間の路地を入った二軒め。ほんとうは牛乳屋の店の続きなのだが、一部を区切って借りている。

上半分すりガラスの引違い戸。ガラスの部分に、色テープで社名を貼りつけてある。右から左に流してあるから、客はどうしても、画企ドア・ドア、と読んでしまう。字を貼ったやつが、ガラス戸の内側から貼ったので錯覚を起こし、左から右に並べた。外から見たら逆になることを忘れていた。表から見た字が裏文字になっていないだけ、ましだった。『画』から矢印をおろして、こんどはちゃんと左から右に、ゼロックス・サービス。これは、戸の開けぐあいによって、ゼの点々とロがかくれるときがある。

令がはじめてその店を見たときは、ちょうど戸が少し開いていたので、しばらくの間、店の名前は『画企ア・ドア　セックス・サービス』というのだと思っていた。

今では、広告の文案を作ったり、イラストを描いたり、ゼロックスでコピーをとる仕事をやっているところだと知っている。

今日は数学の補習があったのだが、令はさぼった。令の家は、成城駅から東北の方角に二十分ぐらい。隣の祖師谷町に入っている。

落ちくぼんだ谷あいに二十軒ほど並んだ建売住宅の一つ。学校は徒歩通学である。アド・アド企画を訪れるには、わざわざ電車に乗らなくてはならない。

――彼なら、相談にのってくれるかもしれない。

三坪ほどの土間に事務机とゼロックスの台を置いたアド・アド企画。従業員の顔ぶれは年中かわっている。かわらないのは、社長の弓削《ゆげ》と専務の緒方《おがた》だけである。

令がのぞくと、社長と専務のほかに、十八、九の若い男がコピーをとっていた。初めて見る顔だ。

「パパ」と令は声をかけた。

事務机に図面をひろげ、緒方と顔をつき合わせていた弓削は、「令か」と目をあげた。

「パパア？」

初対面の若い男は、ゼロックス・コピーの手をやすめ、頓狂な声をあげて、セーラー服の令と弓削を見くらべた。

「弓削さん、まさか、この子、あんたのこれじゃないんだろ」

小指をたてた。

「ばか」

令にパパと呼ばれるには、弓削は若すぎた。三十前である。

令はかまわず中に入って、あいているスツールに腰をおろした。

「久しぶりだな、令。あんまりここに来ない方がいいぞ」

「カキトンが、ぜんぜん元気ないの。お母さまはカキトン嫌いで、早く死ねばいいくらいに思ってるし、お医者さんに連れて行こうかと思ったけれど、藪医者だったら困るし……。それに、動物のお医者さんて高いでしょう。お母さまはお金だしてくれっこないし、あたしのお小遣いで足りなかったら困っちゃうし」

「ぼくにせびってもだめだよ」

弓削は首を振った。

「パパにお金がないのは知ってます」

と、令は、がらんとした店内をちらりと一瞥《いちべつ》した。

「ミミズクというのは、野性的な動物なんですよ」

緒方が話にわりこんできた。「牛乳呑む？　隣からもらってきてあげようか」と親切そうにたずねたが、令がうなずいても立ち上がろうとはせず、「人に飼い馴らされるのはきらいなんだ。元気がなくなるのは、あたりまえです」

「だって、皓は籠に入れて飼っていたのに、あたしは部屋のなかに放し飼いにしているんだから、待遇はいい方なのよ」

「ヒェッ。放し飼いですか。それじゃ、汚れて大変だ。よく、うちの人から苦情がでないね」

「鍵かけちゃって、誰も入れないもの」

誰もといっても、対象は母一人だ。ほかに令の部屋をのぞこうとする者はいない。部屋をのぞくどころか、令に声をかけるものも、家に帰れば母のほかはいない。

鍵をとりつけて母の侵入を拒否したときの騒ぎを語ってきかせる相手も、令は持たなかった。生まれてはじめて、頬を平手で打たれた。そのとき、母の目は、黒目が上に吊り上がって、まっ白だった。

それでも、母の方が折れた。

「ぼくだって、鳥のことはまるでわからんね。ここへ持ちこんでも、お門違《かど》いだ」

弓削は苦笑した。

「ほんと？　ほんとにわからないの？」

「わからんよ」

「ゲンメツ」

と、令は小声でつぶやいた。昔よりも、ずっと光輝をはぎとられた姿で、令の目に映るようになった弓削だけれど、鳥の病気ぐらいは、まだ知っていると思っていた。

亀が風邪をひいて鼻水を出すことや、虫になったり植物になったりする奇妙な生物のこと、遠い昔、楽園で群れ遊んでいた牧神《パン》や妖精《ニンフ》のことまで知っていた人が、鳥の病気もわからなくなっちゃったなんて……

「学校の生物の先生にきいてみたら、どう」

緒方が言う。

「いやだ、あんなハゲナマズ」

口をきいたこともないの、と令は眉をしかめた。

「ミミズク飼っているの？」

ゼロックス係が、興味を持ったように、台のむこうから躰をのりだした。

「そいつ、雌？　雄？」

「わからないわ」

「恋人欲しいんじゃない？　鳥も発情期ってあるのかな。犬や猫は、さかりがつくと、歴然と態度がちがってくるけれど」

「ゴキ、子供の前で変なこと言うなよ」

緒方がたしなめた。緒方も三十そこそこなのだが、額の両隅が禿《は》げ上がり、頭頂部の毛も薄くなりかかって、少なくとも、外見は弓削よりもパパ的である。

「ゴキさんていうの？　あの人」

「いやだな」

と、本人が答えた。

「ゴキは仇名。本名は田島辰夫」

「ゴキブリのゴキだよ」

緒方が教えた。

田島は、
アブラムシ　アブラムシ
と、うたいかけて、

「ぼくのコマーシャルソングです」と、説明をつけ、最初から歌い直した。

アブラムシ　アブラムシ
ぞうりをはいたら
ぞうり虫
「わらじをはいたら、わらじ虫ね」

「わかっちゃってるんだなあ」

田島は、にっこりした。色が黒くて小柄で、鼻の頭は脂光りしている。ゴキブリという仇名は、その色の黒さと、ちょこまかした動作からの連想だろう。

「おたく、ゴキブリいる?」

田島は、しきりに令との間に話題をつなげようとする。

「あんまりいないみたい」

「ミミズクの餌にちょうどいいよ、ゴキブリは。ローテルって、ゴキブリ捕る器具、知らない? モーテルじゃないの、ローテル。ゴキブリ用のモーテルだな、つまり。二階建てになっていてね、ゴキブリは餌につられて、下から入って二階へ。お二階さん、御案内、っての」

「でも、いくら仕掛けておいても、いないものは捕れないでしょう。それに、ゴキブリ食べさせるなんて、カキトンがかわいそうだわ」

「何食べさせているの?」

「鳥の挽肉」

「それだ!」

と、田島は指をあげた。

「それですよ。ミミズクってのは、鷹《たか》とか鷲《わし》なんかと同じように、肉食、それも、生きてばたばた動きまわっているやつを取り押さえて食うのが、本来の習性なのですよ。なんですか、べたべたにすりつぶした肉をやるなんて。過保護もいいところだ。生きた餌やらなくちゃだめ」

「ゴキ、おまえ、食われてやりな」

緒方がまぜかえした。

「ゴキを食ったら、ミミズクの方が腹をこわす」と、弓削は言って、「我れながら苔むしたせりふだ」と、憮然として煙草をとり出した。

「ねずみは？　ねずみいない、おたく？」

田島は、なおも、いきごんだ。

「皓は、生きてる小鳥つかまえて食べるって言ったけれど、百科事典で調べたら、コノハズクは昆虫を食べるんだって書いてあったわ。ゴキブリは食べても、ねずみなんか無理みたい。オオコノハズクって、もっと大きい種類のは、小さい動物を食べるんだっていうけど」

「食べるか食べないか実験してみたら。もし食ったら、百科事典の出版社に抗議文送るんだな」

生き餌を食わせてみろとけしかけられて、その忠告をたった一つの収穫に足をはこんできた令が、駅舎の階段の上り口で思わず足をとめたのは、当然だった。

カラカラと軽い音をたてて、車がまわる。

みかん箱をひっくり返した上に、高さ十センチぐらいの小さな籠が五つ。一つに一匹ずつ、白い小さい二十日ねずみがとじこめられて、せわしなく車をまわしている。香具師《やし》は、ゴルフ・ハットに似た帽子を鼻の上までおろし、膝をかかえて眠っていた。客の立ち止まった気配に、人さし指で帽子のへりを突き上げて、起きなおった。

「一ついくら？」

聞くまでもなく、百円とマジックで書いたボール紙が立ててある。

——毎日一匹ずつ食べさせたら、月に三千円。……やれんなあ。

令の小遣いは、毎月四千円だ。ミミズクに財産食いつぶされてしまう。

「かわいいだろう」

香具師は、陽灼けのしみこんだ顔に愛想笑いを浮かべた。

「きらいだわ」

令は、きっぱり言った。

「指の先は骸骨みたいだし、しっぽは毛がなくて、みみずみたいだし」

「あっちへ行きな」

香具師は、猫を追払う手つきをした。

「つがいで欲しいんだけど、雌と雄、わかる？」

令は、縁のすりきれた紅い弗《ドル》入れから、百円玉を二枚とり出した。

「お茶飲まないか」

と、うしろから声をかけられた。

右手に手提げカバン、左手に二十日ねずみが二匹入った籠をかかえて、令は振りむいた。

駅の周辺は、〈お茶を飲む〉場所にはこと欠かない。表通りの店は、家族連れにむいている。

「買うわ」

「買うのかい」

田島が令を案内したのは、OXの裏通り、珈琲舎という店だった。間口一間半と小さい。天井から古びたランプが吊り下げられ、棚には、ラッパのついた手廻し蓄音器、水ぎせる。壁には火縄銃や八角形の振子時計。いっぱいに飾りたてられて、狭い店内は、ますます狭苦しい。マスターが、骨董品収集のマニアである。
コーヒー以外の飲物はオレンジ・ジュースとコーラしかない。サンドイッチ、ハンバーガーといった、スナック風の食物も作らない。そのかわり、コーヒーの種類は多い。モカ、コロンビア、ブルーマウンテンといった種類はもちろんだが、そのほか、短冊型に切ったラシャ紙が壁に貼ってあって、その一つ一つに、
露西亜《ロシア》珈琲、土耳古《トルコ》珈琲、維納《ウィンナ》珈琲……と、書きならべてある。
「ここで飲んだら、ほかの店のコーヒーは飲めない」

田島は、我がことのように自慢した。

「あたしのあと、ついて来たの？」

「うぬぼれなさんな。コーヒーを飲みたくなって出て来たら、偶然あんたをみかけただけ」

デミタス・カップに注がれたコーヒーは、とろっと濃く、一口すると、酸味の強いあと味が残った。

「濃すぎるわ」

「ジャリにはわからないんだな、この味」

あの子、どうして弓削さんのことをパパと呼ぶんですか。田島の問いに、弓削も緒方も答えなかった。

女が男をパパと呼ぶのは、二つのケースがありますよね。一つは、実際親子である場合。もう一つは、すなわち、旦那とレコ。あの子、いくつ？　中三？　それじゃ、第一のケースとすると、弓削さん、十一で仕込んだ勘定になる。まさかね。そうかって、あの子が……うるさい、と弓削はどなりつけた。さっさと仕事をあげてしまえ。

もう、終わっちゃったんですよ。仕事少ないですからね。もっと注文こないと、アド・アド企画、つぶれますね。ぼく、コーヒー飲んできます。

「ミミズクなんて、珍しいもの飼ってるんだね。鳥屋で買ったの？」

「もらったのよ、友だちから」

コーラにすればよかったな、と思いながら、令は答える。さっきから、壁の貼紙が気になっている。——土耳古《どみみこ》コーヒーって、何かしら……

「ボーイフレンドから？」

からかいぎみに田島が言うと、

「恋人だったの」

令は、目を大きくして、

「でも、もう会えないの。外国へ行っちゃったから」

——それとも、土耳《つちみみ》古《ふる》コーヒーかな。古いコーヒー……おいしくないと思うんだけどな。

「ロマンチックムードだね」

お父さんはおつとめ？　と、さりげなく田島ははさんだ。気のせいか、令の表情が、ことさらにとりすましたように思えた。

「ええ」と、一流商社の名をあげて、「でも、いま、仕事でヨーロッパに行っているの」

「出張？」

「ええ」

「長いの？」

「長いんですって」

「それじゃ、きみは、お父さんが二人いるわけか」

令は、半分ぐらい残っていたコーヒーをコクコクと流しこみ、立ち上がった。

「また、ときどきアドへ遊びにおいでよ」

「あたしの方が、前からあの店知っているのよ。あなた、新米じゃないの」

二十日ねずみの籠をひっさらうように抱いて、令は小走りに店を出ていった。

4

――六月。雨もよいの日が続いている。

令は、制服を脱ぐと、机の上に放り投げた。

朝から雨戸は閉ざしたままである。母のいる日は、一応雨戸を開ける音だけはたてるが、今日は留守だから、そのめんどうはいらない。

豆電球をつける。ぼうっと明るくなった床に、板目もみえないほどに、本やノート、レポート用紙の反古が散乱し、その上に白っぽい飛沫がとんでいる。

ベッドにたどりつくには、床に散った教科書や参考書の上を踏み越えていかなくてはならない。少し爪先き立って、踏みつける面積を少なくしながら歩いて、ベッドに飛び乗る。

「カキトン」

スリップの紐が一本かかっただけの裸の肩に、鋭い爪がくいこむ。翼が首筋を打つ。固い、冷やりとした嘴が頬に触れる。

「待っててね。おなかすいた？」

観音開きの戸棚の奥で、カサカサと音がする。金網の籠の中の二十日ねずみは、十四に増えた。大道香具師から買ったときの、車のついた小さな籠ではまにあわないので、鳥屋から四角い籠を買ってきて、戸棚にかくしてある。

八匹のピンク色をした仔が生まれたのは、先月の末である。最初は小指の先ほどの大きさもなくて、母親の腹にぶらさがっていたが、このごろでは、白い短い毛が生え揃い、大きさも親とかわらなくなってきた。

百科事典で調べると、ねずみが成熟するのに要する期間は、二ヵ月。妊娠期間が二十一日。八匹のうち、牝が何匹いるのかわからないけれど、来月の末になれば、家族はおそらく、四、五十匹に増える。その後なら、毎日一匹ずつ食べさせても、繁殖力の方が強くて、生き餌にはこと欠かなくなるだろう。

「もうしばらく、挽肉でがまんしてね」

みかけは華奢《きやしや》でしなやかな佐上恵津子の躰が、思いのほかに骨太で逞しいことを弓削《ゆげ》が知ったのは、三年も前のことである。しかし、性格までが、はじめの印象とは裏腹であることに気づいたのは、三年間の空白を経て再会してからであった。

なよなよと、頼りなく見えた。はるかに年上なのに、ひたむきにすがりついてくるようないじらしさがあった。

再会しても、しばらくは、最初の印象に眩惑されていた。三十も半ばを過ぎた女の、したたかさ、あつかましさを、ものしずかな微笑でおおいかくしているのだと気づいても、三年の歳月が恵津子を変えたのだと、好意的に解釈した。そうではなかった。生まれつき、自己中心の冷たい女だったのだ。情熱的なのではない。我儘《わがまま》なのだ。当時二十三歳だった弓削に、それが見ぬけなかっただけのことであった。

今では、弓削にもわかる。カマトトめ、と思う。それでも、女の小娘めいた媚態《びたい》に調子を合わせ、なにがしかの小遣い銭をもらって帰るのは、逼迫《ひっぱく》したアド・アド企画の運営にいくぶんとも助けになる。少なくとも、ビール代ぐらいにはなる。

学生時代、専攻は経済なのに、気まぐれで公募展に出品したポスターのデザインが、現代的な感覚だと好評を博した。それで、そっちの方に才能があるのかと錯覚した。

就職に際し、宣伝美術部門を希望したが、いれられなかった。気にそまない宮仕えよりはと、友人と語らってアド・アド企画を設立した。しかし、かんじんの自社の宣伝を効果的に行なうには、資力が乏しすぎた。副業にはじめたゼロックスのコピーサービスの方が、確実な収入源になっている。

男妾と自嘲《じちょう》する気持は起きない。恵津子の躰は、三年前とほとんど変わらない。近々と見交す顔の目尻に、皺が深くなったと思うだけだ。腰や太腿は、強靭《きょうじん》な弾力を持っている。快楽は等価なのに、恵津子の方で小遣い銭をくれるのは、やはり年にひけ目を感じているからだろう。実家が裕福で、恵津子は月々、そうとうな額の援助を実家から受けていると洩らしたことがある。建売りとはいえ、成城近辺に住居をかまえることができたのも実家の財力によるものだと、これも恵津子の口から聞いたことであった。

梅雨が明けると同時に、酷暑の夏がはじまった。珈琲舎のクーラーは、ガタクリ　ガタクリ、と、いまにもモーターが止まりそうな音をたてる。

「ねずみ、どう？　食べ頃になった？」

田島の黒光りする鼻の頭は、汗を噴いていっそう黒く光っている。令のセーラーは、白い半袖にかわった。ストローで息を吹きこみ、コーラに泡をたてながら、令はうなずく。その子供っぽいしぐさが、田島の微笑を誘う。

「カキトンは、元気でてきたかい？」

二、三度、たてつづけに令はうなずいた。

「見たいな、食うところ」

「だめよ」

令の答えは、決然としていた。

「どうして？」

「どうしても」

ごちそうさま、と令は立ち上がる。

「なんだ、飲み逃げじゃない。もう少しつきあえよ」

「おそくなると、お母さまに叱られるの」

「きびしいんだね」

「テメエハ、ショッチュウ、ウチヲアケテルクセニネ」

腹話術師の人形が喋ったのかと思った。作り声を残して、ひだの多い紺色のスカートをひるがえし、令は出て行った。

ふられた、ふられた、と田島はアド・アド企画のガラス戸をひき開けた。

「また油売ってきたな」

店には、緒方ひとり。珈琲舎のクーラーよりなおひどい音をたてて、扇風機がまわっている。ゴト、ゴトン、と止まりかけては、また思い出したように首を振る。

学校の帰りをまわり道してアドに寄った令だが、弓削は不在だった。それで、田島が、冷たいものをおごってやると誘い出したのであった。

「令にふられたのか。だらしねえな。相手はジャリじゃねえか」

「ぼく、わりあい真剣に惚れてるんですけどね」

「ブスケだと思うがな、あの子」

おふくろさんの方が、はるかに美形だよ、と緒方は古風な表現を使った。

「ちょっと見には、姉妹にみえる」

「似ているんですか」

「似てはいないな。令は、おふくろさんよりゴボーに似ている」

色の黒いところは、おまえさんそっくりだ。

ひでえっちゃねえな、と口をとがらせたとき、電話のベルが鳴った。応対に出た田島は、

「注文ですよ」と、嬉しそうな顔をした。

「美容院の開店のビラだって」


金網の戸を細くあけて、指をさし入れる。

籠の中でひしめきあっていたねずみの群れは、たがいの躰をふんづけながら、令の指を逃れようとする。首根っ子をつまみ上げられると、ねずみはキ、キッ、と死物狂いで暴れる。令は、鳥肌立つほどうすきみ悪い思いをこらえている。長い尻尾がうねって、指にからみつく。背筋を悪寒《おかん》が走る。

室内を照らすのは、スタンドの豆電球一つだけ。光のとどかないベッドのへりで、コノハズクの目が青く燃えている。

一匹つかみ出すと、いそいで金網の戸を閉め、それから戸棚の観音開きの戸をぴっちりと閉める。

コノハズクは、待ちかねたように、逞しい翼をひろげる。いったん高みに舞い上がり、翼を水平にのばして、宙を滑って降りてくる。わずかな距離なのに、大げさな滑空飛行をやらかす。

令は、尻尾の先を指にまきつけ、ねずみをさかさにぶらさげて待つ。この尻尾の冷たい感触ほど不愉快なものはない。カキトンの嘴も冷たい。しかし、象牙《ぞうげ》色の嘴は、固く、鋭く、いかにもその冷たさにふさわしい。二十日ねずみの尻尾は、くねくねと柔いくせに、ひんやりしているのだ。死後硬直のとけた屍体。あるいは、哺乳類のくせに、尻尾だけが冷血の爬《は》虫類《ちゅうるい》といった感じ。

コノハズクの蹠が、がきっと、ねずみを背から摑みこむ。耳のうしろの柔い首筋に爪がくいこむ。白い毛は紅く濡れはじめる。コノハズクは、獲物を摑んだまま飛び立とうとする。令の指は、尻尾を握りこんで離さない。ひっぱりっこがはじまる。強い羽搏き。白い斑《ふ》入りの風切羽が、きらきらと舞い落ちる。

キーッ、キーッ、というねずみの鳴き声は、急速に細くなる。ピンクがかった尻尾のつけ根が白くかわる。

嘴が令の手をつつく。釘をたたきこむように、強い力で手の甲を抉《えぐ》る。また、傷が一つふえた。

「痛いよ、カキトン」

令の目がうるんでくる。


恵津子は、ハンガーにかけてあった能登上布の着物をとると、肌襦袢《じゅばん》といっしょに素肌の肩にまとった。真夏でも、息苦しい感じを与えずに和服を着こなせる女である。きゅっとしごいて帯をしめる手さばきもあざやかに手なれている。

またね、と目で語って、恵津子の方が先にシャトーTを出る。ホテル風な造りの連れ込み旅館である。

弓削は、裸のまま、何本めかの煙草に火をつける。うっすら生えた胸毛が、まだ濡れている。

5

夏休みはきらいだ。きらいだ、きらいだ……

高校受験が控えている。一学期の成績は、惨憺《さんたん》たるものだった。

毎日、午後一時から五時まで、夏期講習会というのに新宿まで通わされている。学校とちがい、音楽、美術、体育といった息ぬきの時間がない。

数学、国語、英語、数学、国語、英語……

黒板のはしからはしまで、数字と記号が並ぶ。

おそらく、それは、その、国際的な、過去である。サンフランシスコが、世界主義的な、贈り物を、与えた。

何が何だかわからないけれど、英文和訳、文字どおり訳していくと、こうなっちゃう。

教室は縦に細長い。熱心な生徒は、早くから来て、講師の鼻の穴がのぞける最前列に席をとる。一番うしろの令の席からは、講師の顔も見えない。

Years before the Panama Canal made the city more easily accessible to ships from Europe…

……

コツ、コツ、と、令は左手の親指の付根の甲側を、コンパスの先でつついている。

Canal……California……Cape Horn……crews

カキトン……カキトン……カキトン……

抉《えぐ》られた小さい穴から血がにじみ出す。じわじわと、下腹に快い感覚がよみがえってくる。たよりなく、すっと溶けて消えてしまいそうなその快感に、令は、いっしょうけんめいとりすがる。カキトンの翼が頬を打った痛さを思いだす。あの翼は、羽の流れに沿って撫でおろすと、なめらかで陶器の肌のようだけれど、逆さに撫で上げると、無数の針が掌につき刺さる。連想は、母から受けた二度めの平手打ちにつながる。

　鍵をかけることは許したけれど、室内をのぞかせまいとする令に、母は腹をたてた。

　令が下敷を使って掛金をはずし、ドアをわずかに開け、躰をすべりこませたとき、階段をかけ上がってきて、ドアのノブに手をかけ、押しあけようとした。令は中から押し返す。いやだ、と令は泣いた。小さい子供のように、手放しで、ありったけの声をあげて泣きわめいた。のぞいたら、死んじゃうから。

　ほんの少しの隙間から、暗い室内の模様が、おぼろげに母の目に映じたようだ。蒼ざめて、母の腕の力が萎えた。そのすきに、ドアを押してきっちり閉め、掛金をかけた。

　でも、令の部屋には、コノハズクの食糧はあっても、令の食べるものはない。数時間たってから、空腹にたえかねて、階下におりて行った。母は泣き腫らした目をしていた。令の顔を見ると、無言で頬を打った。兵糧攻めの手段をとることは思いつかなかったらしいので、令は助かった。
前々日のテストが返され、講師が模範解答を朗誦する。令は、ひろげもしない。どうせ、チェックしたって、どうしてそういう答えになるのか、その筋道がわからないのだ。なまじ、小学校低学年のころ、勉強しないでも上位の成績がとれたのがやばかった。あれで、おふくろに、すっかり買いかぶられちゃった。
ベルが鳴ると同時に、教室を出る。
駅の地下街を、小田急線の乗場まで、左右のショーウインドウを眺めながら、ゆっくりゆっくり歩く。終わるのは五時だけれど、そのあと三十分ぐらい、希望者だけ質疑応答できるのよ、と母に言ってある。
今日は火曜日、Lデパートの七階で、『唄の村』をやっている日だと思いついて、足をむけた。
ちょうど、頭脳警察の二人組が、ロックをがんがん響かせている最中だった。
結婚式に出たんだ
あのおそろしい儀式に
ジロジロ見られて
ワサワサヘアーで（作詞 Pantax World）
パンタ（パンダじゃないよ）がワサワサヘアを振りたてて、声をしぼり出す。

フロアの片すみ。とり巻いているのは十四、五人。ほとんどがGパンやミニで、制服姿は令ひとりだ。休暇中といえども、保護者の同伴なしで盛り場を歩くときは、なるべく制服着用のこと、と、学校から通達が出ている。

何てぼくは世渡りが
うまいんだろう

全身でリズムをとり、手拍子を合わせる。

結婚式に出たんだ
いとこの結婚式に
スリーピースの
スーツを着こんで

そのあと、ラジオやレコードでは歌詞が不穏当だというので、放送禁止、発売禁止になり、耳にする機会の少ない歌を二、三曲聞いて、とてもとくした気分になったけれど、ひょっと時計を見たら、三十分の自由時間を十五分もオーバーしていた。

泡くって走り出した。血相が変わっていたことだろう。

そのうしろから、「あの人よ。あれ、つかまえて！　スリよ！」という声が追ってくる。まさか自分のこととは思わなかった。慌しい足音が入り乱れてきこえる。だれか掏摸《すり》に遭ったらしいと思っただけで、振りむこうともせず、エレベーターの前に走り寄った。

「待て！」「待ちなさい！」「掏摸だ！」

それらの声が自分にむけられているのだと、やっと気がついた。

冗談じゃないよ。そんな変てこな間違いにまきこまれている暇はないのだ。

楽器や書籍の売場を主とした七階は、それほど客がたてこんではいなかった。しかし、掏摸だ！　の声に、居合わせた客も集まってきて、エレベーターの前で、令は半円型に取りかこまれ、立往生した。

警備員らしい男が令の腕をつかんだ。何するのよ！　と抗議しても、力ずくでひっぱって行く。後から、被害者である二十ぐらいの化粧の濃い娘とその友人たち。それに野次馬もぞろぞろついてくる。

令は、唇を嚙む。

——土下座させて、あやまらせてやるから。

でも、いくら後であやまられたって、過ぎてしまった時間は戻らないのだ。

裏の小部屋で所持品をすっかり調べられた。

28と朱で点数を入れた数学のテストペーパーも披露された。

令は、長くのばした右手の小指の爪で、左手の甲をたたいている。

カキトン……カキトン……

被害者が、財布がない、と気づいたときと、令が走り出した瞬間が一致したための誤解だと、やっと皆に納得がいった。

帰宅時間がおくれたのに気づいて慌てたのだときいて、デパートの係員は、お母さまには私どもから事情を説明し、こちらの手違いを十分にお詫びしますと言った。

とんでもない。ロックに夢中になっていたことを母に告げていいものなら、あんなに慌てかけ出すことはなかったのだ。

いいです。大丈夫です。いそぐから。

被害者の若い娘は、私のなくなった財布はどうしてくれるのというように、不機嫌まるだしの表情で、令にろくにあやまりもしなかった。まだ、いくらか疑っているのかもしれない。

その日、田島は、注文のコピーを四谷のとくい先まで届けに行った帰り、新宿で小田急線に乗り換えようとして、おそくなっちゃった、おそくなっちゃった、と呟いている令をホームでみかけた。

「令ちゃん、元気ないな。どうしたんだ」

話をきいて、笑いだした。ちょうどすべりこんできた電車に、行列をす早くかきわけて乗りこみ、席を二人分確保して令を隣に坐らせ、

「そんなにおふくろさんが怖いのかい」

「怖いわけじゃないけど……」

怖いのだ。怖いというより、生理的に苦痛なのだ、母のヒステリーを頭から浴び、その嵐の中で揉みくたにされるのは。本当に吐き気がして、頭がキンキン痛くなってくるのだ。

「一度怒り出すと、ねちこく、ねちこく、せまってくるから、精神衛生に悪いのよ」

しまいには、何を怒られているのかわからなくなって、ただ、ごめんなさい、ごめんなさ

いと、ぼんやり呟いているだけになる。本当に悪かったと思っているんですか、と母はいっそう苛立つ。なるべく平和にやっていきたいと、令は苦心する。

「おそくなった口実なんて、いくらだってあるじゃないか。一番いいのは、駅で気分が悪くなって、しばらくベンチで休んでいたって言うんだよ。これなら、おふくろさん、怒るどころか心配して、ほいほいするぜ」

「あ、それ、いいわね」

令の表情がいくらか明るくなった。

「ゴキさんて、わりに頼もしいのね」

「困ったことがあったら、何でも言ってみな。親や先公の目を掠める手段なら、百ぐらい知ってる」

「経験者？」

「ああ」

そう、と令は軽い溜息をついた。

新宿から下北沢まで約十分間、田島は先公をたぶらかすあの手この手を並べたてた。

下北沢で下りようとすると、「こんど、カキトンがねずみ食べるところ、見せてあげるわ」令はうなずいて言った。田島は口笛を吹きながら電車を下りた。
四、五日して、電話がかかってきた。

「今日、お母さま留守だから、カキトンの森に遊びに来ていいわ」

「講習会は？」

「日曜は休みなの」

「いいね。アドなんか、年中無休だ。ろくな仕事もないくせに」

残っているゼロックスのコピーをぱたぱたかたづけて、緒方に、ちょっと出てきます、とことわった。

「社長がいないと思って、かってなまねをするな」

「だって、ここにねばっていたって、もう、仕事ないじゃないスか」

汗をふきふき、成城の駅から二十分ぐらいの道のりを、令の家にたどりつく。建売りの木造住宅だが、アドの長椅子をねぐらにしている田島には、けっこう立派な家にみえた。

チャイムを鳴らすと、令がドアを開けた。

制服姿ばかり見なれた目に、Tシャツとホットパンツの令は、ひどく新鮮にうつった。

――なんで、これがブスケであるものか。緒方のおっさんの目は、ふし穴だ。

浅黒い肌は黄色いTシャツによくマッチしていた。ふだん制服の長いスカートにかくされている脚は、むき出しにされてみると、贅肉《ぜいにく》はないかわり、やせすぎてもいず、こむらの筋肉がよくひきしまっている。まっ赤なホットパンツは、尻の片側に、黒い手型が一つだけプリントしてあった。

階段を先に立って上って行く令の尻の手型に、田島は自分の手をあてた。とたんに、ぴしゃっと、ひっぱたかれた。

「タッチしてくださいって、いわんばかりじゃないか」

「このパンツね」

令はふりむいて声をひそめた。

「お母さまは知らないの」

「自分の小遣いで買ったのか？」

令は首を振った。

「万引ってのやってみたの」

田島を信用しきっている表情だった。

「とてもうまくいっちゃった。でも、この間のお財布は、あたしほんとに知らないわよ」

ドアの前に立って、令は注意した。

「たくさん開けるとカキトンがとび出してしまうおそれがあるの。少しだけ開けるから、すぐ入ってね」

ドアが開くと、まず、異様な臭気が田島の鼻を襲った。

早く、と促して、令はするりと中にすべりこむ。息をつめて、田島も中に踏みこんだ。

いつまでも息をとめているわけにはいかない。思わず大きく一つ吸いこんで、「うえッ」と声をあげた。

「ひでえ臭《にお》い！」

「なにが？」

令は、なれっこになっているのだろう。何も感じないらしい。

豆電灯をつけた。

「一日中雨戸閉めてるのかい？」

「クーラーつけてるから大丈夫よ」

「へえ、クーラーがあるのか。我が社よりはるかに豪勢だね」

「そして、珈琲舎のみたいにガタガタもいわないのよ」

目がだんだん暗さに馴れてくる。スリッパをはいた足が、どうも不安定だと思ったのも道理だった。田島が踏んでいるのは、床板ではなかった。なだれ落ちた本やノートの上に立っていた。それらは、かきむしられ、ひきちぎられ、満足な姿をとどめているものはほとんどない。分厚い百科事典までが、ページがちぎれてばらばらになったまま、ころがっていた。

鳥のふんがこびりついていた。固く干からびたのもあれば、まだ、白っぽく濡れているのもあった。

コノハズクは、部屋の隅のベッドのへりに止まっていた。からだのりんかくは周囲の闇に半ば溶けこみ、半透明のゼラチン球のような目玉だけが、宙にぎらっと光る。角度によって、緑色に燃え、金色に輝く。

その目の猛々《たけだけ》しさが、田島をたじろがせた。

令の話から、もっと愛らしい生き物を想像していた。

令は、戸棚からねずみを二匹、尾をつまんで逆さにぶらさげ、とり出した。たちまち、コノハズクは、翼をひろげてとびかかる。

「まだ。まだよ、カキトン。お行儀悪いねえ。待ちなさいったら」

令は、あいている方の手をあげ、腕を目の前に横にして、コノハズクの襲撃をかわす。蹠《あし》の爪が髪の毛にからまり、痛いよッ、と令は悲鳴をあげる。

「ほら、ゴキさん、こうやるのよ」

令は、顔面をかばいながら、ねずみを田島にさし出した。

ねずみを摑むぐらい、田島は平気だった。埼玉の農村育ちである。この春高校を卒業して、上京してきた。みみずでも芋虫でも、指でひねりつぶすくらいのことは、年中していた。

しかし、薄闇の中で、キ、キッ、とおびえた声をあげながら、細い手足をじたばたさせる二十日ねずみ。それをぶら下げて、髪をふり乱して跳ねまわり、鳥を挑発しては、その襲撃をさける令、襲いかかるコノハズクの狂暴な羽搏き。

ねずみを食わせろとけしかけたのは田島自身だったが、こんな光景は想像していなかった。

令は、ねずみをぶら下げた腕をふりまわしながら、とびはねる。めまぐるしく動く獲物めがけて、コノハズクが襲いかかる。コノハズクの嘴は、令の目を狙う。顔をおおった腕を、ぴしっ、と翼が打ちたたく。令は、ボクサーのようにウィービングして、襲撃をかわす。せまい部屋の中を、本やノートを蹴散らしながら逃げまわるのを、執拗に鳥が襲う。

田島は、左手にねずみをぶらさげたまま、茫然と、荒ら荒らしい鬼ごっこを眺めている。

田島の指から宙吊りになったねずみは、躰をほとんど水平になるまで持ち上げ、泳ぐような恰好をしては、力つきて、また、だらりとぶらさがる。

コノハズクは、ねずみの背に爪をたてると、令の手から一気にひきさらって、舞い上がった。令は、息をはずませながら、床に横坐りになって、ベッドにもたれかかる。

ベッドの隅で、鳥はねずみを押さえつけ、ひといきに呑みこんだ。

令は、ぐったりとベッドにもたれて、小さい声で喘《あえ》いでいる。その目が、けだるくうるむ。田島の指の力がゆるんだ。ねずみは床に落下するや、躰をたてなおし、ベッドの下に走りこもうとする。コノハズクの動きの方がす早かった。食い散らした餌を捨て、視界をよぎったものに襲いかかる。

令の喘ぎがせわしなくなる。田島は傍ににじり寄り、肩に腕をまわした。唇を重ねる。令の舌は燃えている。抱きあったまま、二人の躰は横に倒れた。田島が強く吸い上げる舌を、令が吸いかえす。小さな声が、令ののどから洩れる。

令はふるえている。自分の躰が何を求めているのかわからない。意識がうすれかかる。まるでドライアイスでも押しあてられたような、冷いとも熱いともつかぬ奇妙な感覚だけが、鮮明に意識にのぼっている。

汗に濡れた弓削《ゆげ》の額に軽いくちづけを与えて、恵津子は起き上がる。白い首すじに、おくれ毛がはりついている。やがて、ドア一つへだてたバスルームで、シャワーの音がきこえる。

6

緒方が煙草を買いに行ったすきに、田島はたずねた。

「令ちゃんてのは、弓削さんの何なんですか」

まじめに聞いているんですよ、と念を押した。

「教え子だ、かつての」

弓削はシャツの胸をひろげ、扇風機の風を入れた。

「学校の先生だったんですか、社長は」

「家庭教師をしていたんだ」

と、うるさそうに言ってから、

「ゴキ、おまえ、令に惚れてるんだってな。幼稚園趣味だな」

「趣味の問題ではないです。令ちゃんが、弓削さんをパパと呼ぶわけを訊いているんですよ」

「なぜ、そんなことを気にするんだ」

令は、いつ、おれと恵津子の関係に気がついたのだろう、と弓削は思い返す。

三年前は、パパではなかった。〈先生〉だった。六年生の令は、恵津子に煽りたてられて、勉強にせいだしていた。

色が黒くて、ごつごつしていて、みばはよくないけれど、素直で扱いやすい子供だった。恵津子の期待に応えようと、がんばっていた。弓削の関心は、生徒の令よりも、母親の方にもっぱらむけられていた。

勉強が終わって下宿に帰る弓削を、令は、途中まで送ってくる。手をつないで歩く。そのとき、弓削は、恵津子の、冷たいくせに芯の方で火が燃えているような手のひらの感触を思いだしていた。令にせがまれるままに、思いつく話を口からでまかせに喋りながら、恵津子とかわしたくちづけを、もう一度想像のなかで味わいなおしていた。

ときどき、駅の方から帰ってくる恵津子の夫と行き会うことがあった。ずんぐりした小男だった。弓削を娘の家庭教師と知っているので、小さい目をしばたたかせ、挨拶する。それが、愛想よくしようか、尊大にかまえようかと迷っているようにみえる。有名な商社の社員ときいているが、村役場の吏員のような印象だった。

閑職なのよ、出世コースからはずれてしまっているの、と恵津子が嘲るように洩らしたことがあった。

令は、私立中学の入試に失敗し、公立に通うようになり、弓削の家庭教師も終わった。出入りする口実はなくなった。外で会おうと誘いをかけたが、夫が気づいたらしいと言って、恵津子は彼をさけるそぶりを示した。家庭を捨てておれのところへ来いと言いきるほど、弓削も純情ではなかった。

家庭争議にまきこまれるのはわずらわしいという思いの方が先に立ち、そのまま切れた。ほかに女がいないわけではなかった。

アド・アド企画を設立したとき、一応、挨拶状を送った。去年の秋、ふいに恵津子が店をたずねてきたのだった。それからしばらくして、令が遊びに来るようになった。

母親の相手だからパパと呼ぶというのは、ごく素直な発想なのか。皮肉なのか。それとも、海外駐在の勤務について留守だという父の、代替物とみなされているのか……。弓削には令の心をはかりかねた。どうして恵津子との関係を知ったのだろうとうすきみ悪かったが、令にパパと呼ばれるのに、いつしか馴れた。恵津子は、令がアドを訪れ、弓削をパパと呼んでいることを、全く気づいていないようだった。弓削も黙っていた。令の秘密ごっこにつきあってやるつもりだった。

「森を持っていうのは、悪いことじゃないと思うんですよね」

田島は、一人言のように呟いている。

「だけど、あれは、森なんてものじゃないな。いうなれば、蕭々《しょうしょう》たる荒野だな」

「ゴキが漢語を知っているとは思わなかったぜ。だが、蕭々たる荒野がどうしたんだ。土地を買う算段か」

「この間の日曜日、令ちゃんのうちに行ったんですけどね、令ちゃんはぼくを……、だけど、あれはやっぱり……、ぼかア、何も……」

「何をぶつぶつ、ごたくを並べているんだ」

つきあいきれないと、弓削は事務机にむかった。

「令ちゃんて、少し、頭がおかしいんじゃないですか」

迷ったものの、やはり、田島は口にせずにはいられなかった。

「令の部屋を、きみはのぞいたことがあるのか」

弓削が恵津子と言葉をかわすのは、情事の場以外になかった。よけいなおせっかいにちがいない。案のじょう、恵津子は、みるみる不きげんな顔になった。

「どうして、こんな時に、令の話なんかするの」

あなた、最近令に会ったの？　と、恵津子は上半身を起こして、いぶかしそうに弓削の顔をのぞきこんだ。

「ミミズクを飼っているそうじゃないか。それも、部屋の中で放し飼いで」

「あら、籠に入れて飼っているわよ。あなた、令に会ったのね、やっぱり。電車の中？　この頃、あの子毎日新宿まで通っているから」

「放っておくつもりか」

「何を？」

「一度、令の部屋を見てみろ」

「見たわ」

恵津子は、べそをかいた子供のような顔で、うなずいた。

「ほんのちらりとだけれど。だけど、どうしてなの。令が何を言ったの」

「すさまじいそうじゃないか。なみたいていのざまじゃないらしいぞ。精神状態がおかしいなんてことはないのか」

「あなた、令に会ったのなら、おかしいかおかしくないか、わかるでしょう」

「あんなのを放っておくあんたの方が、少しおかしいのかもしれない」

「ねえ、あなたとあたし、いったい、何なの。どうして、あたしたちの間で令のことを話題にしなくてはいけないの。あなたと会っている間だけ、あたしは、よけいなものをすっかり取り払っていられるのに」

「知っているんだろう、令が雨戸を閉めっきりにして、二十日ねずみをミミズクに食わせて遊んでいるのを」

「二十日ねずみを！」

恵津子は総毛立った。

「挽肉を買って食べさせているって言っていたわ」

「それも、ただの食わせかたじゃないんだぜ」

いやだわ、と恵津子は耳を押さえて、はげしく頭を振った。

「だって、あたしにどうしろって言うの。あたしは何度も、部屋をかたづけなさいと言ったのよ。雨戸をあけなさい、ふとんを干しなさい。そのたびに、あの子は、素直に、はいと返事するわ。小さな子供じゃないのよ。それ以上のことは、あの子にまかせるほかはないわ」

ねえ、令の話はやめましょうよ。恵津子は顔を弓削の胸にすりつけた。思い出させないで。あの、まっ暗な部屋。あたしには、手のつけようがないわ。むりにでも、令の部屋に光を入れろ、と、弓削は恵津子の肩を摑《つか》んでゆすった。華奢にみえて、がっしりと骨太な肩を。

「あたしはいやよ。あの騒ぎをくり返すのは」

「令のいない時に、雨戸を開け放せばいいじゃないか」

「ドアが開かないのよ。どうやって鍵をかけているんだか」

ばか、と弓削は舌打ちした。下敷一枚で開くことに、本当に気がつかないのか。見たくないものから、故意に目をそむけているのではないのか。

「あなたが手伝ってくださるのなら、やってみてもいいわ。一人ではこわいのよ。ミミズクと二十日ねずみのいる部屋に入るのなんて」


左手の甲に歯の嚙み跡をつけながら、令はうつらうつらしている。講師の声は、令の頭の上を素通りしていく。

二つ折りにした葉書をドアのすきまにさしこんで、上にはね上げる。掛金のはずれる手ごたえがあった。弓削はドアを押し開けた。光に馴れた目には、室内の様子はさだかに見てとれない。羽音だけが聞こえた。ぎらっと、青い透明なものが光った。ミミズクの目だと気がついたとき、恵津子が背後で悲鳴をあげた。

「灯りをつけて」

弓削に促され、恵津子はドアの右手のスイッチを押す。天井の螢光灯が、二、三度またたいて灯《とも》った。

乱雑をきわめた室内が、まざまざと照らし出された。ミミズクは、光をさけて目をとじている。田島が言うほどにおそろしげな生物には思えなかった。

——あいつ、オーバーにあやつけて話したな。

黒っぽい玉がいくつも片隅におしかためてあった。ミミズクが吐き出したねずみの毛や骨のかたまり。令はまとめて捨てるつもりで、忘れていたのである。明日捨てよう。明日捨てよう。毎日そう思いながら、死骸は、確実に一つずつ増えていった。

恵津子はドアの傍で立ちすくんでいる。

「ここが、令のアルカディアか……」

弓削は呟いた。

「アルカディア？」

「令が、そう呼んでいるそうだ」

「アルカディアって、何なの」

「古代ギリシャの理想郷だ、牧歌的な楽園というところさ」

言い捨てて、足の先で散乱した本をかたよせ、弓削は窓のところに行って、雨戸をひきあけた。

束《たば》になって、光がさしこむ。

「その戸棚の中に、二十日ねずみの生きたやつが、ごそごそいるはずだ」

「あ、待って。開けないで」

恵津子は、あわてて走り寄り、戸棚の扉にかけた弓削の手を押さえた。

「とび出してきたら、大変だわ。ねずみだけは、あの子に自分で始末させます」

——こんな中で暮らしていたのね。

恵津子は、打ちひしがれたように肩を落とした。なよやかに、頼りなげにみえた。首筋に、弓削は軽く唇をあてた。奇妙なことに、二人は、この部屋の住人に対し、優越感を感じたのだ。自分たちの正常さを誇らしく思ったのだが、二人とも、その気持をかくした。

肩を抱いた弓削の手に、力がこもった。その脇を、鋭い羽音が掠めた。開け放された窓から、ミミズクは空に飛び去った。

拭き上げられた床に、令は、ぺったりと腰を落とした。何もなかった。机の上にも。床にも。

いや、机の上には、青磁の一輪差しが置かれてあった。半開きのピンクの薔薇が挿されて。

令は、床の上に仰向けに躰をのばした。寝返りをうって、うつぶせになった。そのまま、しばらく、静かにすすり泣いていた。立ち上がって雨戸に手をかけたけれど、やめて、ガラス戸だけ閉めた。陽は西にまわって、それでもまだ真昼の明るさを失なわない空が、窓の外につづいていた。

令は、白い夏の制服を脱ぎすてた。机のひき出しを開く。その中までは、まだ整理の手がとどいていなかった。でたらめにつっこまれた紙片や小間物をかきわける。二番めのひき出しを探す。一番下の開き戸をあけると、中に押しこんだがらくたがこぼれ出して、その中に、探していたものがみつかった。裁《た》ち鋏《ばさみ》。

セーラー服のV字型のネックの切れこみに鋏を当て、裾にむかって、一直線に切り裂く。制服は、一枚のひらたい布きれになった。さらに、裾に沿って、五センチぐらいの幅に切り進む。一本紐が切り取れたところで、また、もう一本。衿《えり》と袖を残して、制服は、数本の紐に変型した。端と端を結び合わせていく。二重の輪にして、窓ぎわのカーテンレールに結びつけた。

がらくたの中をひっかきまわして、フェルトペンを探しだした。便箋《びんせん》はみつからないので、机の上にじかに、皓ちゃん、愛していました、と書いた。書いてから消しかけて、思いなおしてそのままにし、紐をひっぱって、強さをたしかめる。フェルトペンをとり上げ、愛していましたを黒々と消して、好きでした、と書きなおした。それから、全部をまっ黒に塗りつぶしてしまった。

紐が長すぎて、輪は胸のあたりまできた。長さを調節しているうちに、笑いがこみ上げてきた。制服が、ぼさぼさの萎びた紐になってしまったことが、たまらなく滑稽《こっけい》に思われた。

クックッとしのび笑いしていたが、そのうち、大声をあげて笑い出した。

母はいない。机の上に薔薇だけ飾って、どこかへ出かけたようすだ。

令は、紺のスカートも脱いだ。Gパンをはいた。Tシャツを着て、貯金箱の金を全部、紅い弗《ドル》入れにうつし、Gパンの右のポケットに押しこんだ。

ドアを閉めるとき、もう、掛金はかけなかった。令は、森を捨てた。

ふりむかずに、門を出た。

道は白く乾いていた。砂埃が舞っていた。

お父さまが出て行ったのも、夏だった。去年の夏。黒いスーツケースを下げて出かけたお父さまは、それきり、うちに帰るのを止《や》めてしまった。

令がいなくなったら、お母さまは、こんどは何と言いつくろうのだろうか。海外留学にやりましたとでも言うのかしら——。

獣舎のスキャット

1

床すれすれに設けられた採光窓に尻をむけ、だらしなく躰を横たえた雌豚は、もう、盛りをすぎていた。粗《あら》い剛《こわ》い毛でおおわれた皮膚は艶がなく皺がたるみ、乳頭がささくれ黒ずんだ乳房が、平たく床にのびひろがっていた。巨大な尻のまわりは、毛が抜け、灰色がかった地肌をあらわしている。

鼻面で地を掘りまくっているもう一頭は、まだ若い。野猪《やちょ》の血を思わせる猛々《たけだけ》しさを、その動作にあらわしている。生後六カ月。交配適齢期に達していない。桃色がかった肌。脂肪ののり切らない筋肉質の躰。小さい、ずる賢い、鋭い目。鈍重な感じはしない。

この二頭が、〈N初等少年院〉で繁殖用に飼育されている豚のすべてであった。雄はいない。発情すると、種オスを持った業者に交配を委託するのだという。

手入れはゆきとどいているのだが、雨もよいの天候のせいだろう、豚舎の中は、饐《す》えた厨芥《ちゅうかい》のような臭いがこもっていた。

私は、ちょっとのぞいただけで、そこを離れた。

〈N初等少年院〉

それは、決して、外来者に陰惨な印象を与える場所ではなかった。

頭が重くなるようなうっとうしさは、場所のせいではなく、湿気をたっぷり含んだ空気が、濡れた真綿のように肌にまといつくためだ。

晴れた青空の下でなら、やわらかい緑におおわれた広大な敷地は、牧歌的なさわやかささえ感じさせたことだろう。

——たぶん、今日が、ここを訪れる最後の日になるのだろう。

今日で、弟は、退院する。迎えの約束の時間には、まだ少し早い。私は、豚舎の前を離れ、ゆっくりあたりを見廻しながら歩いた。

この一年、幾度か面会に来て、目に馴染《なじ》んだ風景であった。

ゆるやかな起伏を持った敷地のそこここに、木造モルタルの簡素な平屋が点在する。少年たちの宿舎や作業棟である。古い小学校の建物に似ている。その間に、よく耕作された野菜畑や花畑。

豚舎と並んで、白色レグホンのための禽舎。

その向こうに、自動車の修理小屋。解体されてシャシーだけになった車の残骸が、ムーディな音楽に、いきなりダンモの不協和音が切りこんできたようなシャープな感じを与える。

のどかな田園風景の中で、更にいっそう不調和なのは、モルタルの建物の、どの窓にもとりつけられた厳重な鉄格子と、出入口の扉をとざす、がっしりした錠前。旧い田舎《いなか》の土蔵にでもふさわしいようなごついやつである。鉄格子と錠前。やはりここは、一個の檻《おり》であった。

少年たちの姿は見えない。全員、講堂で坊さんの説教をきかされている最中である。

職員室や応接室のある本館と作業棟の間の中庭には、青白く色褪せた木綿の服が、脱けがらの皮膚のように、一列に、干し綱に吊されている。ようやく降り出した雨粒が、生乾きの布に、輪をにじませる。

私は、本館の玄関に入り、「野本亘《わたる》の姉の野本亜也《あや》です」と、受付で名前と来意を告げ、応接室に通された。

小学校の標本室のようなにおいのする応接室に、弟は、すでに来ていた。院長と話しあっていた。というよりは、一方的に院長が語り続ける言葉を、きいているのかいないのか、頭を垂れて椅子に腰をおろしていた。

青い制服ではなく、私服に着かえている。この一年間、肥りも痩せもしなかったけれど、背丈はいくらか伸びたとみえ、シャツの袖口から、日光に曝《さら》されて褐色に変色した手首が三センチぐらいのぞき、ズボンも丈があっていない。

何度も面会に来ているので、特別あらたまった感情は湧かない。いくらか勝手がちがうのは、弟の服装が、以前の生活のにおいを取り戻しているせいか。

院長の表情も、いつもとあまり変わらない。迎え入れ、送り出すのは、院長にとっては、日常的な行為なのだろう。

それでは、まあ、しっかりやってください、というような決まり文句で、院長は、弟を私にひき渡した。

門を踏み出す時、私は、かすかな心残りと、もしかしたら、又、ここに来ることがあるかもしれないという、淡い期待に似た感情を持った。私は、ここが気に入っていたし、この一見ゆるやかに見えて、実は鉄の檻《おり》の厳しさを持つ場所に閉じこめられた弟を見るのも、気にいっていた。

今日で何もかもおしまい、弟は更生《こうせい》し、まっとうな社会に受け入れられる、というのは……ちょっと残念だった。

香住《かすみ》には会えなかった。

香住は、ここの職員の一人で、二十七、八。均整のとれた躰軀。腕白坊主がそのまま大人になったというような、健康的なにおいを発散させている。

幾度かここを訪れるうちに、私は彼の顔を見おぼえてしまったけれど、彼の方で、どの程度私を意識にとめてくれたか不明である。弟がここにいる間に、もう少し接触のチャンスを持てばよかった。せめて、私の名前ぐらい、彼の記憶に刻みつけ、弟の退院後も交際を続けられるようにすればよかったと、私は、軽く悔《くや》んだ。

「母さんは？」

バスの停留所にむかう田舎道を歩きながら、弟は、私の方を見ないでたずねた。

以前より、おずおずしたところが少なくなったような気がする。それでも、私と肩を並べようとはせず、二、三歩退ってついてくる。背を丸め、首を垂れた恰好《かっこう》は、昔と変わらない。もうじき十七になるのに、私よりほんのちょっと高いだけだから、この年頃の男の子としては、かなり小柄な方だ。よくいえば華奢《きゃしゃ》なからだつき、要するに、貧弱なのだ。

「リュウマチで来られなかったのよ。お父さんは、あいかわらずよ。一人でこんな所に来る人じゃないわ」

言葉そのものは、別にどうということはないけれど、口調に、土足で踏みにじるような、いたわりのなさ、いじわるさをこめた。どういう言い方をすれば弟が傷つくか、つぼは、もう十分心得ていた。

しかし、弟の冷ややかな無言の返答に、私は、おや、と思った。全然表情がくずれなかった。この一年、鍛《きた》えられて、だいぶ強靭《きょうじん》になったのかもしれない。それならそれで、こちらもはりあいがある。新しい戦法を考えるまでだ。

こちらにむかって走ってくる車をよけて、私は、道のはしに寄った。頬にかすかに血がのぼり、脈が心もち速くなった。古ぼけたライトバンを運転しているのが、香住だったのだ。

香住は、すれちがいかけて、車を止めた。窓を開け、首をつき出し、

「今日だったな、しっかりやれよ」

弟に声をかけた。小雨が、香住の髪を濡らした。弟は人なつっこい笑顔になった。この笑顔がくせものなのだ。どうひいき目に見てもハンサムとはいえないのに、ほっそりした顔に、細いやさしい目がかわいいとかいって、けっこう女の子にもてるのだ。年上の小母さまたち

なども、亘《わたる》ちゃんは、おとなしくてかわいいわと、この笑顔にだまされる。万引常習、シンナー遊び、不純異性交遊、強姦未遂、何が、おとなしくてかわいいものか。

高校時代、ぐれたこともなく、大学に行きたいところを高卒であきらめ、病弱の母のかわりに家事を切り盛りし、店の仕事まで手伝っている私の方が、はるかに、まじめでおとなしくて、模範的な娘なのだ。

ライトバンの後部には、蓋《ふた》をしたポリバケツが、幾つも積みこんであった。

私は、香住と話す時間を引きのばそうと、たいして興味はなかったけれど、「それ、何ですの？」と訊いてみた。

「ブタ公の餌ですよ」

香住は、きびきびと言った。

「この近所に、ラーメン製造の工場がありましてね」

「豚がラーメンを食べるんですの？」

「いやあ、新品を食べさせるような贅沢《ぜいたく》はしませんよ。製造過程でできる廃棄物《はいきぶつ》とか、古い返品、それに、従業員の残飯なんかをもらってくるんですよ。うちの子供たちは食い盛りで、豚に食わせるほどの残飯もでないし、配合飼料だけでまかなおうと思ったら、大赤字になってしまいますからね」

香住は、からっとした声で笑った。後続車の警笛が鳴った。道は狭かった。

慌てて、香住は発進した。ちょっとノックして、車は走り去った。

亘は、車を見送るでもなく、視線を地に落とし、とぼとぼ歩き出した。

2

弟の部屋は、彼が連行された日以来、そのままになっている。

母が、毎日、掃除は欠かさなかったけれど、室内は、まるで、朝でかけた住人が夕方帰ってくるのを待っている、といったふうに、生活の暖かみを漂わせている。

母は、煙草の吸がらの残った灰皿さえ、そのままにしておこうとした。こうしておけば、亘が身近にいるような気がするというのだ。

死んだわけじゃないのよ。一年たてば帰ってくるんじゃないの。その間、面会にだって行けるんだし。

あんたには、母親の気持はわかりませんよ。

弟に似て気弱な母が、カチンと、私の言葉をはね返した。ふだんは、父にも、娘の私にも、おどおど気兼ねしているのが、亘のこととなると、歯をむき出して、むきになる。

母と亘は、顔だちもからだつきも、よく似ている。母の方が年だから、ずっと小さくひからびているけれど、目もとや顔の輪郭など、一目で親子と知れる。

亘は、母が三十九、父が四十五という、遅い年に生まれた息子である。私とは八つ違い。

八カ月の早産で、小さい時は、全くの虚弱児童だった。裸になると、かいがら骨を動かすたびに大きなくぼみができ、躰じゅうの静脈が透けてみえるのかと思われるほど青白かった。今では、華奢なみかけよりははるかに耐久力があって頑健なのに、都合のいいときだけ、ひどく脆弱《ぜいじゃく》なようなふりをする。母は、ころっとだまされる。

掃除道具を持って、からっぽの部屋に入っては、母は泣いていた。

母がすすり泣く声を、私は、自分の部屋で、とっくりと聴いた。

私たちの家は、薬局を営んでいる。階下が店舗、二階が住居になっている。

南に面した六畳が亘の部屋、裏の四畳半が私の部屋。私が、亘の部屋に、ひそかに盗聴装置をしかけてから、何年になるだろう。

面白半分にやってみたことだが、これは、予想以上の楽しみを私にもたらした。家族の誰一人、もちろん亘本人も気づかないままに、私は、この何ものにもかえがたい秘密の悦楽を享受してきた。

スパイ映画のロードショウを観に行ったとき、映画館で、客寄せのくじ引きをやっていた。プログラムに刷りこんだラッキーナンバーによって、当選者に景品をくれるという、よくあるやつである。いつもくじ運が悪くて、宝くじどころか、ジャンケンでさえ負けてばかりいるのに、どういう風の吹きまわしか、一等に当選した。その景品が、上映作品にちなんで、盗聴用の超小型の無線発信器だった。周波数を合わせれば、一〇〇メートルから二〇〇メートルぐらい離れたところにいても、FMラジオで室内の話声を傍受できると、説明書に書いてあった。花札ぐらいの大きさで、厚さ一センチ足らずの黒い小さい箱。アースがついている。おもちゃではないかと思った。ところが、しかけてみると、意外に性能がよかった。店でしらべてみたら、一三五〇〇円で市販されている品物だった。この値段なら、おもちゃということはない。

はじめ、父と母の寝室にしかけてみようかと思ったが、弟の内面をのぞく方に魅力を感じた。亘の机の下、簡単に手の届かない奥の方に、両面接着テープで貼りつけた。小さな盗聴器は、室内のどんなかすかな物音も拾って、私の耳に届けてくれる。ＦＭラジオのジャックにイヤホーンをさしこんで、私は、ラジオを聴くようなふりをしながら、亘のかくれた内面生活の一部を共有するようになった。

レイ・チャールズの、聴衆とかけ合いで、アー、ウーと、やるせないセクシーな吐息をかわすWhat'd I Sayにまぎらせて、彼が何をしていたか、それは、彼と私しか知らないことなのだ。

友人たちとの露骨な会話。

彼がシンナー遊びをはじめたときも、警察よりも親よりも、誰よりも早く、私がその動静をキャッチしていた。もちろん、誰にも告げはしなかった。彼の幻覚を、私はこっそり共有しつづけた。

年下の女の子との、ぎごちないペッティング。同性の友人との愛人同士めいた囁き。

姿は見えず、私の得られる情報は、物音と断片的な会話だけである。想像で補なって、私は、鮮烈なイメージを描き上げるのだった。

それは、彼の内面生活を偸《ぬす》み盗《と》る楽しみのほかに、彼をいたぶる急所を私に会得《えとく》させた。私は、かしこく立ちまわった。あるいは小刻みに、あるいはぐっさりと、彼の秘所をえぐりながら、私の秘密兵器の存在を彼にさとらせるようなまねはしなかった。

私の、自分自身にかかわる生活は、内容のごく貧しいものだった。高校を卒業して、店と家事を手伝うようになって以来、私は、この限られた空間に縛りつけられてきた。恋人どころか、異性の友人を持つ機会にさえ恵まれず、私の若い日々は、とざされた日常の中に虚しく消えつつあった。

父も母も、私を使い勝手のよい労働力の提供者としか見ていなかった。結婚され家を出られては不便だという思いが意識下に働くのだろう、見合話にも真剣になってはくれなかった。愚痴を言うのはやめよう。私が、思い切って家を飛び出すとか、両親を強引に説得して勤めに出るなどの行動をとらないで、病弱の母にかわって主婦のつとめを果たしてきたのは、それなりのメリットもあってのことなのだから。

亘が少年院をめでたく退院になったのは、私にとって、いささか心残りなことではあったけれど、獲物が手もとに帰ってくるという期待もあった。

亘の帰宅を祝って、私たちは、久しぶりに、一家揃っていつもより少し贅沢《ぜいたく》な夕食をとった。

六十を越えた父は、章魚《たこ》のようにみごとに禿げあがっている。無類の酒好きで、しかも、相手が欲しくてたまらないたちである。

祝いだからいいだろう、まあ、一杯やれと、亘に盃をすすめる。亘は、アルコールに弱い体質なのだ。私の方がはるかに強いのだが、父は、女の酒呑みはみっともないと、私には呑ませない。

自分が相手が欲しいときには、無理強《むりじ》いにすすめるくせに、亘が外で呑んで酔って帰ってこようものなら、暴力沙汰の折檻《せっかん》がはじまる。酒の問題と限らず、父の叱言は、すぐ暴力になるのだが、亘がまた、撲り返すどころか、口答え一つできないで、かげでめそめそしているのだから、情けないことおびただしい。

一年ぶりの帰宅なので、さすがに、父も上機嫌だった。しかし、酔いがまわるにつれ、話がくどくなり、亘に説教がましいことを言いはじめた。亘がまともに受け答えせず聞き流しているのに気がついて、母がとめる暇もなく、拳固が横面にとんだ。

亘は、たくみによけた。これまでにないことだった。父は逆上して、卓の上の小鉢を投げつけた。亘は両腕で顔をかばって、かわしたけれど、その目が、一瞬、凶暴に輝いたように、私は思った。

暴力を、スパルタ教育だと、父は自負している。戦後の、子供が親を舐めきった風潮を苦々《にがにが》しがり、最近また、父親復権の声が高まってきたのを、我が意を得たりという顔でいるのだが、おかげで、亘は、すっかりいじけてしまった。小さい時から、親の暴力の前には歯がたたないと思い知らされてきたから、戦う前から負け犬に甘んじている。私もまた、かげでこっそり、彼を負け犬にしたてあげた一人だけれど。

院で鍛えられ、亘は少し変わったようだ。逆襲に出るか、と、私は見守ったが、亘は、すぐ、席を立って階段をかけのぼり、自分の部屋にとじこもってしまった。

おろおろして後を追おうとする母を、「私がみてくるわ」と、私はなだめた。

両親の前では、やさしい弟思いの姉というキャラクターを、かなり巧みに私は演じおおせていると思う。

子供のころ、両親の亘に対する偏愛に気がつかないで、ひわひわした弟を露骨にいじめた。腕力だって、こっちの方がはるかに強かった。母は、外敵から雛を守る母鳥のような目を私にむけて、亘をかばった。血をわけた娘を見る目ではなかった。父には撲られた。父は、自分ではその時の気分次第で亘に暴力を振うくせに、その実、晩年になって恵まれたたった一人の男の子が、かわいくてかわいくてたまらないのだ。ふつう、父親は娘の方をいつくしむものなのに、私は、よくよくかわいげのない娘なのだろうか。それとも、両親の愛情が弟にかたよっていると感じるのは、私のひがみだろうか。私は二通りに自分を使いわけることをおぼえた。親の見ていないところでは、ひいひい泣き声をあげさせ、告げ口したら、あとで、もっと痛い目にあわせるからねとおどすことで、亘の口を封じた。

この頃は、子供のころのような単純ないじめ方はしない。

母をなだめて二階にのぼったが、亘の部屋の扉をノックするかわりに、私は、納戸《なんど》をへだてて裏にあたる自分の部屋に入り、波長をあわせたFMラジオのスイッチをONにし、イヤホーンを耳にさしこんだ。

流れ出したのは、ピンク・フロイドの、"Fat Old Sun"だった。

ファット・オールド・サン。デブでよろよろの太陽。

When that fat old sun

In the sky is fallin'……

音楽だけなら、なにも盗聴器を使わなくても、部屋の外にそのひびきは洩れてくるけれど、やがてゆるやかなビートの裏に、低いせわしい喘《あえ》ぎ。

まだ性器に関して、はっきりした観念を持たなかったころ、私は、幼い弟の小指の先のような突起物を、物珍しく研究していた。とつぜん、力一杯耳を叩かれた。叩いたのが父ではなく、思いがけないことに母であったので、そして、母の表情に、何ともいえぬいやらしいものを見たので、私は震え上がってしまった。それ以来、弟のその部分は、私にとって、サンクチュアリになった。聖なる場所である以上、いつかは凌辱されるべきであった。

掠れたつぶやきがきこえた。

私は耳をそばだてた。はっきり聞きとれなかった。

誰の名前を呼んでいるのか。

──……さん……

──……さん、ちきしょう……

喘ぎがたかまって、ぷつんと切れた。

3

意志薄弱な亘のことだから、退院すればすぐにも、また前と同じ生活に戻りそうなものだが、そうはならなかった。

彼が院に収容されている間に、彼の仲間の大部分が消えてしまっていたのである。ボス格の年長者が逮捕され実刑を受け、ほかの者も施設送りになったのが多かった。

弱虫だから、一人では、万引き一つできないのだ。

学校には、二学期から通学することになった。もとの学校は退学になって、金さえ出せば入学許可がおりるあまり評判のよくない私立に手続きしてあった。

すぐにも登校すればよいのに、亘が、いやだと、こればかりは強硬にがんばった。

原因は、髪だった。院では長髪は認められない。バリカン刈りのくりくり坊主である。こんな頭で学校に行くくらいならと、家出もしかねない目つきを母にみせたので、母は、たちまち折れてしまった。

亘は、ウィッグを手に入れた。私の見ているところではかぶらない。

非行仲間とのつきあいがとだえ、部屋にとじこもっていることの多い亘のところへ、どこで知り合ったのか、かわいい顔立ちの女の子がたずねてくるようになった。

私の盗聴器は、フルに活躍した。店番や家事でいそがしいとき、ラジオのイヤホーンを耳にさしっ放しにして聴きいっているわけにいかない。私は、カセットレコーダーをふんぱつし、ラジオに接続することにした。

テープで再生された音を聴くのは、テレビのビデオと同じで臨場感に欠ける憾《うら》みがあるけれど、しかたがない。

きこえてくるのは、音楽が多かった。

少女は、ムード音楽のファンとみえ、彼女がくると、亘は、彼の愛好しているサンタナやピンク・フロイド、B・S・Tなどのかわりに、これまで軽蔑して聴いたこともなかったトミー・ドーシーなんかのレコードを、わざわざ彼女のために買いこんでおいて、かけてやるのである。

いらいらするくらい行儀のいいつきあいだった。ペッティングの気配も感じられない。

苗字なのか、名前なのか、ユイ、と、亘はその女の子を呼んでいる。

音楽の合間にきこえる会話は、きわめて幼稚な健康的なものだった。

どこで拾ってきたの、あの子？

亘と二人きりのときに訊いた。

店の二階の私たちの住居は、非常階段のような鉄製の簡単な階段で、外からも直接上がれるようになっている。隣の菓子屋との間の細い路地を入ると建物の裏手に出る。階段は、そこについている。鉄板の階段は、とてもよく足音がひびく。そして、ユイの足音は、特徴がある。軽くはずむようにかけ上がってくる。私は、一度、ユイをつかまえていろいろ訊いてみたいと思っているのだけれど、ユイが上がってくる足音がすると、亘が待ちかまえていて、チャイムが鳴らないうちにドアを開け、自分の部屋にひきいれてしまうのだ。

お茶やケーキを運んでやろうと思うのに、亘は、それも拒む。

時どき、亘がギターを教えている音が入ることがある。ユイは、まだ始めたばかりとみえ、下手くそだ。亘は、癇癪《かんしゃく》も起こさず、コードの基礎から手をとって教えているらしい。

やがて、二挺のギターで合奏が始まる。高度なテクニックをマスターしている亘が、くそおもしろくもないだろうに、ぽつりぽつりとさぐり弾くユイにあわせて、単純なC調のフォークソングなんか弾いている。CとG_7とFと、三つコードがとれれば弾けてしまうやつだ。いくら仲間といっしょで悪のりした末とはいえ、輪姦まがいのことまでやらかした亘が、よくも、あんなままごとみたいなつきあいを続けていられるものだ。

〈左手の爪、切らなくちゃ駄目だよ〉と、亘の声。

〈せっかく、のばしたのに〉

〈きみの爪、いい形しているね〉

――〝きみ〟だって……。

〈でも、左の爪が長いと、コード押さえにくいだろう。切ってあげようか。右はそのままでいいんだよ。長い方が、アルペジオ弾くのに具合いいからね〉

〈痛いッ〉と、ユイの小さな悲鳴。

〈あ、深爪した？　ごめん〉

亘、おろおろしている。

〈痛いんだよなあ、深爪って。悪いことしちゃったな。ごめん〉

――まったく……と、馬鹿馬鹿しくなって、私は、くり返し呟く。強姦しようって男が、何よ、深爪ぐらいで。

亘の、何かこもった声、ユイの深爪した指をしゃぶってやっているのだと、私は想像する。

私は何度か、亘の唇をしゃぶったことがある。亘はいやがって、それでも、いやだという私の左の小指が、亘の柔い舌にまといつかれているような感じがする。

と私につねられるから、我慢していた。ともすればそむけたがる顔の両耳をつかんで、私は、亘のちょっと甘い味のする唇を味わったのだった。きっと、亘はキャラメルを舐めた直後だったのだろう。タブーの味は、私の下腹をくすぐった。もう、ずいぶん昔の話だ。

どこで拾ってきたの？　という私の問いに、亘は無言だった。

発育不全だね、あの子、と、私は言った。

あんたより、ずっと、女っぽい、と、亘は言い返した。

へえ、もう、試してみたの？

そんなんじゃない。

そんなって、どんなのさ。

――どこか外で、二人はもう、躰をかわしあったのかしら。

そんな想像を許すには、ユイは、あまりに幼なすぎた。

4

ワラビーというのは、体長が三十五センチからせいぜい一メートルぐらいの、超小型のカンガルーだそうだ。

亘が退院してから一月《ひとつき》あまりたって、彼をたずねてきたワラビーは、たしかに、その仇名にふさわしい、亘より更にいっそう貧弱な少年だった。

顔が小さくとがっていて、耳が不釣合に大きい。少し出目で、瞳の色が薄い。色素の薄いたちなのだろう。白子《アルビノ》というほどではないけれど、髪の色も、赤みを帯びている。いが栗頭が、のびかかっていた。

ワラビーが初めて我が家にあらわれたのは、母がいつものようにリュウマチで寝こんでしまって、私が店番している時だった。

初対面ではない。亘に面会に行くたびに、院内でよく見かけた少年である。亘とは親しかったようだ。弱虫同士で気があったのだろう。ワラビーといっしょにいると、相対性原理によって、亘でも、いくらか品のいい頼もしいお坊ちゃんにみえた。

ワラビーは、ひょこひょこした足どりで店に入ってきて、媚《こ》びるような笑顔を私にむけた。

「いつ退院したの?」

ワラビーは、へ、へ、と笑っただけだった。

「亘に用?」

「電話かけたら、遊びに来いって言ったから……」

「ここから上がってもいいんだけど」

私は、指で裏にまわる道をさし示し、

「外に、直接二階に通じている階段があるのよ。そっちからまわってもらった方がいいわ。亘に、あんたが来たって、インターフォンで伝えておくわ」

階段、とても急で滑りやすいのよ、気をつけてね、とワラビーの背に声をかけ、私は、店の奥から二階に通じている内部の階段をかけのぼった。ラジオをONにし、テープレコーダーを始動させるためだ。

自分は傷つかないところにいて、他人の傷口をのぞき見するのは、誰にとっても、最高の楽しみの一つだろう。

カセット・テープに、亘とワラビーのどんな言葉が刻みこまれたか、私は、好奇心と期待で胸をみたしながら、「風邪のひきはじめでしたら、やはり、ベンザがよろしいんじゃありませんか」などと、客の相手をしていた。

二時間ほどして、ワラビーと亘は、外に出て行った。河岸《かし》をかえ、喫茶店でだべるつもりなのだろう。

店がたてこみ、夕食の仕度があり、カセットを再生して聴くことができたのは、夜になってからだった。亘は、まだ帰ってこない。

部屋にこもり、音量を絞って、カセットをレコーダーにかけた。

日常の会話というものは、テレビドラマや映画のせりふのように、明確な文章で構成されてはいない。

だから、ほら、あれだよ。それで、まあ……な。

中途半端な、あいまいな言葉の羅列。

その、きれぎれな言葉の間から、院での生活の思い出が、ちらりちらりと顔をのぞかせる。

〈……さんが、ワタルのこと、なつかしがってたぜ〉

〈ヘッ〉

……さん。かんじんのところが、よく聞きとれない。亘が、自慰行為の合間に洩らした名前と、同じようなサウンドを持っていた。

話は、すぐ、他のことにそれた。他のことというのが、私についてだった。

〈ワタルのアネさん、あいかわらずだな〉

〈おまえに色目使っただろう。あいつ、欲求不満のかたまりだ〉

〈いくつ？〉

〈二十四。求む男性って、面《つら》に看板ぶらさげてる感じだ〉

〈全然いないの？〉

〈全然。あんなの相手にする物好きいねえよ〉

〈院に来るたびに、香住に色目使ってたっけな〉

〈香住には、女房も子供もあるってのにね。いいざまだ〉

〈香住が言ってたぜ。ワタルの姉さん……〉

〈いやらしいって？〉

〈まさか、あからさまにそうは言わねえけどよ〉

〈あいつ、しつっこいんだよ。だから、男にもてないんだ〉

いやなやつだ、と吐き捨てるような亘の声だった。

ひどい裏切りだった。

亘は、私と、なれ合いで楽しんでいたはずだ。肉体的にも精神的にも、私にいじめ放題いじめられるのを、いやだいやだとべそをかきながら、本当は、それほどいやではなかったはずだ。私が亘をいびり、亘がいびられるのは、二人の間の、隠微な遊びであった。

亘の口から、こんなさげすみの言葉をきこうとは思わなかった。

〈……さんの方が、まだ、まだ、ましか〉

〈まだ、ましどころか、彼女、最高だったよなあ〉

〈練れちゃってたな〉

うっとりと、ワラビーの溜息。

〈代々《だいだい》、お相手をつとめてきたんだってな。心得たもんだったよな、彼女〉

〈チビはだめ、な。暴れちゃってな。ヴァージンは、むずかしいや〉

〈彼女のために、ピンク・フロイドを捧げるか〉

　When that fat old sun
　In the sky is fallin'……

〈ところで、このところ、おれっちの妹がお世話になってるそうで〉

へっ、と、照れたように亘は笑い、ロックのヴォリュームがあがった。

ぶよぶよで皺だらけの赤黒い太陽が、地平のむこうに落ちこんでいく。

落ちつくす頃は、おそらく、一片の皺くちゃなゴム布のようになってしまうのだろうと、私は、漠然とイメージを追っている。

いやなやつだと言う言い方にも、いくつかのニュアンスがある。

私が弟を、いくじなし、弱虫、と罵るとき、そこには、弟に対するいじらしさ、いとしさが含まれているのだ。

私は、亘を……愛していたとは言わない。愛だの恋だのといった高尚なものではない。情欲だったのだろうか。押さえきれない情欲の昂まりが、私を煽りたてたのだろうか。

弟が〝いやなやつだ〟と吐き捨てたとき、そこには微塵《みじん》の仮借《かしゃく》もなかった。憎悪なら、まだいい。そこにこめられた感情は、軽蔑だった。

〈……だから、親父は、遺言状を……〉

ぼんやりしているうちに、テープは進んで、思いがけないことを喋っていた。

私は、はっとして巻き戻した。

遺言状とは、何のことだろう。

テープから流れる亘の言葉は、私を更に愕然とさせた。

〈頼りない非行息子ってのも、とくなもんだぜ〉

と、亘は語っていた。

〈親父もお袋も、年くってるだろう。おれの将来のこと、気が気じゃねえんだな。姉貴はしっかり者だから、そのうちいい亭主でもみつけて、適当にやるだろうって、おれは頼りないから、食うに困らないようにしてやらなくちゃ……というわけで、親父、この店から何から、財産は一切合切、おれに残してくれるつもりらしいんだ〉

〈うまくやってやがる。でも、なんか、法律で決まってるんじゃねえのか。遺産は、配偶者にどれだけ、子供に平等にどれだけって〉

遺産の相続に関しては、私も、ごく簡単な知識は持っていた。夫が死亡した場合、妻が三分の一、残りを子供が均等に分割する。うちの場合なら、子供が二人だから、母と三人で、ちょうど三分の一ずつ。しかし、遺産相続などということは、まだ遠い先の話のような気がして、真剣に考えたことはなかった。亘は、たった十六のくせに、もう親の遺産のことを考えているのだろうか。

〈子供とかみさんが相続人のときは、二分の一は、親父が好きなように処分してもかまわないんだってさ。だから、まず、その二分の一をおれに、残りを三人で均等割りってことにな

るらしい。だから、おれは三分の二、姉貴とおふくろが六分の一ずつ〉

〈ややこしくてわからねえ〉

と、ワラビーが匙を投げた。

〈おふくろは、おれといっしょに住むんだろうしさ、とにかく、親父が死んだら、ほとんどおれのものってこと〉

〈おまえ、薬屋さんになるつもり？〉

〈アホかよ。おれのものになったら、何もかも売っ払って……そうだなあ、旅かなあ〉

他愛のないことを言っている。

あんまり早く死なれちゃ困るんだ、と、亘は勝手なことを続けた。

頭の中で熱く溶けた鉛が渦を巻いているような気分だった。話が急に、現実的な色彩を帯びてきた。

両親の亘に対する偏愛は、私のひがみではなかった。

父が、そんな不公平な遺産分配の指定をした遺言状を作ったというのだろうか。そうして、それを、私をつんぼさじきに置いて、年端もいかない亘にだけ告げたのだろうか。

私の疑問に答えるように、

〈おふくろが、ちょろっとおれに洩らしたんだ。正式な遺言状、作ったってさ〉

と、亘は語っていた。

〈おふくろも、姉貴がうっとうしくてしかたがねえのさ。おふくろの前じゃ、おとなしぶっ

ているけれど、芯がきついからなあ、あいつ〉

要するに、私は亘が結婚して一家をかまえるまでの、家事労働力ということか。両親は、私に、一片の愛情もないのだろうか。まさか……。彼らは、それが不公平なしうちだとは、まるで思っていないのかもしれない。男尊女卑、長男尊重を当然とする社会常識のなかで若い時を過ごした彼らには、男女同権ということは、うわすべりな、言葉の上の知識にしかすぎないのだろう。

それだからといって、納得できるしうちではなかった。

私は自分の利益を自分で守らなくてはならない。

亘に対する私の愛憎入りまじった感情は、急速に、冷ややかなものになりつつあった。生活の利害がかかわってくるとなったら、隠微な情欲などは、押しつぶされてしまう。か弱い、手の中でひねれそうに思っていた獲物が、いつのまにか、私を凌駕《りょうが》する存在になろうとしている。

我慢のできないことだった。この店を切り廻してきたのは、私ではないか。薄暗い、古くさい店に、青春を埋めつくしてきたのは、私ではないか。

私は将来、この店を改装し、近代的なファーマシーにすることを、時折夢見ていた。両親は、店を改築するつもりはなかった。今さら借金をふやしたくないというのが、一番大きな理由で、めんどうくさいということもあった。

私の代になったら……。私と、まだ誰とも定まらないけれど、私の夫の座に坐る男と、そうして、役には立たないけれど、亘と……。

亘もいつかは結婚し、一家をかまえるようになるのだということは、これまで、私の念頭にはなかった。亘は、まるで子供だったから。

一つの想念が、次第に、私の中で明確になりつつあった。

テープから流れる曲は、フリー・フォアにかわっていた。演奏は、やはり、ピンク・フロイド。ピンク・フロイドとしては、いささかイメージの違う、二拍子の陽気なビート。サウンドは陽性だが、歌詞は暗い。

……Life is a short warm moment And death is a long cold rest

You get your chance to try in the twinkling of an eye……

暖い人生は束の間、死は長い冷たい休息。

——私の人生は、あまり暖くないものになりそうだ。

そして、チャンスは……。

いそぐことは無い。相続問題が起きるのは、まだ先のことだ。しかし、弟が結婚してからではおそい。やはり、今のうちから、チャンスを狙って……。

そう、彼は、抹殺されなくてはならない。

この考えは、二重の意味で、私を昂ぶらせた。

いままで、彼をいたぶることに快感はおぼえても、彼を死に至らせることまでは考えなかった。しかし、殺害は、おそらく、快感の極致を私にもたらすのではないだろうか。

血がよどみ、冷え、蒼い蠟のようになった弟の形骸を抱くとき、私はたぶん、心から哀惜の泪を流すだろう。私は、ふと、彼の血を吸いつくすことによって、彼に死を与えたいと思った。それは、一瞬浮かんで消えた妄想だった。しかし、この妄想は、単なる情欲ではなく、私が本当に彼を愛しているのだということを私に教えた。与える愛ではない。奪う愛であった。踏みにじり、凌辱《りょうじょく》し、意のままにすることによって、満たされる愛であった。いそぐことはない。そして、一度で成功しなくてもいい。私のしわざであることをさとられなければ。

テープの歌に、亘のなまの声がダブった。

建物の外からきこえてくる。私は、いそいで、カセットをとめた。音量はごく小さく絞ってあったから、部屋の外に洩れるきづかいはなかったけれど。

亘の歌声は、すっかり酔っていた。外で、ワラビーと飲んだらしい。

But you are the angel of death And I am the dead man's son……

間のびした二拍子のリズムに合わせて、ガタリ、ガタリ、と階段を上ってくる。

想像の中で、私は亘を抱きしめ、そうして、殺した。

5

高架の高速道路が、病院の窓のすぐ脇を通っている。

アルミサッシの窓を閉めきってあっても、車が疾駆し過ぎゆく度に、室内にかすかな震動が伝わった。

スモッグでいくぶん遮られているとはいうものの、八月の陽光は烈しい。

私は、黄ばんだキャラコのカーテンをひいた。

ベッドに仰臥《ぎょうが》した亘の顔が翳《かげ》った。

パジャマの前をはだけている。肉の薄い胸は、じっとり汗ばみ、ギプスで固定された左の脚がかゆいのか、不愉快そうに顔をしかめている。タオルの夏掛は、縄のようによじれて腹の上。

左脚は、まだギプスをはめているけれど、脳震盪と擦過傷は、後遺症も残さず癒《い》えた。捻挫した右の手首に、軽い痛みが残る。

これが、抹殺計画をたててからおよそ一カ月後に、私が亘に与えた傷害のすべてだった。

失敗したとは思わない。私は、あせってはいない。あっさりと命を奪ってしまったのでは、その後の私の人生は、おそらく、索漠としたものになることだろう。亘の去ったあとの空虚な穴を埋めてくれるものがあらわれるまでは。

亘が、落ちつかなく、上半身を動かした。

亘は、私の手で世話されることを好まないようにみえる。しかし、片脚をギプスで固定された亘は、どうしても、私の手を借りなくてはならないのだ。

私は、彼の無言の要求に気がつかないふりをする。亘の頬が紅らむ。左手をのばして、ベッドの下をさぐろうとする。下半身は動かせないから、腰が不自然な恰好にねじれる。さんざんじらせてから、私は、ベッドの下から、ガラスの器をとってやる。やさしい、慈愛にみちた目で弟を見ながら、器を渡す。

亘は、タオルの夏掛を腰のまわりにひろげようと苦心する。

「やってあげるわ」

「あっちへ行ってろよ」

「恥ずかしいの？　おばかさん」

私は、甘ったるく言う。

弟の液体の溜まった容器を提げて病室を出、便所にむかう途中、廊下で、ワラビーとユイに行きあった。ユイは、めざとく私の手に提げたものに気づき、

「私が洗ってくるわ」

手を出して、尿瓶をとった。

あいかわらず、踊るような軽い足どりで、廊下を戻ってゆく。中の液体が、たぷんたぷん、揺れる。

「ばかァ、こぼすぞ」

ワラビーが振りむいてどなる。

「きッたねえな」

「汚たなかないよ、ワタルのだもん」

廊下の角を曲がって、ユイも尿瓶も見えなくなった。

ユイがワラビーの妹だということは、あの時のテープの会話でわかった。

ユイは、ワラビーに面会に行って、亘と知り合ったのだった。

そうして、この一月《ひとつき》の間に、ユイと亘の間は、急速に親密さを増したようだ。

ユイは、あまりたずねて来なくなった。そのかわり、毎日のように、亘は外出した。二人は、外で会うことにしたらしい。

亘は、ユイの躰を知ったのだと私は察した。

時たま店に姿を見せるユイと亘の、話しぶりや態度の微妙な変化に、私はそれを感じた。

獲物が二つになった。いつの日か、ユイに苦痛を与えることで、私は亘を苦しめてみたいと思った。その手段は、まだ考えつかなかった。その日まで、私の悪意は悟られないようにしなくてはならない。私は、できるだけ彼らに好感を与えるようにふるまった。

自信はなかった。私は、あまり他人に愛されたおぼえがない。なぜなのかその理由がどうもよくわからなかった。

高校時代も、私は親しい友人ができなかった。決して、意地の悪いしうちをしたり、我儘にふるまったりしたつもりはない。私が残酷に扱って快感をおぼえるのは、亘に対したときだけだ。友人とは、ふつうにつきあいたかった。しかし、なぜか、私は孤立していた。どの友人とも、うわっつらだけのつきあいだった。クラスの半数は男子なのに、その誰一人とも、恋を語りあうどころか、腕を組みあうこともなかった。どのクラスにも、何人か、全くもてない女子というのがいる。変人だといわれ、敬遠される。私は、その一人だった。どこが悪いと自覚できれば、あらためることもできる。私には、わからなかった。

　容貌が特に醜いわけでもない。私よりずっとみっともないくせに、いつも、男生徒にとりかこまれ、中心になってはしゃいでいるのもいた。私には、わからなかった。

　ワラビーが私に好感を持っていないことは、あの時の会話でわかっている。しかし、ワラビーは、如才のない少年だった。私の前では、あんな悪口を言ったことなど、おくびにも出さず、にこにこと腰が低い。まるで、一人前のセールスマンのようだ。弱虫の少年が、自衛のために身につけた処世術かもしれない。

　ユイは、屈託がなかった。ワラビーとは、あまり似ていない。しかし、兄妹だといわれてみると、虹彩の色の薄い少し出目の大きな目は、二人に共通したものだった。

　私にもおぼえがあるけれど、女の子が、ひどく男っぽい言葉づかいをしたがる時期がある。ユイは、ちょうどその年頃だった。亘やワラビーと、オレ、オマエで喋っている。さすがに、私の前では、オレとは言わなかった。

　尿瓶の始末をしたユイは、私たちより少し遅れて病室に入ってきた。

「しけてる?」

　と、亘に挨拶して、籐で編んだバッグから、カセット・テープを出し、

「マロの、新しいやつだよ」

枕もとのレコーダーにセットして、スイッチを入れた。

この頃では、ユイの方が亘に感化されて、サンタナやマロなどのラテン・ロックに興味を持ちはじめたようだ。

「プレゼントだよ、バースデイの」

「そういえば、今日、おれの誕生日だったな」

私は、すっかり忘れていた。亘は、十七になった。父も母も、いまだに数え年の方がぴんとくる方だから、バースデイを祝う風習にはなじんでいない。きっと、二人とも、忘れていることだろう。母は、あいかわらずリュウマチのぐあいが悪くて、病院には来られない。

マロの演奏をバックに、私は、自分の部屋の戸棚の奥にかくしてある数々のテープを思い出していた。あの中には、亘の、自慰の喘《あえ》ぎも刻まれている。あの声、ユイの耳に聴かせたら、ユイはどう感じるだろう……。

ワラビーが、亘の耳もとに、何か囁いた。

亘は、ケケッというような声を出して、す早い視線を私にむけた。私を不愉快にさせる目つきだった。

「香住が来るってよ」

亘は言った。

「香住って、あの、N少年院の……？」

「そう。あの野郎」

「新宿で、二、三日前、ばったり出会っちゃって……」

と、ワラビー。

「こっち、ぎくっとしてね、とっさに逃げ出そうとしたんですよ。でも、考えてみたら、何も、今んとこ、弱い尻はねえんだから、ふてて、居直って、そしたらむこうも、やけに調子よく、〝どうだい、元気でやってるか〟……」

上手に香住の声色をまねた。

「亘が怪我して入院していると教えてやったら心配して、今日、見舞いに来るって」

「あんまり見たくねえ面《つら》だな」

私は、少し心が騒いだけれど、この頃では、香住のことは、すっかり念頭から去っていた。妻も子供もあるという男だ。たいして惹かれていたわけではない。もし、むこうが好意を寄せてくれれば、それに越したことはないけれど。

6

香住は、果物籠を抱えてあらわれた。どう見ても、中学校の体育の教師といった印象だ。

果物は、何日も棚ざらしになっていた品物とみえ、バナナは黒くいたみ、夏みかんは、皮がすっかりしなびていた。

「これはひどい。けしからん果物屋だ」

香住は、アイロンのかかった真白なハンカチで鼻の頭と額をぬぐった。香住自身はおよそ身なりには無頓着にみえる。奥さんが世話のゆきとどいた人なのだろう。しげしげと近くで見る香住は、造作の大きい目鼻立ちのわりに、歯が小さく間がすいていた。ねずみっ歯というやつだ。

「いったい、どうしたんだ」

亘にたずねる。

「階段から落ちたんですよ。足を踏み滑らせて」

ワラビーが横から説明する。亘は、例の、人なつっこい笑顔のかげにかくれこんでいる。

「お酒なんか飲むからいけないのよ」

ユイが口を出した。ワラビーと亘が慌てて、しッ、という顔をするのに気づかず、無邪気に、

「ね、先生、叱って。ワタルと兄ちゃんたら、しょっちゅうお酒飲みに出ていたのよ。いけないんですよねえ、未成年のくせに」

香住は、いやに物わかりのいいところをみせ、二人を叱ろうとはしなかった。

「まあ、これで、いい薬になっただろう」

と、笑っただけだった。

「階段の方が酔っぱらって、ふにゃふにゃ動いたんですよ。だから落ちたんだ」

と、亘は言った。

他の三人は、冗談だと思って、声を合わせて笑った。

しかし、私にはわかっていた。階段が動いたというのは、おそらく、亘の実感だったろう。

幸い、亘は、自分が酔っていたため、そんな錯覚を持ったのだと思っている。私も、亘はきっと、そう思うだろうと予想して、この悪戯をしかけたのだった。

ほんの、手始めの悪戯だった。非常階段を二階から転落したくらいでは、よほど打ち所が悪くなければ、死にはしない。階段の下はコンクリートで固めてあるから、場合によっては、頭蓋骨骨折で死亡ということも考えられたけれど。

私が用意したのは、一枚の長い灰色の布だった。

入口に並んだ便所の窓から布を垂らし、階段の踏み板に敷き、便所の中にひそんでいて亘が踏んだときに、布をひきこむ、それだけのことだった。子供がよくやる、人が坐ろうとするときに、椅子をさっと後ろにひいて転倒させる、あの悪戯に似ていた。

亘がまた、ワラビーと飲み遊ぶようになったことが、私にこの悪戯を思いつかせた。

亘の飲酒を父は激怒したけれど、「シンナーよりましじゃないの」と、私はなだめた。

「お酒なら、少しぐらい飲みすぎてもどうということはないけれど、シンナーは危いわよ。命にかかわるわ」

アルコールに弱いくせに、飲めばすぐめろめろに酔っぱらい翌日は二日酔いで苦しむくせに、亘は、飲んだ。一目で未成年とわかる亘に飲ませてくれる店は、どこなのだろう。なじみの巣があるらしかった。そこで、年上の女に調子のいいことを言われて、いい気分になっているのかもしれない。

それとも、私の知らない何かが、彼を駆り立て、禁じられた場所へ足を運ばせるのだろうか。


小遣いはやらんと父は言ったが、母が内緒でたっぷり渡しているのを、私は知っていた。

「やらないと、こっそりうちの品物を売り払ってお金にかえたりするようになるからね」

母は、弁解がましく、私に言った。「店の薬品なんか持ち出されると困るしね」

「睡眠剤は、厳重に保管しておいた方がいいわよ」私は言った。「睡眠薬遊びっていうのもあるんだから」

「いろいろ厄介だねえ」母は、白髪まじりの小さい頭を振った。睡眠薬とガスを用いて殺害する方法もあるけれど、私は、その方法は採らなかった。亘の部屋にはガスは引き込んでなかったし、睡眠薬だけでは失敗したとき、亘に自分の過失と思わせるのがむずかしい。それに、私は、できれば血を見たかった。亘の躰が、なま暖い彼自身の血でいろどられるところを見たかった。血の華でおおわれた死、あるいは、思いきり汚辱と苦痛にまみれた死。このどちらかを、亘に与えたいと思った。

その夜、父と母は、入口につづくダイニング・キチンで、いらいらしながら亘の帰宅を待っていた。

父は、おまえが甘いから、亘が駄目になったのだと母を責め、母は、父にきこえないような小声で、「何でも私のせいにして」と、呟いていた。「お父さんだって、その時その時の気まぐれで、怒りつけたり甘やかしたり、でたらめじゃありませんか」

そうじゃない、と、私は心の中で一人ごちた。亘は、駄目になったんじゃない。彼は、手さぐりで、自分の生《せい》を生きているんだ……。

鉄板が、ガタリガタリとひびき出したとき、私は便所に入り、窓を細く開いた。窓から垂らしてある灰色の布は、闇の色にまぎれていた。

亘は、重そうに頭を振り、手摺りと壁の間を躰をジグザグにはずませながら、のぼってきた。亘の足が、その踏板にかかったとき、私は、布を力いっぱいに、ひき寄せた。

転落の音は、私に深い感慨をもたらすはずだったけれど、それに酔っている暇はなかった。怪しまれてはならないのだ。窓から取り込んだ布を自分の部屋に投げこむと、外へ出た。父と母は、けたたましい物音をきくと同時に、外へとび出していた。

階段の下で、跪いた父に亘は抱かれ、母が、どうしていいかわからないように、ただ名前を呼びつづけていた。近所の家々の窓に灯がともり、窓の開く音がした。

私は、父に救急車を呼ぶように命じて、亘を私の腕に抱きとった。地に膝をつき、亘の頭を腕の中にささえた。父は、我を忘れていた。何も私の命令に従うことはないのに、私に電話をかけに行かせればいいのに、泡をくって、階段をかけのぼっていった。

疑われることはないだろうと、私は思った。たとえ、亘が、何かに足をすくわれて落ちたと証言しても、犯人を私と指摘できるものは何もない。亘が証言できるようになるまでに、布を処分する時間は十分にある。その上、私が亘に殺意を持つ動機など、誰にもわかるはずはないのだ。盗聴器ははずしてしまった。テープも、もし危くなったら、音を消せばいい。

私の腕の中で、亘は薄く目を開いていたけれど、何も見てはいなかった。全く意識を失なっていた。亘の頭の重みを腕に感じながら、私は、あれこれ思いめぐらしたのだった。


香住の声は、よくひびいた。もっぱら一人で喋っている。ユイがおもしろそうにあいづちを打ち、ワラビーは、お義理で笑い、亘は頬をかすかにゆがめ、大人びた苦笑をみせている。

やがて、香住は立ち上がり、早く元気になれと言って、部屋を出た。出がけに、私に目で合図した。私は、先生をお見送りしてくるわと言って、彼の後に従った。

廊下に出ると、「亘くんのその後の様子を少し聞きたいんですがね」と、香住は声をひそめた。病院の正門前の小さな喫茶店に、私は彼を案内した。

香住は、あいかわらず、田舎の草と土のにおいを身につけた餓鬼大将といった感じだった。子供のころは、おそらく、竹棹を振りまわし、メダカすくい、蜻蛉《とんぼ》つり、華々しい陽性な喧嘩、木のぼり、そんな日々をすごしたのだろう。その健康さが、私には、ちょっと眩《まぶ》しかった。

「どんなふうですか、亘くんは。退院した子供のことは、いつも気になっているんですが、なかなか、一人ひとり退院後の面倒まではみきれなくて。飲酒にふけっているというのは、本当ですか」

「ええ、でも、幸い、前の仲間とは切れたようですので。この頃は、ワラビーと……」

私は、ワラビーの本名を知らなかった。

「ワラビー？　ああ、岩井俊雄のことですか」

「ええ、その岩井くんとは、よくつきあっているようですけれど……。でも、どちらがどちらを誘っているのか、私には何とも言えませんわ」

「労働をさせるべきです」

と、香住は、断固とした口調で言った。みかけどおり、彼は、土と草の信奉者だった。

「ぶらぶらさせておくのが、一番いかんです。学校は？」

「今、夏休みですから。二学期から復学させます」

「そうでしたね。夏休みだった。院には夏休みも冬休みもないもので、つい……」

「大変なお仕事でしょうね。非行少年の補導というのは」

「そうですね。少年といっても、大人顔負けな凄いのがいますからね。亘くんなどは、手のかからない方でした。皆施設に入れられたのは、運が悪かったというふうに思っている。同じようなことをやっても、身許がしっかりしていれば親もとに引き取られ鑑別所送りにならないですむのもある。彼らの非行歴を見ていると……」

本人も非行に走りやすい性向を持っているが、周囲の大人にも責任があることが多いと、彼は、熱をこめて話した。私は、上の空だった。

「退院して、すぐまた非行に戻る者と、更生する者と、半々ですね」

更生とは、どういうことかしらと、私は、ぼんやり自分の爪を眺める。一つの檻を出て、もう一つの檻に、自分を適合させること……。

「虚しくなることがありますよ。しかし、やはり、ぼくは……」

香住は、明日を信じる一人だった。〝明日〟なんて、言葉の上に存在するだけなのだ。実際にあるのは、〝昨日〟と〝今日〟だけだ。

明日は、と、希望をこめて香住たちは言うけれど、〝明日〟が本当に手に入ったとき、それはもう、変わりばえのしない重いうっとうしい〝今日〟じゃないか。

アイスクリームを口に運びながら、私はふと、スピーカーから流れるBGMに耳をかたむけた。聞きおぼえのある曲だと思ったら、ここでもピンク・フロイドだった。

When that fat old sun
In the sky is fallin'……

「〝デブでよろよろの太陽〟というやつですね」

香住は、歌のタイトルを知っていた。

香住の頬が、ちょっとひきつれたように、私は思った。

「先生も、ロックがお好きですの？」

「いや、ぼくは、こういうのは苦手です。子供たちがしじゅう歌っているので、いやおうなしにおぼえてしまう。ぼくは、都はるみが好きです」

香住は、アイスクリームの匙をきれいに舐め、器に残った溶けた汁も、口をつけて啜《すす》った。

「院にいるんですよ、この、ファット・オールド・サンというやつが」

「は？」

「実は、それもあって、ちょっとあなたに伺いたいと……」

香住は、言いづらそうに、額をハンカチでぬぐった。真白だったハンカチは、もうだいぶ薄黒くなっていた。

「亘くんは、犬は飼っていませんね」

「犬ですか？　飼っていませんけれど、犬がどうかいたしまして？」

「いや、犬ではなく、実は豚なんですが……」

香住は、しどろもどろだった。

「亘くんについて、セックスの点で異常なことはないでしょうね」

私は、ユイのことを思った。ユイと亘が肉体関係を持っているとして、それが、香住のいう異常だろうか。私は、ユイのことを香住に告げるのをためらった。私たちのかかわりあいの中に、香住に介入してきてほしくなかった。

「いや、何もなければいいんです。もし、何か気づかれたら、ぼくに知らせてください」

香住は、奥歯に物のはさまったような物言いをした。

「何ですの」

私は問いつめた。香住は、言い渋っていたが、実は、ごく最近になって、少年たちが院で飼っている雌豚をセックスの対象にしていたことが判明したのだと言った。

「もちろん、豚は、すぐに淘汰しました」

香住は、いそいでつけ加え、それから、急に能弁になった。雑多な情報の洪水によって、獣姦という事実のどぎつさを薄めてしまおうとするようだった。

「それも、彼らが白状したところによると、もう、何年も前から、院生から院生へ言いつがれ、行なわれてきたというのです。まったく、うかつでした。

N院は、職能訓練を与える場にもなっているのです。子供達の適性をみつけて、それぞれに応じた職を手につけさせてやる。そのため、野菜や花卉《かき》の栽培、家畜の飼育、木工、旋盤、自動車修理、各種の実習施設があります。ただ、予算不足のため、どれもが貧弱で十分な機能を果たせないのが困るんですが。禽獣《きんじゅう》の飼育は、情操教育も兼ねたつもりだったのです」

とんだ情操教育になってしまった、と、香住は、困り果てた表情をした。教師に叱られた餓鬼大将といった風情になった。

「院に収容される子供は、動物好きなのが多いですよ。根は淋しがりというのが多いんですかね。実によく世話します」

豚の分娩は、五時間から六時間もかかる。係の少年たちは、徹夜で付き添う。分娩期が近づいたことに気づくのは、職員より、しじゅう気をつけている少年たちの方が早い。尾の付根の両側がくぼんで、陰部がゆるんできた、糞がやわらかくなった、乳房がはってきた等の徴候を細かく観察し、いよいよとなると、清潔な敷藁《しきわら》を敷いた分娩枠の中に入れてやる。固定した分娩枠に母豚を入れるのは、子豚を親が圧死させないためである。

「出産というのは、彼等に生命の誕生の厳粛さを思い知らせる効果があると思い、ぼくたちも積極的に助産させているのですが、交配は業者に委託し、彼らの目に触れないよう気をくばっていたのです。性的には大人以上に欲求の激しい連中が、野郎ばかりのところにとじこめられているわけですから、よけいな刺激を与えないよう、こちらとしても十分配慮したつもりでしたが……」

亘くんが、それに加わっていたという確証があるわけではないのです、と、香住は、手を振った。

「彼らは、口が固いですから、すでに退院した者のことまで告げ口はしません。こんなことは、外部の方の耳に入れたくはなかったのですが、万一、亘くんがその悪癖をおぼえ、退院後も何らかの形でその影響が残っているとしたら、家の方の協力を得て、何としてでも矯正しなくてはならんと思いまして……」

皮膚のたるんだ老いぼれた雌豚を、私は思い出した。それと同時に、亘とワラビーの会話の断片も思い出された。

〈……さんの方が、まだ、ましか〉

〈まだ、ましどころか、彼女、最高だったよなあ〉

〈練れちゃっててな〉

〈代々、お相手をつとめてきたんだってな。心得たもんだったよな、彼女〉

〈チビはだめ、な。暴れちゃってな。ヴァージンは、むずかしいや〉

〈彼女のために……〉

「その雌豚の、仇名が、ファット・オールド・サンですの？」

「彼らは、そう呼んでいましたね。デブでよろよろの太陽。親愛感のかぎりをこめて」

父と母が、これを知ったら……。大事な一人息子が、あろうことか、獣姦の愛好者だったと知ったら、彼らは怒りと嘆きで、気も狂わんばかりになるだろう。

奇妙なことに、私は、豚の背にのしかかって欲望をみたしている亘の姿を心に浮かべたとき、いやらしいという思いは起こらなかった。それは、むしろ、いじらしい光景だった。しかし、それは、私にとって、亘に対する新しい攻撃の材料でもあった。

亘を抹殺するという計画を、私は決して忘れてはいないのだ。

他言はしないでほしいと、香住は、くどく念を押した。言わずもがなのことを喋ってしまったと後悔しだしたらしく、急に小心な目つきになった。

皺だらけでぶよぶよの太陽が、地平の向こうに落ちこんでゆくさまを、私は思い描いた。巨大な血マメのような太陽は、亘をしっかり抱きこんでいた。

7

新しく手に入れた材料を、どのように使えば最も効果的か、私は計画を考えては捨て、また考えた。

いつまでも引きのばしていないで、亘に、決定的な攻撃を与えよう。私が思いついたのは、獣姦の事実を、亘の前でユイにばらすことだった。ユイは、少女らしい潔癖さで、亘を嫌悪するだろう。亘を罵り、怒り、彼と訣別するだろう。

これは、彼に自殺の動機を与えることになる。もちろん、亘は、どんなにがっくりきても、自殺する意志など毛頭持たないかもしれない。

手を貸してやるのは、私だ。自殺とみえる方法で彼を殺害する。動機が歴然としているから、彼の自殺は、怪しまれることなく、周囲に受け入れられるだろう。

こう決心するまでに、何日かかかった。

そうして、ユイに強い衝撃を与える状況を演出するために、私は、辛抱強く、更に時をついやした。

醜悪な豚の群れを、ユイに見せたいと思った。豚どもの醜い不潔なさまを見せつけ、十分に嫌悪感をかきたてた上で、その場で、亘は彼らの同類と交わったのだと告げる。ユイは、打ちのめされることだろう。

亘とユイとワラビーは、三人で小さい世界を形づくっていた。その調和のとれた世界に私が割りこむのはむずかしかった。

私は、ユイを手なずけることから始めた。

しつっこいから嫌われるんだと言った亘の言葉を、私はおぼえていた。自分では気がつかなかったけれど、他人に好意を持たれたいと思うあまり、べったりとしつっこくなるのかもしれない。私は気をつけて、淡白な感じのいい態度でユイに接しようとした。

ユイは、他人に警戒心を持たない娘だった。私がそう苦労するまでもなく、すなおに打ちとけてきた。私を毛嫌いする様子はなかった。

学校が始まる前に、夏の名残り、皆でドライヴに行かない？　という私の提案に、まっ先にのってきたのが、ユイだった。八月も終わりに近く、亘の脚の傷は癒《い》え、退院してきていた。歩行にはたいして不自由ないほどになっていた。亘たちは、皆、未成年で車の免許は持っていない。亘は、運転の技術は身につけているけれど店のライトバンをおおやけに運転できるのは、私だけだった。

亘は、いやに静かな目で私を見た。亘は、少しずつ変わってきている。ときどき、ひどく大人びた表情を見せる。ユイとじゃれあっているときは、まるっきり幼いのに、私にむける目が、私より年上のような錯覚を起こさせるときがある。

ワラビーは、様子を伺うように、亘と私の顔を見くらべた。亘が、「いいだろう」とうなずくと、さっそくのってきた。

「ライトバンてのが、ちょっと、いかさないね」と、贅沢《ぜいたく》なことを言った。

カークーラーがついてないので、窓はいっぱいに開け放してある。風といっしょに、土埃が容赦なく舞いこんでくる。亘は、２バンドのラジオカセッターのスイッチを入れた。ダイヤルをまわしていたが、気に入った音楽番組がなかったとみえ、カセットに切り換えた。

　ヴァモノス　グァヒラ

　ヴァモ　サ　バイラ

サンタナのグァヒラが流れ出した。

穂ののびた稲田がとぎれ、畑地が続く。

幅のひろい柔い葉がこんもりと低い株をつくるコンフリーの畑が、左手にひろがった。

「あれ、何かしら。タバコ？」

ユイが亘に訊いている。

「知らねえな」

と、亘は言葉少なだ。

豚の緑餌のために栽培されているコンフリーである。豚舎が近い。前もって下見しておいた道だけれど、私は、黙っていた。

〈下川繁殖豚舎〉と記した矢印のついた木札が、左に折れる細い道の角に立っている。私は車の速度を落とした。

「養豚場があるらしいね。ちょっと、のぞいてみない？」

「ブタ？　臭くって」

ワラビーが鼻に皺を寄せた。

「それより、早く目的地に行って、飯にした方がよかないですか？　豚見たあとじゃ、せっかくのサンドイッチがまずくなる。このケツをスライスにして、ハムにしたのかなんて」

その臭い豚を、さんざん可愛がったくせにと思いながら、

「東京にいたら、めったに見られないじゃない。珍しいわ」

「ねえ、見てみようよ」

ユイが、はしゃいで言った。

「ブタって、可愛いよ。手入れがよければ、臭くないんだって。意外ときれい好きなんだってよ。ねえ、Nにも、ブタいたじゃない。ぶよぶよの、きったならしいやつ」

私は勝手に左にハンドルを切った。

木柵で囲われ、プラタナスの濃い緑が涼しい木陰を作る二十坪ほどのひろさの運動場。その奥に、豚舎が建っている。十頭ほどの豚が、木陰に寝そべったり、土をこねまわしたり、運動場の一部に設けられた水浴場に入りこんだりしている。繁殖豚舎としては、小規模な方であった。

農家の副業なのだろう。だいぶ離れたところに、木の間がくれに、屋根だけスレート瓦に葺《ふ》きかえた古い家がみえる。そこが住まいらしい。

養豚には、素子豚《もとこぶた》を購入し、肥育して食肉用に売る肥育養豚と、その子豚を供給する繁殖養豚の二種類がある。下川豚舎は、繁殖の方だった。

私は豚舎のすぐ傍まで車を乗りつけた。

「怒られねえかな、かってに入りこんで」

車を下りながら、ワラビーは、気にして、あたりを見まわした。

「平気よ、豚盗みに来たわけじゃなし。誰かにみつかったら、珍しいから見物してるんだって、胸はって説明すればいいじゃないの」

私は、カセッターのスイッチを切り、テープを抜き出して、別のとはめかえた。ユイは、好奇心にみちあふれ、豚舎の板戸の閂《かんぬき》をはずし、中に入りこんでいった。

「ねえ、見て、見て！　子供がいる。こんなちっちゃいの。親のおなかに、鈴なりにぶらさがっている！」

雑居房の奥に、産室が続いていた。壁に接して設けられた分娩枠の中に、母豚が横たわり、ピンク色の仔が十匹あまり、一列になって、乳首に吸いついている。まだ肉のつかない、皮膚の薄い腹が波打って、旺盛な食欲をみせていた。

尿だめの臭いが排尿溝に逆流し、豚の体温でむれた敷藁のにおい、豚の体臭、豚舎の中は、やはり、臭かった。

私たちは、再び、外に出た。薄暗いところから急に出たので、陽光が眩しく目を射た。

この前私が下見に来たのは、雨の日だった。豚たちは、光の射さない豚舎の房に押しこめられ、もぞもぞとうごめき、陰鬱な感じだった。これは効果的だと思ったのだが、陽光のもと、運動場に放された豚どもは、いたってさわやかで、あてがはずれた。

豚なんか臭くて、と軽蔑したようなことを言っていたワラビーは、だんだん夢中になって、運動場の柵を乗り越え、中に侵入した。豚の傍に近寄って、背中を搔いてやったりしながら、

「こいつ、最近、メイクラブしたばかりだぜ。背線の毛が、なまなましくすり切れてら。あ、汚ねえな。毛がよじれて固まってるの、これ、雄のよだれのあとだぜ」

　他の豚の尻をのぞきこんだ。

「こいつ、発情している」

　私にむかって、

「ほら、背中に手をあてると、動かなくなるでしょ。雄がかかるの、待ってるんですよ」

　とくとくと、説明する。

「雄いないね」

　と、ユイ。

「種つけは、種オス飼っているところでやってもらうのが多いってけど……。あそこに小さい小屋があるな。あれが、雄の邸宅かな。それとも、物置かな」

　亘がぼそっと言う。

　ユイは、少し離れたところにぽつんと建った、汚い小さい小屋の所に走って行った。扉には重い閂《かんぬき》がかかっているので、採光窓から中をのぞくと、また走り戻ってきて報告した。

「雄らしいよ。よくわかんないけど、黒くてでかくてエッチな顔したのが二頭いた」

「ランドレースだ、きっと」

　と、亘は、豚の種類にくわしかった。

「こっちの雌は、ヨークシャ。この頃、ランドとヨークのかけ合わせ、多いんだ」

「やたら、豚に詳しいんじゃないの」

私はそれとなく皮肉った。

亘は、ワラビーを手招いた。ワラビーは、柵をよじのぼった。柵に腰かけたワラビーに亘が顔を寄せ、何か囁いている。ワラビーが、ケケケッと笑った。話の内容はわからなかった。いつも、彼らの秘密の会話を遠く離れて盗み取っていたのに、つい目と鼻の先にいる二人の話がききとれないというのは、皮肉なことだった。

「Nでも、豚飼っていたわね。だから、豚のこと、よく知っているのね」

私は、そろそろ、話を誘導しはじめた。二人は、のってこない。

「あの年寄りの方、ファット・オールド・サンて呼んでいたんですってね」

「よく、知ってますね」

ワラビーが、警戒したような目をむけた。私の口調に、何か不審なものを感じたのだろう。

私は、なにげなくライトバンに近づき、窓から手をのべて、カセッターのスイッチをいれた。さしかえてあったカセット・テープがまわり出した。

〈ファット・オールド・サンの方が、まだ、ましか〉

〈まだ、ましどころか、彼女、最高だったよなあ〉

ワラビーの顔が蒼ざめた。車に走り寄ろうとした。私は、ドアにもたれて動かない。

〈代々、お相手をつとめてきたんだってな。心得たもんだったよな、彼女〉

〈チビはだめ、な。暴れちゃってな。ヴァージンは、むずかしいや〉

〈彼女のために、ピンク・フロイドを捧げるか〉

When that fat old sun

In the sky is fallin'……

私は、スイッチを切った。

ユイは、目を丸くし、口をあけている。

「わからないの、あんた。この人たち、豚とやったのよ。あの老いぼれ豚と」

ユイの息づかいが荒くなった。目がうるみはじめた。

「汚ねえやつだな」

吐き出すように言ったのは、亘だった。

「変な器械をくっつけたのは知っていたが、テープにまでとったとはな」

「知っていたの！」

「残念ながら、だいぶ後になってからだがね。気がついたのは、階段から落ちた日の二、三日前だ。いつから盗聴されていたのかは、わからなかった。こんなころから、やっていたのか。

おれだって、FMラジオぐらい持っているんだぜ。ダイヤルを廻しているとき、放送のないところなのに、雑音が止まった。隠しマイク？　まさか、と思ったぜ。スパイもので、盗聴器発見の方法は知ってたけれど、おれの部屋に隠しマイクなんてね」

汚ねえやつだ、と、亘は、もう一度吐き捨てた。

「汚ないのは、あんただわ。豚とやるなんて、けだものだわ。ユイちゃん、言ってやりなさい。不潔なけだものって」

　ユイは喘いだ。いきなり、亘の首に抱きついた。

「すごいわア」

　ユイは叫んだ。

「すごいね、ワタルって、ハレンチだね！」

　ユイは、英雄を見るような目を亘にむけ、キスを降らせた。私は、啞然とした。

「ま、そういうこと」

　亘は、平然と言った。

「あの時の話を聴いていたとなると、階段に細工をしておれを落としたのも、やっぱり、あんただな。そうじゃねえかと疑ってはいたんだが、証拠がなかった」

「いまだって、証拠なんてないわ」

　私は言い返した。

「あの時のテープは、今の部分だけ残して、みんな消してしまったわ」

「そんなことは、どうでもいいのさ。あんたは、もう、おれに白状したんだから。もっとも、今のことに関係なく、おれは、これをやるつもりだったんだが。あの雄ブタの小屋をみつけたときに思いついたのさ」

　ワラビーが後ろに立っているのに、私は注意していなかった。

後頭部をいきなり、固いもので撲りつけられた。

私は、前のめりに倒れた。

気が遠くなった。しかし、完全に意識を失なったわけではなかった。彼らの手が、私の躰を動かすのを感じていた。やめて、と言おうとしても、声が出ず、手足もしびれて動かなかった。

誰の手だろう。スカートの下にのび、私の下着をはいだ。臀部に、ねばっこいものが触れた。

彼らは、三人がかりで、私をひきずりはじめた。地面をひきずられながら、意識が朦朧《もうろう》としていった。

かすかなエンジンのひびき。猛烈な臭気と背を抑えつける圧力に、意識が呼び戻された。薄暗かった。

私を押さえ、いらだたしそうに突き上げているものが、何だかわかった。私は、もう一度失神しそうになった。

豚ってやつは、色盲なんですよ、とワラビーが豚の知識を振りまわしたとき、言っていた。色盲で、乱視で、近視。ろくに物が見えないんだ。何で相手を識るかっていうと、嗅覚ね。だから、メスのあそこの臭いをたよりにかかるんですよ。何もブタの形していなくても、臭いがして、穴がありゃいいんで。

ケケッと、笑ったのだった。

粘液を私になすりつけたのは、ワラビーの手だったにちがいない。

私は、助けを呼ぼうとした。

何かが、私をためらわせた。私は、ぞっとした。私は、快いしびれを感じていたのだ。こんなことは、あってはならなかった。私は、まだ、男の手で躰を触れられたことはなかった。私の欲望をみたすのは、私自身の指だけだった。そのときよりも、更にいっそう強く烈しい、不愉快さおぞましさと綯《な》い交ぜになった感覚が、私をがんじがらめにし、助けを呼ぼうとすると舌をこわばらせた。

三人の子供たちは、無免許のまま、かるがるとのびやかに、ライトバンをとばしているのだろう。

私は、泥に顔を埋め、すすり泣いていた。悪臭にみちた獣舎のなかで、私は、腐って落ちてゆく太陽の幻影を見た。

蜜の犬

1

半ば固まりかかったゼリーの中にいるように、四月の朝の空気が肌に重い。

北側の窓を開け放して、秀樹《ひでき》は窓枠に腰かけ、二十センチほどの幅に突き出した出窓の鉄製の手摺にもたれている。ブリーフ一枚で上半身は裸。このごろ、上膊《じょうはく》や胸に、いくらか筋肉がついてきたのではないかと思う。

秀樹の部屋は、団地のアパートの二階にある。北側の窓からのぞけば、灰白色のコンクリートの箱は一つも目に入らない。窓の下は、急傾斜の坂道が、左から右にむかって高くなっている。

道のむこうは崖地で、落ちくぼんだところを国電のローカル線が南北に走っている。崖と線路の間の狭い帯状の平地に、バス通りと商店街。線路のむこうには丘《きゅう》陵《りょう》の裾がのび、丘は、灰色がかった霞《かすみ》におおわれている。

霞のようにみえるのは、盛りを過ぎて花と葉がまだらになった桜の森である。天気がよければ、白い歯のような粒が、丘陵の中腹のそこここに群がって輝く。桜に包まれた丘は、市営の広大な墓地であった。

秀樹は、ベッドの脇のデジタル時計に目をやった。6・05。カタリ、と05の右半分がめくれて、06に変わった。

秀樹の皮膚が緊張した。目が見る前に、肌が、敏感に感じとっていた。

実際に、においが鼻孔を刺激するはずはなかった。すぐ傍までいけば、たしかに嗅ぎわけられる強烈なにおいではあったけれど、どんよりとよどんだ空気の中を、坂の下から、秀樹のいる鉄筋コンクリートの建物の二階まで、そのにおいが運ばれてくるはずはなかった。

それでも、秀樹にはわかった。

それは、鼻孔をかきむしるような、汗ばんだ、けもののにおいだった。指先についた精液のにおいと似ているけれど、もっと激しく、なまぐさかった。けものの体温と、波立つ胸骨と、粗い短い体毛の手触りを、はっきり感じさせるにおいだった。

坂の下から伝達されるそのにおいには、常に、もう一つ異質なにおいが入りまじっている。メカニカルな、非情なオイルのにおい。金属の錆《さび》のにおい。

〈彼〉は、もう、すぐ、そこまで来ている。

鳥肌が立つ。自分でもそれとわかるほど、秀樹は昂《たか》ぶっている。

やがて、〈彼〉の頭が、坂の下から徐々にあらわれる。

急な坂道は、三段変速のギヤをロウに落としても、自転車で登るのは苦しい。

市郎は、腰を浮かせ、前屈みになり、全体重をペダルにかけて、坂をこぎ登る。ジグザグに登ればいくらか楽なのだが、彼は、敢《あえ》て直進する。

はりきった腿《もも》にしめつけられ、銀色の鉄骨で組み立てられた自転車は、ひどく弱々しくみえる。強大な体力を必要とする登攀《とうはん》に耐えきれないものがあるとしたら、それは、浅黒い肌、いかつい小鼻、眼窩《がんか》のくぼんだ、墨でくまどったように輪郭のくっきりした丸い目、こぐたびにハンドルにつかえそうになる長い臑《すね》を持った少年ではなく、華奢《きやしや》な銀色の自転車の方であろう。

この一帯は、以前は山だったという。ここ数年の間に、切り拓《ひら》かれ、団地として開発された。

山がアスファルトとコンクリートで固められたため、商店や、市郎の働くガソリンスタンドのある窪地は、被害をこうむることになった。豪雨のとき、以前は山の地肌にしみこんでいた雨水が、舗装《ほそう》された坂道を、奔流《ほんりゆう》となって流れ落ち、線路も道路も、水浸しとなるのである。

冬から春先にかけては、例年通り、異常乾燥が続いた。毎年同じようにくり返される気象状況だけれど、報道はいつも、〝異常〟の二字をくっつけている。

四月も半ばを過ぎて、空気が重くなってきた。しかし、梅雨にはまだ遠い。

市郎は、道の右側に、ちらりと目を上げた。いつものように、二階の窓は開いていた。

眼鏡をかけた少年の顔が、道を見下ろしている。まだ、中学生ぐらいだろうと、市郎は見

口をあけ、舌を垂れて喘《あえ》ぎながら、ペダルをこぐ。舌の先から涎《よだれ》が糸をひく。りまで登ってくると、さすがに、かなり息が切れる。しかし、彼は、自分に休息を許さない。当をつけている。たいして関心はない。一瞥《いちべつ》しただけで、視線をすぐ前方に戻す。このあた

坂を登りつめて平地に出る少し手前に、右に折れる道がある。右に折れてすぐのところに、小さい公園。

ブランコ、砂場、滑り台。こんな早い時間には、人影はない。

自転車を下りてスタンドをかけ、市郎は、コンクリートの枠の中の砂に、小便を注ぎかける。条件反射のように、ここで一休みすると小便がしたくなる。自分の名前を書いてみようと思うが、いつも途中で液体が足りなくなり、まだ成功したことはない。

市郎は、足を外八字に開いてしっかりと立ち、腰に力を集める。口はかるく閉じ、目を半眼にうすく開き、呼吸をととのえる。もう一々〈空手早わかり〉をのぞかなくても、要領は頭に入っている。〈突き〉の稽古からはじめる。

両足の指先を真正面に向けて平行立ちに立つ。上向けて拇指《おやゆび》を外に握りこんだ拳《こぶし》を両脇にかまえ、正面の敵めがけて、左拳を突っこむ。次の瞬間、ばねでひき戻されたように、左拳は腰に戻り、同時に右拳がはじき出される。

道場に通ったことはない。まったくの一人稽古であった。

そのうち、重ねた瓦を手刀でぶち割れるようになってみせるぞと思っているが、市郎の指

はまだ十分に鍛えられてはいない。

テレビドラマで見た迫力のある格闘シーンを念頭に、足技の練習に移るのだが、右足をひき、左足で前屈立ち、右足を蹴り上げたとたんに、よろめいて、ひっくり返りそうになる。

誰も見ている者はいないけれど、一人で照れ笑いする。

形はぶざまでも、気迫はこもっている。上げ手、払手、横手、手刀手、掬手《すくいて》と、連続した体さばきの練習。汗がとぶ。

ふと、馬鹿馬鹿しくなる。いくら練習したところで、試合に出られるわけでもない。

——強くなりゃいいのさ。

しらけてしまったらおしまいだから、気を取り直す。


始業時間の早いサラリーマンや高校生、地元の公立を嫌って遠い都内の学校に通う小学生、中学生などが、ぽつぽつ、道に姿をみせはじめる。

市郎は、公園の水呑場《みずのみば》で顔の汗を洗い落とし、自転車にまたがる。

帰りは、足腰を酷使《こくし》することはない。加速がつきすぎないよう、ブレーキを加減しながら、傾斜した道を、なめらかに下りる。

駅に向かう数少ない人の中に、いつも二階の窓からのぞいている少年をみかける。黒い詰《つめ》衿《えり》の学生服は、まだ、真新しい。まじめに、きちんと衿の鉤《かぎ》ホックまでかけている。背が低く、首の細いわりに頭が大きく、安定が悪い。

市郎は、少年には関心がない。しかし、少年と肩を並べている少女には、おおいに関心がある。少年よりずっと背が高い。百六十センチ以上ありそうだ。ブレザー型の制服は、発育のよい体を包むには少し窮屈そうで、袖の付根に横皺《よこじわ》がよっている。腰の形が最高だと、市郎は思う。ひだの多いスカートのかげにかくれているけれど、外国の女優のように、きゅっとしまって、歩くたびに、くりっくりっと揺れる。

追い抜きざま、振り返る。顔は、たいしたことねえな。十人並より、心持ち下。でも、変に魅力を感じるのは、あの尻のせいだろうか……。

いままで、少女と視線があったことは一度もない。

「あれ、ガソリンスタンドで働いている人でしょ」

迪子《みちこ》は、遠ざかって行く自転車に目をやって、秀樹に話しかける。

「変な人よ。毎朝、この辺で追い越して行くんだけど、いつも、あたしのこと、じろっと見るのよ。朝っぱらから自転車乗りまわして何しているのかしら」

「いそごう」

と、秀樹は促す。

「六時四十八分をのがすと、遅刻する」

「遅刻したって、あたしは平気よ。今日の一時間め、横島の国語だもの。あいつ、出欠とるの、しょっちゅう忘れるわ」

空気の中に、けものの残り香を秀樹は、かすかに嗅ぐ。

2

父が運転して、後部座席には母が乗って、助手席に自分が腰をおろしているなどという風景は、ひどくみっともないと、秀樹は恥じている。だから、キャロル三六〇の給油を、どこか団地を遠く離れたところでやってくれればいいと思うのに、父は、〈彼〉の働くガソリンスタンドで車をとめた。日曜の、恥ずべきドライヴ。

窓のガラスを下ろし、猪首《いくび》を突き出して、「満タンにしておいてくれ」

と、父は命じる。

〈彼〉は、ゴムホースをひきずって、オイルキャップをひねる。色の褪《あ》せた黒いTシャツの上に白い作業衣と作業ズボン。ゴム長。

彼が、下りてこいと、目で合図したように秀樹は思った。彼とまともに顔を合わせたのは、今日がはじめてだ。もちろん、口をきいたことはなかった。秀樹はいつも、彼を、眺めていたのだ。

——気のせいだろうか。

もし、思いちがいだったら恥をかくなと思いながら、ドアを開ける。

「すぐすむのよ。ちゃんと乗っていらっしゃい」後ろから母の声。母は今日、爪を紅く染めている。気にくわない。

彼の傍《かたわら》に、なにげない顔つきで寄ると、

「いつも朝いっしょにいる女の子、姉さんじゃないのか？」

彼は訊いた。近くに立つと、彼は、ずいぶん背が高かった。生まれつきの癖毛か、パーマで縮らせているのか、アフロスタイルの髪が、獣のたてがみのようだ。

「ちがうよ。同じ学校の人」

秀樹は、声変わりがやっと終わりかかっている時期だった。たいてい大丈夫なのだけれど、どうかすると、突拍子もない調子はずれな声が出る。気をつけて、低い小さい声で応《こた》えた。うまくいった。

「だって、おたく、中学だろう」

「ああ、この春から」

「彼女も中学？」

「三年生。中三」

「ちぇっ、ジャリかよ。泣けるなあ。高校生だろうと思ったのに」

こうじゃないか、と、手でふくよかなふくらみを示し、

「名前、何てんだ？」

と市郎は訊いた。

「ばか。おたくのじゃないよ」

市郎は、少しはしのめくれた厚い唇を、無遠慮に開けて、カッカッという声で笑った。それから、浅黒い頬を、わずかに紅らめた。

「迪子のこと？」

「ミチコっていうのか？」

「そう、鼬《いたち》と似た字を書くから、ときどき、イタチ子って読まれるって」

市郎は、もう一度大口をあいて、咽喉《のど》の奥で音をたてて笑った。

「名前、何ていうの？」

市郎は、「誰の？」と聞き返し、

「おれの名前？」

おかしなことを聞くやつだと、あっけにとられたように、

「室矢《むろや》市郎」

「ドーベルマンに似ているね」

最大級の賛辞を捧げたつもりだった。

ドーベルマン・ピンシェル。

ドイツ原産。犬好きの秀樹が、一番憧れている大型犬の品種だ。

「そうかい」

「中井秀樹」

と言って市郎がにっこりしたのは、ロック歌手か、アメリカのスポーツ選手あたりの名前だろうと思ったのだ。ドーベルマンって誰だ？　と、このちび餓鬼に聞き返すのは沽券《こけん》にかかわるから、笑ってごまかした。

「犬、好き？」

「まあね。このスタンドでも、一匹飼っている。飼ってるってわけじゃないけど、いつのまにか居ついてしまったんだ」

「いいなあ」

秀樹は溜息をついた。団地では、小鳥か金魚ぐらいしか飼えない。犬の飼育は、絶対禁止されている。ドーベルマンどころか、両手の中に入りそうな室内犬さえ、認められない。

「そこにいる」

と、市郎は、洗車装置のかげをさした。

「痩《や》せているから、ヤセと呼んでいる」

首輪ははめていなかった。躰《からだ》は大きいが、垂れ耳の、貧相な雑種だった。肋骨《ろっこつ》が浮いてみえる。

「たっぷり食わせているんだぜ。でも、肉がつかないんだ。体質だな、きっと」

市郎が「ヤセ」と声をかけると、でれっとうずくまった犬は、片目を薄く開けて横目遣いに主人を眺め、尻尾をお義理のように二、三度振って、また目を閉じた。

「ずいぶん、貧弱な犬だね」

市郎が、もし犬だったら、きっと、すばらしいドーベルマン・ピンシェルだ、と、秀樹は思う。

ぬめぬめと光る黒い躰。ぴんと立った鋭い耳。（もっとも、これは、生まれたてのときに断耳して形を整えるのだ）胸から腰にかけての美しい曲線は、たとえようがない。

マスチフのようにだぶついたところは、微塵《みじん》もない。シェパードより、脚がすらりとひきしまっている。ボクサーのように品のない顔つきはしていないが、ボルゾイのようにきどりかえってもいない。マルチーズやヨークシャ・テリアのようなちっぽけな犬は、もちろん、比較の対象にもならない。

ドーベルマン・ピンシェルは、人間を食い殺したこともあるのだ。それも、赤ん坊じゃない。大の男をだ！

秀樹は、それを、新聞の囲み記事で読んだ。この団地に越してくる前、秀樹が小学校五年生の時だった。

新聞の記事は、ごく短かかった。秀樹は、繰返し、その記事を読んだ。全文を暗誦《あんしょう》できるほど。

記事が語る以上に、鮮明に、激越に、彼はその光景を脳裏に思い浮かべることができた。

——そうだ。ぼくは、見たんだ。ぼくの目で。

線路沿いの道を、そいつは、黒い銃弾のようにとんで来るのだ。四肢は、ほとんど地についていない。

跳躍！　赤い舌。殺意が凝結《ぎょうけつ》した銀色の牙。咽喉首に、ほとんど直角に突き刺さる！

その犬が、訓練中に脱走した金持の飼犬だとか、狂犬ではないが追われて気がたっていたのだとか、そんな部分はどうでもよかった。

秀樹は、ドーベルマン・ピンシェルの写真を手に入れた。部屋の壁に、ピンで止めた。今の団地に引越すときも、皺にならないようアルバムの間にはさんで、大切に持ってきた。静止した姿勢の写真しか入手できなかったのが残念だった。

「ぼく、犬の首輪だけは持っているんだけど……」

秀樹は続ける。

「青い革でね、銀色の鋲《びょう》がうってあるやつだ」

キャップをしめている市郎は、秀樹の残念そうな声を聞いていなかった。

「早く乗りなさい、秀ちゃん」

秀樹の母の声は、市郎の耳にとまった。

早く乗りなさい、ヒデチャン、と、市郎は口まねをした。

「ヒデチャン、ミッチャンニ、ヨロシクネ」

女のような裏声で、市郎はそう言って、また笑った。

「コンド、オレト、ヤリマショウッテネ」

3

線路沿いの広い道から、団地に通じる坂道は何本かある。その一本の途中に、二階建ての古い木造家屋がぽつんと一つ建っている。南京下見の羽目板は、塗装がはげ、そり返って、ラス貼りの下壁がのぞいている。ほかに人家はない。

その付近は、まだ雑木林が残っている。櫟《くぬぎ》、桜、橅《ぶな》、山肌が切り崩され、緑の乏しくなったこの界隈《かいわい》に、四季の変化を雑木林の色彩が反映して、目に快い眺めなのだけれど、日が落ちてからの一人歩きは、いささか薄気味悪い場所である。

木造家屋は、北見運送という運送会社の従業員の寮になっている。二階の窓から、ギターの音がひびき、高声、笑い声、そうして、若い娘が下を通りかかれば、からから声が降ってくる。

お姉ちゃん、上がっておいで。

濡れてるよ、びっしょりだ。

こいつ、まだ、むけてないの。かわいがって。

市郎は、もう一人同じスタンドで働いている木戸という男と、この寮に下宿している。スタンドの主人と北見運送の主人が親類なので、便宜を図ってもらったのだ。

寮の一階は、管理人の夫婦の居住部分と、台所、食堂。二階に六畳が四部屋。四部屋といっても、襖《ふすま》で仕切っただけだから、一続きの大部屋のようなものだ。二十人ほどが寝起きしている。深夜の長距離便に従事して、昼間帰ってきて寝ている者があったり、全員の顔が揃うことは少ない。

その日、北側の六畳の襖が、締めきってあった。閉めてあっても、紙の襖一枚では、嬌声《きようせい》はさえぎれない。

ほかの男たちは、車座になって、ああ、ああ、と激しくなる声が耳に刺さるのを、焼酎《しようちゆう》やトリスでまぎらす。

市郎は、腹這《はらば》いになって、劇画の週刊誌をひろげている。ストーリーは少しも頭に入らない。無意識に腰が前後に揺れて、畳の目をこする。

襖のかげの女の声は、治美《はるみ》という娘で、ときどき寮に遊びに来る。市営墓地の入口に、樒《しきみ》や線香を扱う小さな売店がある。治美はそこの娘で、知能が少し遅れている。男と遊ぶ味をおぼえてしまったので、母親がいくら禁じても、無視して寮にやってくる。治美が来たら上にあげないで追い返してくれと、母親は寮の管理をしている吉沢夫婦に頼んである。吉沢は、昼間は運送会社の事務所につとめ、女房の加代が、男たちの衣類の洗濯や食事の世話をしている。

加代が買物に出てまだ帰ってこないのをいいことに、治美は二階に上がりこみ、男たちの中では誰よりも腕力が強くて睨《にら》みのきく村井が、まず一番手だった。

寝そべったまま、空になったコップを市郎は突き出した。木戸が一升びんを傾けた。

部屋の隅の白黒テレビは、画面が波になって揺れているが、誰も直そうとはしない。

襖が開いて、村井が、髯《ひげ》の剃りあとの濃い顔に、むっつりした表情を浮かべて出てきた。不機嫌なわけではない。

木戸が立ち上がる。順番はくじで決めてある。三人どまりで、ほかの者はあぶれ。

「防弾チョッキはちゃんと着装しろ」

一人が声をかける。

金をとらないで万遍なく誰とでも躰を交わす治美は、男たちからかわいがられている。妊娠されるとお互いに不自由になるから、避妊の手段だけは忘れないのが不文律になっている。しかし、サックは男にとって、あとの気分がよくないし感度も落ちるので、ときどき黙契を破る奴がいる。治美は、二度中絶した。その時の費用は男たちが全員で出しあった。犯人がわかったら、ひどいリンチにあうところだが、治美にきいても、わかんないわよオという返事しか得られなかった。木戸は、犯人の一人ではないかと疑われている。ずぼらで、面倒なことは手を抜きたがるたちだからだ。

襖が閉まった。何げなく窓の外をのぞいた一人が、口笛を吹いた。

迪子は、足をとめた。いつもは、口笛がきこえようと、野卑な声が降って来ようと、かなつんぼのように知らん顔で通り過ぎることにしている。ふと、足をとめて見上げてしまったのが悪かった。

学校の帰りが遅くなったら、この道は通らないようにと、家人から言われている。ほかにもルートはある。しかし、この道を通るのが、一番近かった。明るい大通りを選ぶと、十分近く遠まわりになる。

右手に通学カバン、左手はケースに入ったギターでふさがっている。荷物が重いので、少しでも早く家に帰りつきたいと、雑木林の近道をとったのだった。

窓に、三つ四つの顔が並んだ。上がっておいで、とからかいかける声を背に、迪子は歩き出した。いつもより足がのろかったのは、その日、学校で、友人の一人が同級の男子生徒とディープキスをしている現場を見てしまい、心が動揺していたせいかもしれない。キスシーンは、映画でもテレビでも、もう日常茶飯《さはんじ》事として見なれきっているけれど、目前に見た友人のキスは、映像とはまるで違ったなまなましさがあった。迪子自身は、まだ、唇だけのキスさえ経験がなかった。

男たちに声をかけられて、いやらしい、怖い、と思いながら、あの声に応えたらどういうことになるのだろうという好奇心めいた気持が、心の底にひそんでいた。自分でははっきり意識しなかったけれど、その潜在的な気持が、迪子の足の運びをのろくした。

しかし、背後から酒臭い息と足音がせまってくるのに気づいた時は、潜在意識にひそむほのかな好奇心などふっとんでしまった。恐怖が全身を貫いた。三人ほどの男が、迪子を取り囲むように立った。

足が震えた。男たちが何と言って誘いかけたのか、まるで耳に入らなかった。

――逃げなくては……。

しかし、逃げる気配を示したら、ひどい目に遭わされそうだ。

ごめんなさい。かんべんして。

声が出ない。

ほとんどわけがわからないうちに、二階の赤茶けた畳の上に坐っている自分に気がついた。部屋中、男でいっぱいになっているようにみえた。濃いピンクのワンピースを着た女が、柱にもたれて、上唇を舐《な》めながら、迪子を見下ろしていた。


目の前で、少女の躰が畳の上にねじ伏せられ、下着がはぎとられてゆくのを、市郎は、目を見開き、口を開けて、ただ、みつめていた。助けて、と、少女の口が動いたように思ったけれど、自分の躰がその場から消えてしまって、目だけが残っているような気持だった。

男の一人が窓を閉め、テレビの音量を上げた。やわらかいムードの音楽が流れ、CMだろう、混血《ハーフ》の若い男女が、やさしく抱きあって唇を合わせ、下に、化粧品宣伝のテロップがあらわれた。あいかわらず画面の調子が悪く、すぐくずれて、横縞になった。

市郎の目に映っているのは、宙にもがく白い脚だった。脚の間の部分までが、はっきりと映じた。

止めろ、と、村井が言った。厄介《やっかい》なことになるぞ。

おめえ、自分がさっぱりしちまったもんだから……。誰かの抗議の声。

少女の下半身が、市郎の目から消えた。男の一人がおおいかぶさったのだ。

足音荒く、加代がかけ上がってきた。

小肥りの加代は、息をはずませていた。

何してんだよ、ばか！

加代は、おおいかぶさったものの、まだ目的を達していない男の脇腹を蹴り上げた。

「おまえたち、ただじゃすまさないから」

伝法《でんぽう》な捨てぜりふを浴びせて、半ば失神している迪子を抱きかかえるように、加代は階下に連れて行った。

市郎は、便所にとびこんだ。

「あの餓鬼、便所の中でマスかきながら、泣いてやがる」

男の一人が、気抜けした声で言った。

「治美、今見たことを誰にも喋るんじゃねえぞ。喋ったら、もう、みんなおまえと、遊んでやらなくなるぞ」

村井が凄《すご》んだ声で治美に言った。喋ったら殺すぞと言うより、セックスをしてやらないと言う意味のおどしの方が、治美には、はるかに効果があった。

「ねえ、今度、誰の番さ」

治美は、濡れた唇のまわりを手の甲でぬぐった。

4

デジタル時計の数字が、6・19から6・20に変わった。秀樹は、窓から首を突き出した。そのまま、更に五分待った。

「秀ちゃん、まだ寝ているの？　遅れますよ」

襖のむこうから、爪を紅く染めた女の声がせきたてた。襖を開けて、ダイニングキチンからのぞきこんだ。

「これじゃ、先が思いやられるわね。ママ、米子に行くの、止めようかしら」

「止めることとないよ。大丈夫だ。一人でちゃんとやってみせるから」

ブリーフ一枚の秀樹は、いそいでシャツを頭からかぶる。せっかく、十日間、一人きりになれるチャンスなのだ。中止されてはかなわない。

父方の祖父の十三回忌と祖母の七回忌を兼ねて法事をやるから出席するようにと、米子の本家から通知がきた。父は五人兄弟の四男で、長兄が本家を嗣《つ》いでいる。ついでに、山陰の方を少しまわりたいわねと、母が呟《つぶや》いたので、秀樹は、得たりと、熱情をこめてすすめた。

「是非、行っておいでよ。留守番ぐらい、一人でできる。めしだって電気釜で炊けるし、インスタント・ラーメンという便利なものもあることだし」

あなた、会社の方休めます？　と、母は乗気になった。

「有給休暇は、この際とろうと思えば、十日ぐらいまとめてとれるが、しかし、せっかく旅行するなら、夏休みにでも、秀樹も連れて家族旅行の方がよくはないか」

――わかっちゃねえんだなあ。家族旅行なんてのは、小学生の喜ぶお子さまランチ。

「夏休みは、クラブの合宿なんか、いろいろあるから」

婉曲《えんきょく》に辞退したのだった。

秀樹は、もう一度、坂道を未練がましく眺めた。かげろうのせいか、遠景が不安定に揺れているだけだった。

坂道を、軽やかな足どりで馳け登る自分を思い浮かべた。傍に、漆黒のドーベルマン・ピンシェルが、しなやかな躰を跳躍させ、ぴったりついて走る。よく訓練された犬は、命令されれば、主人をさしおいて勝手にとび出すことはない。必ず、主人の脇を守るように並んで走る。

〈主人〉というけれど、秀樹は、自分をドーベルマンより上位に置いているわけではないのだ。ドーベルマンは、彼の分身であるべきなのだ。彼の、より美しい部分、よりすぐれた部分の結晶が、あの流れるような姿態を持った精悍《せいかん》な犬なのだ。

母にせきたてられて家を出た。その日、秀樹は、迪子にも行き会わなかった。父と母は秀樹が学校に行っている間に出立し、秀樹は、十日間の束縛の少ない時間を持つことになった。

翌朝、ドーベルマンは、姿を見せた。

自転車をこいではいなかった。まるで、胴長で足の短いダックスフントのようなよたよたした歩き方で、坂を前のめりに登ってきた。

窓の下まできて、秀樹を見上げた。

下りてこい、と、彼は秀樹を招いた。

あがっておいでよ。誰もいない。ぼく一人だ。

市郎は、階段を上る手間をはぶいた。つっかけたサンダルを脱ぐと、一階の出窓によじのぼり、入口の上に突き出たコンクリートの庇《ひさし》に両手をかけた。腕でささえ、躰を持ち上げ、庇の上にのぼる。それから、立ったまま、躰を斜に倒した。

落ちる！　と、秀樹はひやっとしたが、両手が、秀樹のいる出窓の手摺を摑《つか》んだ。

手摺に足をからめ、す早い身のこなしで、市郎は、部屋の中にとびこんできた。

――やっぱり、ダックスじゃなかった！

市郎は、部屋の中をひとわたり眺めたが、ゆっくり観察するゆとりはなく、

「ミッチャンのうちは、どこだ。この団地の中か？」

秀樹の両肩を摑み、是が非でも白状させるぞといった意気込みで詰問《きつもん》した。

「迪子のうちは、アパートじゃないんだ。団地の一部に、一戸建ての個人住宅が何軒かかたまっている所があるだろう。そこだけが分譲地なんだけど。迪子んちは、そこ」

市郎は、不必要に大袈裟《おおげさ》にきおいたった自分に気がついたのか、少しきまり悪そうに手を離し、

「道順を詳しく教えてくれ」

と、下手《したで》に頼んだ。

「ここからなら、公園に出て、それから……」と秀樹は念入りに説明した。

「うちの人は？」

「昨日から、おやじもおふくろも田舎《いなか》に行ってる。法事でね。十日ぐらい、ぼく……」と言いかけて、「おれ」と言い直し、「一人なんだ」

ふうん、と、市郎は気のない返事をした。

「ミッチャン、元気か」

「昨日は会わなかったな。迪子が好きなの？」

「ばか。そんなんじゃねえよ」

「ここに坐らないか」

と、秀樹はベッドのはしをさした。

市郎は、窓枠を乗り越えようとしていた。

「ヤセ、どうしてる？」

「いそぐの？　ぼく、一人なんだ。学校は遅刻しても平気なんだけどな……」

市郎の姿は、窓から消えた。

いってまいります、と明るい声をかけて、迪子は家を出た。

玄関の扉を後ろ手に閉め、家人の目が届かなくなって、迪子の表情は、仮面を一枚はぎ落としたように、青白く固くなった。眉の間にたて皺があらわれ、前歯で軽く下唇を噛んだ。

昨日は一日、頭痛がすると言って寝ていた。

頭が痛いとか腹痛がするとかいって学校を休むことはしばしばあったから、家の者は不審を抱かなかったようだ。

鋲を打った靴の踵《かかと》を、アスファルトの地面に打ちつけて歩いた。

——今度、あの男たちに会ったら……

ナイフを男たちの腹に刺し通す場面を想像した。柔い腹に柄もとまでくいこんだ刃を、ぐいぐいとねじった。

怒りは、恐怖を忘れさせた。しかし、寮の前を通る勇気はなく、一番遠まわりな道を選んだ。

公園の脇で、足がとまった。

黒いTシャツにジーンのワークシャツを羽織った少年が立っていた。

波打ってひろがったアフロスタイルの髪にも、半透明な皮膚の下に黒い色素が沈澱《ちんでん》したような、なめらかな浅黒い顔にも、見覚えがあった。

毎朝、自転車で彼女を追い抜き、追い抜きざま、ひょいと振り返る顔であり、暴行の部屋で、下着をむしりとられ、下半身をさらけ出させられる彼女をみつめていた顔であった。

男たちの顔を、迪子は、ほとんどおぼえていなかった。一人一人を識別する余裕はなかった。しかし、この少年の顔だけは、はっきり記憶に残っていた。前から見知っていたせいもある。

彼の目が、あまりに強く彼女を凝視し続けるので、迪子は、ほかの男にのしかかられながら、まるで、この少年に犯されかかっているような錯覚さえおぼえたのだった。

道の行手に少年の姿を再び見出して、恐怖を感じたのは一瞬だった。

おどおどした目の色が、迪子に安心感を与えた。迪子はゆっくり歩き、少年が近寄ってくるのにまかせた。少年が許しを乞うているのだと、迪子は思った。

市郎は、ためらいながら、一歩、二歩、足を踏み出した。ついで、一気に、迪子の傍に走り寄った。地面に膝をついた。自分でも思いがけない行動だったけれど、まるで目に見えない強い力で背を突きとばされたように、市郎は、ひざまずいてしまったのだ。

「あんたが好きだ」

這いつくばったまま、市郎は言った。紺色のスカートの下にあるものを、市郎の目は見ていた。肌につけた衣類は、障害にはならなかった。それは、彼の網膜に灼きつけられていた。彼は、全身をそのひだに包みこまれているように感じた。

「あんたが好きだ」

正確には、あんたの下半身が好きだと言うべきだったろうか。しかし、ほかの女の下半身では代替にならない以上、やはり、彼は迪子の全体を愛していたのかもしれない。

あんたが好きだ。

市郎は、繰り返した。

あんたが好きだ。

ほとんど明瞭な言葉にはなっていなかったけれど、迪子には、相手の言っていることがわかった。

これほどの優越感を覚えたことは、これまでになかった。少年は、地に手をついて、迪子の哀れみと施《ほどこ》しを乞うていた。

誰にも絶対に知られることがなかったら、あんたが好きだという言葉に好意的な応えを与えてもいいという思いが、心の底に生じた。しかし、迪子は、その思いをねじ伏せた。少年は、いかにも、いやしげに、みじめに見えた。

「誰か来るわ。立ちなさいよ。変に思われるわ」

低い声で、叱りつけるように言った。

市郎は立ち上がった。その脇を、会社にいそぐサラリーマンが、足早に通り過ぎて行った。

迪子は、先に立って、公園に入った。

地面をつついていた雀が舞い立った。

ベンチに腰をおろしかけたが、思い直して、自分は立ったまま、市郎に、そこに腰かけろと目で命じた。

ベンチに腰かけた市郎の顔は、突っ立った迪子の胸の位置にあった。市郎は下から迪子を仰ぎ見た。陽光が射して、迪子の鼻孔は、うっすらと紅かった。

「あんたたちは、人非人よ」

思いきり激しく、迪子は叩きつけた。まだ言い足りなかった。相手を打ちのめし、傷つけるような言葉はないかと探した。

もっとも、どんな言葉で罵倒《ばとう》されようと、市郎は、痛痒《つうよう》を感じなかっただろう。たとえ、平手で打たれ、足蹴《あしげ》にされても、彼はその苦痛を甘受したことだろう。冷ややかに無視されるより、はるかにましだった。加虐と被虐の関係にあろうとも、かかわりを持ちあうのは、よいことだった。それが性戯の一変型であることを、市郎は、誰に教えられなくても、本能的に感じとっていた。

「愛している」

と、市郎は訴えるように言った。テレビドラマや映画でおぼえたこの月並みなせりふ以外に、彼は、自分自身の言葉を持たなかった。

抱かせてくれ、あんたと寝たい、という意味が、切実にこもっていた。

迪子は、もっとロマンチックに、その言葉を受け取った。

「あたしを愛しているの？」

傲慢《ごうまん》に問い返した。市郎がうなずくと、

「それなら、あたしの命令に従う？」

「ああ、何でも」

「あんたたち、ものすごくひどいことをしたのよ。わかってるの？」

「でも、大丈夫だったんだろう？」

おずおずと、たずねた。

「あたしは、厭《いや》なの。とても厭なの。あんなことがあったってこと。全部、なくしてしまいたいの。わかる？」

よくわからなかったけれど、市郎はうなずいた。

「火をつけて」

迪子は命じた。

「えッ？」

「火をつけてって言ったの。あのボロ家に。あの時いた、いやらしい奴らも、みんな焼き殺してしまって」

市郎は、目をみはって、迪子を見上げた。

「全部、何もかも、灰にしてしまって。そうしたら、あんただけ許してあげる」

「放火しろって言うのか、おれに」

「そうよ」

わかりが悪いわね、と、迪子はいら立たしく、

「燃やしてしまうのよ。地面の上から、なくしてしまうのよ。あの、いやらしい場所も、いやらしい男たちも」

「わかったよ」

市郎はうなずいた。

「やってやるよ。きれいに灰にしてやる。まっ白な灰に」

「愛してるわ。……たぶん」

迪子は言った。

5

スタンドからガソリン持ってきて、ぶっかけて、マッチ一本すりゃいいんだ。

しかし、実際には、そう簡単にはいかなかった。

ガソリンの缶を寮に持ちこめば、何のためだと、疑問を持たれるにちがいない。

冬の間暖房に使った石油は、もう切れていた。

襖を開け放った四つの六畳間に、十七人の男が寝ていた。雨戸がなくて、窓はカーテンをひいただけなので、電灯はともっていないけれど、室内は真暗ではない。

市郎は起き上がった。何とかやってみなくてはならない。

隣の木戸が身動きした。目をさましたわけでもないのに、「便所」とことわって、市郎は、隙間《すきま》なく敷きつめられた蒲団の裾を踏みながら、急な階段を下りた。

台所に入り、マッチを探す。

管理人の妻の加代は、だらしのない女で、台所は汚れきっている。ガス台のまわりに、油の飛沫で練り固められた埃《ほこり》が分厚くこびりつき、換気扇のフードからは、黒い油の雫《しずく》が垂れ下がっている。

ガスレンジには、夕食の揚げ物に使った油が、フライパンに入ったまま置き放しになっていた。

流し台の抽出《ひきだ》しからマッチを取り出す。二、三度しくじってから、炎を上げたマッチを油の中に投げ入れ、反射的に躰をひいた。

マッチの火は、じゅっと消えた。ある程度温度が上がらなくては、油は引火しないのを、のぼせ上がって、市郎は忘れていた。

もう一度、マッチをすり直す。力を入れすぎたためか、火のついた頭が折れて、ガス台のすみに飛んだ。

紙屑籠に目をつけた。——これに火をつけたら、うまく燃えひろがるだろうか。

心臓の脈搏《う》つ音が、自分の耳に聞えた。

思案している間に、背後で、炎がガス台を舐《な》めはじめた。ガス台の隅に厚くたまった、油で固められた埃の層が、マッチの燃えかすの火を引いて燃えだしたのだ。ガス台はステンレス製だが、油まじりの垢《あか》のような汚れが台の上を一皮おおっていた。

炎は低くガス台の上を這った。やがて、まわりから熱せられ熱くなったフライパンの油に火が入った。炎の柱が噴き上がった。

背後が急に明るくなったのに驚いて振り向き、叫び声を抑えた。

魅入られたように、燃え上がる炎の束をみつめる。壁に取りつけたペーパータオルが、一瞬の間に炎の塊りになる。ガス台のあたりは、空気までがまっ赤に輝いている。

空白な心に、ふと、

——加代小母《おば》さんは……。

吉沢夫婦は、あの暴行には加担していなかった。それどころか、加代は、危いところで迪子を助けたのだった。迪子は、加代までも抹殺されることを望んでいるのだろうか。

——そんなはずはない。

と、市郎は思った。

加代と吉沢は助けなくては。

「小母さん、火事だ!」

台所との境の板戸を開け、背を向けあって眠っている加代と吉沢を叩き起こした。

油のしみこんだ板壁を、炎が舐めてゆく。古い木造建築で、新建材を用いていないので、有毒ガスが発生しないだけましだった。

とび起きた加代が、

火事だよ! 火事だよ!

寝巻きの前をかき合わせて、うろうろする。

「おーい、火事だ、起きろ!」

吉沢が二階にむかってどなる。どなりながら、電話機にとびつき、ダイヤルをまわした。

「加代、水だ、水をかけろ、ばか」

二人を起こせば、二階の連中にも、急を告げるだろう、一一九番にもすぐ連絡するにちがいないのに、市郎は、そこまで考えつかなかった。

煙が階段の方へ這ってゆく。

天井が揺れる。二階の男たちが踏み鳴らす乱れた足音。

市郎は、勝手口から外にとび出していた。よほどあがっていたのだ。貯金通帳も、わずかばかりの衣類も、現金の入った財布も、みんな二階に置きっ放しで、身一つだった。

火をつけなくては……と、頭の中がそのことだけでいっぱいだったのだ。

外にとび出したものの、市郎は、逃げ去りもせず、窓から白っぽくただよい出した煙をみつめていた。火の粉が散りはじめた。螢火のように、ちかちかと光った。窓の中は、一面炎がゆらめいている……。


消防車が到着し、台所の一角を焼いただけで、火は消し止められた。人手が十分にあった。消防車が来る前から、男たちは、機敏に、屋外水道の水をホースで浴びせ、大火になるのをくいとめたのだった。吉沢一人が、重傷を負った。寝巻の裾に火が燃えつき、化繊の製品だったため、どうする暇もないうちに、焼けとろけた衣類が肌にべったり付着して、手のつけられない火傷《やけど》になった。

「わたしのせいです。……揚げ物をしたあと、ガスをきっちり止めておかなかったんです、きっと……」

加代が身もだえて泣き入りながら告白し、吉沢は救急車で運ばれ、加代はその場から、警察に連行された。

短時間に、火災は起こり、消えた。男たちは、悪夢の中にいるような顔で、焼け焦げ、叩きこわされ、骨組が黒く炭化した建物の一角を眺めていた。

「吉沢のおっちゃん、あれじゃ助かるめえな」

誰かが呟いた。

いがらっぽい空気が咽喉を刺す。

「市郎、なぜ、放火した」

村井が、濡れた土に尻を落とした市郎の前に立ちはだかって、厳しい声を出した。

村井は、そう大きい男ではない。しかし、喧嘩は場馴れしている。刃物で傷害事件を起こした前科がある。声にも態度にも凄みがあった。

夜はまだ深い。

村井は、市郎の胸倉を摑《つか》んでひきずり起こした。

「言え。なぜ、火をつけた」

「村ちゃん、何を血迷っているんだ」

木戸が驚いて止めに入る。

「火事は、加代さんのずぼらのせいだ。自分でそう認めていたじゃねえか」

「加代さんは、たしかに、ガスを消し忘れたがな、おれがあとで消しておいてやった。あの女、そそっかしくて、危っかしくてしかたがない。ガス栓がきちんとひねってなくて、螢火ほど炎が出ていたから、おれが締めなおしたんだ。だから、火事は、加代さんのせいじゃねえ。火が出たとき、台所にいて、吉沢のおっちゃんや加代さんを起こしたのは、市郎、おまえだったってな」

「それならどうして、村ちゃん、そいつをサツに言わなかったんだ。加代さんとおっちゃんが連れて行かれるとき、黙ってたんだ」

「市郎」

村井が、低く呼びかけた。なぜ放火したという問いへの応《こた》えを促していた。

ひきこまれるように、市郎は口を開いた。

「ミッチャンの復讐だ。おまえたちがミッチャンにしたことを考えてみろ、きさまら、みんな焼け死んじまえばよかったんだ」

なにッ、と男たちが寄ってきた。

な、と村井は木戸を見返した。

「これだから、うっかり、サツの前では喋れねえ。あの一件は、サツにばらすわけにはいかねえからな。だが、市郎、このままおれたちがおまえを見逃すと思ったら大間違いだぞ」

「呆《あき》れた野郎だ。てめえだって、いい思いしようと涎を垂らしていやがったくせに」

男たちの輪がせばまった。

落ちつけ、と、市郎は自分に言いきかせた。

何のために、毎朝早く起きて、躰を鍛えたんだ。何のために、空手のわざを身につけようと、独り稽古にはげんだんだ。男は力だと、身にしみて思ったからじゃないか。こういうときのためじゃないか。

しかし、一対一ならともかく、相手は複数だ。

——おびえたら負けだ。

喧嘩は、気合だ。受けて立ったのでは遅い。

——やるか、逃げるか……。

逃げ場はなかった。十六人の男が前後左右を取り巻いていた。

「市郎、本当に、おまえがやったのか？」

木戸が、おろおろした声を出す。

——逃げ道は、こいつだ。

いざとなると、独習した基本どおりに体《たい》をととのえ、拳を腰にかまえたりする余裕はない。市郎は、しゃにむに、全身を木戸にぶつけていった。

木戸は、「何しやがるんだ」気をのまれて、ひょいとよける。市郎は前につんのめった。立ち直ろうとするところを、横から組みつかれた。

押さえこまれては、もう、手も足も出なかった。

ひきずり起され、腹を蹴り上げられた。屈みこんだ後頭部に強烈な一撃を受け、市郎は失神した。

6

気を失なっていたのは、ごく短い時間だった。その間に、群集心理にかられ、気の立った男たちから、思う存分痛めつけられたらしい。

意識が戻ると同時に、激しい痛みが全身を襲った。呻《うめ》き声が洩れた。瞼《まぶた》が血糊《ちのり》で固まり、容易に開かない。失明したのかと、一瞬、ぞっとした。無理にこじあけた。

男たちの姿は、周囲にはなかった。市郎は、建物の裏手にころがされていた。

火事の知らせを受けて、運送会社の社長や幹部が車でかけつけて来て、男たちは、そのまわりに集まっていたのだが、そういう事情は市郎にはわからなかった。

きな臭《くさ》いにおいに、むせた。

――灰は、白かねえや。黒いんだな。

よろめきながら立ち上がった。

――奴らが気づかないうちに逃げなくては。ここにいたら、ぶっ殺されちまう。

逃げこめるような場所は、一つしか思いつかなかった。

短いブザーの音に、秀樹は眠りから呼びさまされた。

時計の文字盤は4・18だ。

——誰だろう、こんな時間に。

旅先の両親から電報だろうか。まず、そう思った。

「誰ですか」

おれだよ、開けてくれ。

鉄の扉越しに、声がきこえた。

「誰？」

「おれだ。ガソリンスタンドの」

秀樹は、のぞき窓のカーテンを開けもせず、扉をひらいた。市郎は、土間にくずれこんだ。

市郎の躰には、まだ、火事場のにおいがまつわりついていた。

秀樹は、半分ひきずるように、市郎をベッドに連れこんだ。秀樹のからだのぬくもりの残っているベッドに市郎は横たわった。

「ミッチャンに言ってくれよ。うまくはいかなかったけれど、とにかく、やったんだって。うまく、ぶっ殺せなかったけど……。もし、ミッチャンがどうしてもって言うんなら、おれは、もう一度やるって……」

市郎は眠った。その傍で、秀樹は、傷だらけになった彼の幻の犬をみつめていた。

目覚めたとき、室内は、真昼の明るさだった。

躰中が痛んだが、その痛みは、耐えがたいほどではなくなっていた。

市郎は、指で顔をさぐり、躰の傷をたしかめた。唇が切れ、かさぶたができかかっている。

骨折はないらしい。

部屋の中には、彼一人きりだった。

「おい」

声をかけると、秀樹が隣のダイニングキチンからのぞいた。

「どんな？」

「ミッチャンに連絡してくれたか？」

「ああ」

秀樹は、困ったように目を伏せた。

「電話をかけたんだけど……、迪子、何のことかわからないって、そう言っていた」

「何のことかわからないって？　おれの名前、ちゃんと言ってくれたのか？」

そう言ってから、迪子はおれの名前を知らないはずだと気がついた。

「もう一度、電話をかけてくれ。いや、おれが自分で出る。公園での約束を果したと言えば、わかるはずだ」

「いま、迪子、学校だよ。ぼくは……おれは、今日さぼることにしたんだけど」

「何時ごろ帰る？」

「夕方だろう」

秀樹は部屋に入ってきた。

「ゆうべ火事があったって」

「知っている。おれの泊まっていた寮だ」

「それで、こんなに怪我をしたんだね」

ねえ、うまくいかなかったとか、ぶっ殺したって、何の話だい？　秀樹は訊いた。なんとなく、訊いてはいけないことのような気がしたけれど。

「おたくには関係ねえよ」

「関係させてくれないかな」

だめだ、と市郎は首を振った。

ドーベルマン・ピンシェルは、人を食い殺したことがあるんだ、本当だよ、ぼくは、見たんだ、と、秀樹は言った。それから、台所に戻り、「失敗してしまった」と言いながら、丼を持ってきた。インスタント・ラーメンは汁を吸いすぎ、ぐちゃぐちゃになっていた。

「食べる？」

「いらない」

午後の時間は長かった。市郎は、うつらうつら眠り、また目覚めた。覚めては、また眠った。目覚めているときと眠っているときの区別がはっきりしなくなった。躰が火照《ほて》り、頭が痛んだ。

「熱があるね。医者に電話してみようか」

「よせ」

おふくろさんたちは、いつ帰ってくるんだ？　と訊いた。

「まだあと、一週間ぐらいは帰らない」

一週間あれば……と、市郎は指をくった。熱もとれ、傷の痛みもひくだろう。

「ミッチャンに電話してくれ」

市郎はせがんだ。

もう、帰ってきたかな。クラブ活動の日だと、遅いんだけど。迪子は、マンクラに入っているんだ。マンクラって、マンガクラブじゃないよ。マンドリンクラブ。

秀樹は少し昂奮して、饒舌《じょうぜつ》だった。

でも、迪子のパートはギターだって言っていた。ぼくは……おれは、映研に入っているの。うちの学校の映研、固くてね、メゲてしまう。

ギターも好きだけど、マンクラは練習きついから。おれのクラスで、グループ作って稼いでいるやついるよ。よその学校の文化祭なんかに押しかけて行ってさ。そのグループの名前、〝前田俊之とシビレファイブ〟っていうんだ。

「うるせえな。早く電話しろ！」

秀樹は、あわててダイヤルを廻した。

「お話し中」

受話器を下ろした。

「あそこんち、おふくろさんが使ってるんだと、長いよ。うちのおふくろもそうだけど、一時間ぐらいつながらない。迪子も友達と喋るときは長電話らしい。どっちが使ってるのかな」

「畜生」と、市郎は呻いた。

三十分ほどして、秀樹は、市郎にせっつかれる前に、もう一度電話をかけた。

「迪子？　ぼく。朝かけた電話と同じことなんだけど、あ、いま、かわる。ちょっとまって」

頭がくらくらするのをこらえてダイニングキチンに出てきた市郎は、秀樹の手から受話器をひったくった。受話器のむこうは、しんとしていた。

「もし、もし」

せきこんで言ったが、あとが続かなかった。何と説明したらいいだろう。

「ぼくです。公園で会ったでしょう」

いやに丁寧《ていねい》な喋り方になっていた。

返事はなかった。

「もし、もし。もし、もし」

声が大きくなった。

「そこにいるんだろう。聞こえてるんだろう。おい、おれだよ。やったんだよ。約束どおり。うまくいかなかったので、怒ってるんかい？　だってむずかしいんだぜ、ああいうことは。

一生懸命やったんだから、おれだって……」

何のことだかわかりませんわ。

電話の声は、そう言った。切れる音がした。

「いま電話口に出ていたの、たしかにミッチャンか。おふくろさんの方じゃなかったのか？」

詰《なじ》るようにたずねた。秀樹の答に、一縷《いちる》の望みを託した。

「迪子だよ。おふくろさんの声は、もっとずっと甲高《かんだか》い」

市郎は、のろのろとベッドに戻った。どさっとひっくり返ると、低い声で笑った。

秀樹は、満ち足りた気分だった。市郎と迪子の話には参与させてもらえなかったけれど、二人の関係はうまくいかなかったらしい。

「腹へった？」

市郎は、何もいらないと言った。窓の外は、再び、灰色の闇だった。

「ぼくは腹がへったな。冷凍のビーフシチューがあるんだ。鍋に入れて暖めればOKってやつ」

冷蔵庫の冷凍室からポリ袋入りの凍ったシチューを出し、なかみを鍋に入れ、火にかける。茶褐色の固型のシチューが溶けて泡をたてはじめると、ケチャップと肉のにおいがたちのぼる。秀樹は、湯気でくもった眼鏡をはずし、服の袖口でぬぐって、かけ直した。

隣の部屋で、ガタンと、物のひっくり返る音がした。

暖まったシチューを深皿に盛り、「できたよ」と言いながら部屋に戻ってきて、秀樹は皿を取り落とした。茶色い飛沫が散った。

二本の脚が、宙で踊っていた。

窓ぎわの鴨居《かもい》にかけたベルトに首を通した市郎の、意識はすでになかった。手足だけが、反射的に痙攣《けいれん》していた。

秀樹は、声にならない悲鳴をあげ、うろうろと、吊り下がった躰のまわりを歩いた。踏台に使ったらしい空箱がころがっていた。空箱に乗って爪先き立ち、ベルトをはずそうとしたが、手に負えない。台所にかけ戻り、肉切包丁を取ってきて、ベルトを断ち切った。

荷物が落下するように、市郎の躰は畳の上に落ち、くの字に曲がって横たわった。

秀樹は、胸に耳を押し当てた。弱い鼓動が、生命の糸のつながりを、秀樹の耳に伝えた。

秀樹は、水泳の講習の時教わった人工呼吸法を、必死に思い出そうとした。救急車を呼ぶことは、思いつきもしなかった。彼の手で、彼自身の手で、彼の世界に呼び戻すつもりだった。

7

「もし、もし、迪子? ぼく、今日も学校休む。ひょっとしたら、明日も、明後日も。そうだな、一週間ぐらい休む」

　秀樹は、受話器を耳に押し当てたまま、少しのび上がって自分の部屋をのぞきこんだ。市郎が縊《い》死《し》をはかってから、二日め。窓の外、陽はのぼっているのだが、雲が厚い。

「ぼくのクラスの担任、知っているだろう？　そう、山《やま》セン。うまいこと言っといてくれよ。おやじもおふくろもいないから、欠席届書けないんだ。

　風邪ひいて寝てるって言って。もちろん、風邪なんかひいちゃいないさ。元気だよ。最高。メゲているのは、ぼくの犬」

　市郎は、ベッドに仰向いたまま、目は開いていた。首に、革の首輪が青い。一列に並んだ銀色の鋲が鈍く光る。市郎の目には、表情がない。

「ドーベルマン飼うことにしたんだ。いま、一生懸命、しこんでいるところ」

　酸素の補給を絶たれて、一旦壊《え》死《し》した脳細胞は、躰の他の機能が回復しても、二度と蘇生することはないという。そのためか、それとも、ショックによる一時的な痴呆状態か、秀樹には、原因はわからなかった。わからなくても、いっこう、かまわなかった。

「お坐りと、お手ぐらい、もう、できるんだよ」

　根気よく繰り返して教えこんで、市郎が秀樹の命令どおりの動作をしたときの感動といったら、なかった。秀樹は市郎の首を抱きしめて、頰をつけたのだった。

「少し弱っているけれどね、じき、逞《たくま》しくなる。ぼくが、気をつけて世話しているから」

　いま、市郎の目のはしに、キラッと光ったのが、泪《なみだ》だとしたら、自虐の底に自分を沈めこもうと、少年の要望に応じたのかもしれないけれど、それは、雲の切れめからのぞいた青い空のかけらが、一瞬眼球にうつって踊ったにすぎないともみえた。市郎の表情は死んでいた。

「おやじもおふくろも、永久に帰ってこないといいなあ」

電話をきって、部屋に戻り、秀樹は、ベッドの脇に膝をついて、市郎の胸に頭をのせた。

「また、訓練しようね」

市郎の目のはしが、もう一度、キラッと光った。

アイデースの館

1

『午後の太陽を、海面は、鋼鉄の一枚板のようにはじき返す。

男は、岩にもたれている。彼自身、岩の一部であるかのように身じろぎもしない。麦藁帽子の破れたつばが、男の額に濃い翳《かげ》を落とす。

毛深い臑《すね》に、小蟹《がに》が這いのぼる。男の節の高い長い指が、小蟹をつまみあげた。目は岩場につづく砂浜の一点を凝視《ぎょうし》したまま、男は小蟹を口に入れ、ほおずきを嚙《か》むように、ゆっくり嚙みつぶした。厚い唇の間から小蟹の肢《あし》がはみ出し、唇をひっかいて、ちぎれ落ちた。男は、舌に残った殻と砂を、唾といっしょに吐き捨てた。

男の視線の先に、波打ちぎわを、踊るように爪先き立って歩いて行く若い娘の後ろ姿があった』

隣りの座席に坐ったサラリーマン風の男が膝にひろげている週刊誌を、彼は何気なく横目でのぞいた。最終電車はすいていた。アルコールのにおいが車輛の中にただよい、シートに仰向けに躰をのばして寝入っているものもいた。

彼は大きくのびをした。焼酎の酔いがひどくまわりはじめていた。のばした腕が隣りのサラリーマンの頭にぶつかり、相手はどなりつけようとしたが、酔っぱらいの労務者にからまれては面倒だと思ったのだろう、おとなしく膝の週刊誌に目を落とした。

彼はわざとよりかかって、ページをのぞきこんだ。記事に特に興味をおぼえたわけではない。家族への土産《みやげ》らしいケーキの箱などかかえこんだ男に、妙に苛々《いらいら》とからみたい気分になったのだ。

『泳ぐのにはまだ少し早い季節だが』と、いささかきどった文章はつづいていた。『都会から遊びに来た客だろう、娘のほかにも、浜には、数人の、派手な服装の人影が見られた。

岩角を足の裏にくいこませながら、はだしの脚が、男の傍《そば》に歩み寄った。上半身はスクリーンのフレームから切れている。

つづいて、もう一人。さらに一人。四人の男が、岩にもたれた男の傍に立つ。

顔はフレームから切れているにもかかわらず、娘をみつめる彼らの熱い視線を感じさせた。岩にもたれた若者のまなざしの強さが、他の四人の欲望まで、十分に想像させた。実際には、若者の目の表情は、麦藁帽のひさしのかげにかくれていた。若者は、いわば、全身で、欲情のこもった目をあらわしていた。

ぼくが観たブルー・フィルムは、このようなイントロではじまった。

ブルー・フィルムの常として、ストーリーは、セックス・シーンの状況設定を示すだけのものにすぎない。

若衆宿にたむろしているこの五人の若い漁夫に、都会から来た娘が、その夜輪姦される、その暴行シーンを十五分にわたって見せるのが、フィルムの眼目であった』

彼がよりかかるので、隣りの男はさりげなく躰をずらせ、酒くさい息をよけた。

「けちるなよ」彼は上体を起こしかけたが、ふいに視線が誌面に釘づけになった。

『少女に挑みかかる五人の若者は、全裸で、しかも、能かギリシャ悲劇のように、仮面をつけていた。

この仮面が、変わっていた。ふつう、仮面は、ある種の象徴性を持っている。ある特質が極端に誇張され、怪奇、あるいは幽玄の様相を帯びる。

彼らがつけていたのは、あれは何だったろう。ぼくには、死人《しびと》の顔面からとったデス・マスクとしか思えなかったのである』

デス・マスク……

「おい、ちょっと見せてくれ」彼は週刊誌に手をのばし、むしりとるようにつかんだ。サラリーマンはさすがにむっとしたが、彼の見幕におびえ、週刊誌を彼の手に残したまま席を立って、少し離れた空席に移った。

彼はひろげた膝に両肘をつき、前かがみになって週刊誌の記事にくいいいった。

『そう、たしかにあれは、デス・マスクだった。石膏《せっこう》に定着された、なまなましい死者の顔だ。では、ここはギリシャの神話にいう冥界の王アイデースの館か。少女は死霊の群れによって幽閉され、冥界王《アイデース》に捧《ささ》げられる供物か。死者の、生者に対する永遠の憤怒。いや、ぼくは、演出者の意図を、そこまでかんぐりたくはない。

元来、ブルー・フィルムに、このような、前衛舞踊めいた試みは、よけいな夾雑物《きょうざつ》だ。ブルー・フィルムは、芸術作品である必要は、毛頭ない。いや、芸術志向などは、排除すべきなのだ』

彼は血走った眼を冒頭にもどし、執筆者の名を網膜にきざみつけた。〈矢代喬司〉……。それから、また、記事を読みすすんだ。

『ぼくは、ただ、酔った。五人の凌《りょうじょく》辱者は、五人であって、一人だった。娘の躰を、蹂躙《じゅうりん》し、むしり、ひき裂き、慟哭《どうこく》し、哄笑した。ぼくは、死者の熱い男根を感じた。

それにしても、五個の死仮面の額に、どす黒くしみた血痕は、カインの裔《すえ》のしるしか。ぼくには、いささか、よけいな駄目押しのように思え、うっとうしかったのだが』

2

そのエッセイが誌面にのって一週間ほどたってからだった。矢代喬司は、未知の男から電話を受けた。

　矢代は、都内青山の高層マンションに一人住まいである。食事はほとんど外食で、一日おきに、通いの家政婦が掃除と洗濯に来る。

　困るのは、こういう突然の電話であった。応対に出てくれる者がいないから、全部、彼が電話口に出なくてはならない。締切に追われているとき、くだらない電話がかかってくると、どうしようもなく腹がたち、応対もつっけんどんになる。

　このときは、いそぎの原稿を一本書き上げ、一息ついているときだったので、わりあいきげんよく、電話に応じた。

　相手は、自分の名も名乗らず、いきなり、あなたが週刊××にのせた『アイデースの狂宴』というエッセイを読んだのだが、あのブルー・フィルムというのは、どこに行けば見られるのですか、とたずねた。

　艶のない、掠《かす》れた、中年から初老と思われる男の声だった。

「あなたは、どなたですか」

「いや、名を言っても、しかたがないです。矢代さんと違って、こっちは、無名の、屑のような男だから。おもしろそうなフィルムじゃないですか。ぜひ、私も観賞したいものと……」

　媚《こ》びるような、それでいて押しつけがましい口調が、矢代を不愉快にした。

　そのフィルムを観たのは、この手のものを収集している、安堂という知人のところであっ

しれなかった。しかし、赤の他人に、うかつに告げるわけにはいかない。どんな迷惑が知人にかかるか

矢代は、相手の非礼を軽くなじり、電話を切った。ちょっと、ちょっと待って、とあわてた声が聞こえたが、かまわず断ち切った。

ほとんど間をおかず、すぐに、ベルが鳴った。矢代は顔をしかめた。電話というやつは、まったく暴力的だ。一方的に押しかけてくる。保険の勧誘や百科事典のセールスマンよりしまつが悪いときがある。

ベルは、しつっこく鳴りつづける。受話器をとると、さっきの男の声であった。さらに下手に出る口調になって、フィルムを観れるところを教えてほしい、と、同じことをくり返した。

「あいにくですが、ちょっとまずいのですよ。ああいう性質のものですから」

「いえ、決して、御迷惑のかかるようなことはしませんよ。ただ、ずいぶん変わったフィルムのようなので、ぜひ、見てみたいと、それだけです。他意はありません」

「ずいぶん、御執心ですね」

矢代は苦笑し、教えることはできないという意味のことを、多少調子を和《やわ》らげて言い、受話器を下ろした。

脅すように、苛立《いらだ》たせるように、ベルは、すぐに鳴った。矢代が切るやいなや、相手は、かけ直してダイヤルを回すらしい。

「いいかげんにしてください。名前も何も言わず、一方的に要求だけを押しつけてこられても……」

「失礼しました。私は……私は、山田といいます。山田一郎です。いつも御作を読ませていただいています」

終わりの一言は、いかにも、とってつけた感じであった。

「何とか、教えていただくわけにはいかんでしょうか」

「それは、困ります」

じゃ、これで、と、切ろうとすると、

「待ってください。実は、ですね」相手の声は、あわただしく、

「あのフィルムで、強姦する男たちは、みなデス・マスクをつけていたということですが、それは、矢代さんの創作ではなく、本当なのでしょうか」

切られる前に、全部喋ってしまおうとするように、おそろしく早口だった。

「本当です」

「実は……こういうことなのです。ブルー・フィルムに私が興味を持ったのは、そのデス・マスクなのです。デス・マスクの出所など、ご存じですか」

「知るわけがないでしょう」

「そうですか。……そうだろうな」

あとの声は、低いつぶやきになったが、すぐ、重ねるように、

「ぜひ、知りたいんですよ。私の友人で、デス・マスクを持っていたのがいるんです。数も同じ五個。額に血痕のあるところまで、そっくり同じです。額に印のあるデス・マスクが五つとなると、その友人のものとしか思えない。彼とは、長らく音信不通になっているので、ぜひ、会いたい。それで、マスクの出所を調べたいのです。友人が、あのフィルムの製作に一役買っているのかもしれない。あるいは、頼まれて貸してやったのかもしれない。そんなふうに思いまして」

「デス・マスクを五個持っているとは、珍しい方ですね。ぼくの方が、好奇心が湧いてきますね。あの額の血痕は、何なんですか。その方は、どうして、デス・マスクなんてものを五個も持っているのですか」

友人の消息を知りたい。それなら、なぜ、はじめからそう言わないで、ブルー・フィルム愛好者をよそおったのか。どことなく、うさんくさいものを、矢代は感じた。

山田一郎という名も、あまりに平凡で、とっさに思いついた偽名ではないかという気がした。男は、矢代がもっとあっさり、同好の士にフィルムの出所を教えると思っていたものらしい。

「剝製師《はくせい》のように、デス・マスク師なんて商売があるのかどうか知らないが、マスクをとるのを商売にしている人なのかな」

「いいえ。実は、私も、その友人がどうしてそんなものを持っているのか、理由は知らんのです。フィルムの出所を教えていただけたら、私は友人の消息を調べてみます。矢代さんが、マスクに興味がおありなら、友人に会えましたとき、たずねてみましょう。そうして、そちらにおつたえします。何なら、おひきあわせしてもよろしいです」

矢代のきげんをとるように、男は言った。顔は知らないのに、男の卑屈な、ねばりつくような表情が、脳裏に浮かび上がった。露出した歯ぐき。やにで黄色く汚れた長い歯。やせこけたねずみのような、貧相な小男。そんな顔を矢代は思い浮かべた。

「フィルムの持主さえ教えていただければ、あとは、私が調べますから」

「持主の意向も訊いてみませんとね。みだりに他人に洩らされては困るというかもしれません」

「決して、決して、御迷惑はかけませんよ。私はただ、仮面の持主に会いたいだけなのです」

「フィルムを持っている人にしても、その筋から買い求めたので、製作者については、何も知らんでしょう」

「ですから、フィルムの持主から、売り手を教えていただき、順にたずねてみます。それ以外に、方法がないので」

「わかりました。とにかく、ぼくの一存ではできませんので、持主に訊いてみます。あなたの正確な名前と住所、電話番号など、教えてください。それから、おさしつかえなければ、職業も」

そのていどの自己紹介は、当然、するべきだと矢代は思ったが、男は言い渋った。

「どうも……お恥ずかしいのですが、私は日雇いでして、電話どころか、住所も……。ますます信用を失くしそうですが、私は、いたって固い人間で」

「では、持主から許可がでた場合、どうやってそちらに連絡したらいいのですか」

「私の方から、また、電話いたします。どうぞ、くれぐれもよろしくお願いいたします」

電話口の前で、何度も頭を下げている男の姿が見えるようだった。

3

ブルー・フィルム収集家の安堂を、矢代はたずねた。安堂は、書家であった。まばらな白髯と長く突き出した眉の毛のため、仙人めいた印象を与える。前歯が一枚欠けたままなので、喋る言葉は聞きとりにくかった。

安堂は、飄々《ひょうひょう》としていた。稽古にくる若い女弟子の手をとって教えながら、無邪気な顔で、あいた手で胸乳を撫で、女弟子が声をあげても、悪びれず、にこにこしていた。

「ああいう高踏ぶったフィルムは、私は嫌いだよ」自分で買い求めておきながら、安堂は訪れた矢代に言った。「いきのいいのが、ずばり、やるところを見せてくれりゃあいいのよ。面をつけてやるなんて、あんた、前衛かぶれじゃないの。あんなのをつけられたら、こちらの方がうそ寒く、気恥ずかしくなってしまう。おまけに、額のまん中に血のしるしなんて、ゆきすぎてるよ。あくどいったら」

そういう安堂の書は、決して枯淡なものではなく、奔放で脂《あぶら》ぎっていた。

「寒いのは、いやだね。こう、ちぢこまっていなくてはならないから、じじむさくなる」

「それで、この間のフィルムですけれど……」

安堂の許可を得るだけなら、電話ですむことだった。矢代は、自分で、仮面の持主を探りたくなっていた。好奇心が彼を駆りたてた。山田という男に信頼を持ちきれなかったせいもある。仮面の持主に会い、山田という男のことをたずね、持主が山田に会いたいといえば、あらためて紹介する。出過ぎたことかもしれないが、彼は、そうせずにはいられなかった。

「あれを製作した人はわかりますか」

「あれは、大事なところがよく見えなかったねえ。つまらんわ。女学生がちんぴらに公衆便所に連れこまれた、あっちの方がよかったわね。女学生が、胴がずどんと太くて、尻もぼてっと垂れていて」

「あの仮面のフィルムを製作した人がわかれば、教えていただきたいんですがね」

「誰が作ったのか、出演したのが誰か、そりゃ、問いあわせるつてはあるわよ。でも、野暮だね。どうして、そんなことを知りたいの」

安堂は、なめらかに赤い歯ぐきをみせて笑った。

数日後、安堂から連絡を受けた。その間に、山田一郎から結果を問いただす電話が何度もかかってきたが、そのたびに、矢代は、フィルムの持主が旅行中なのだといって、返事をのばした。矢代は、安堂の好物のカラスミを手土産に、再度訪れた。安堂を訪問して、とぼけた話の相手をするのは肩がこらず楽しかったし、時々、思いもかけず鋭い言葉で切りつけ、一転して飄々《ひようひよう》とした表情にかえる。その間合も快かった。

「前衛ぶっていたのも当然ね。あの連中、アングラくずれだそうだ」

「アングラというと、彼らはいやがるそうですよ。アンダーグラウンド演劇、あるいは、地下演劇活動というように言ってほしいそうです」

「今はもう、アングラなんて、ありゃせんわね。みんな、オバグラになってしまって」

「オバグラ？」

「アンダーグラウンドがアングラなら」

「ああ、みんな明るみに出てきたから、オーヴァーグラウンドでオバグラですか」

下手な洒落ね、と安堂は自分で言って、つぶれかけたアンダーグラウンド演劇のグループが、再起の資金稼ぎに、あのフィルムを自主製作して、プロダクションに売りこんだという情報を伝えた。

「すると、あのデス・マスクも彼らが自分で工面したものですか」

「そこまで聞かなかったけれどね。グループのリーダーは、トップシーンで蟹を食べてみせたのがいたでしょう。あの男で、演出も彼だそうだよ」

由木武美《ゆうきたけよし》、と、リーダーの名と彼のアパートの住所、電話番号まで、安堂はたしかめておいてくれた。

「近いうち、凄いのが入るよ。奥さん連れていらっしゃい」

「ぼくは、独りじゃありませんか」

「いつまでも独りだと、色気がなくなるよ」

安堂には老妻がいた。鹿鳴館の生き残りのような風格のある、権高い老残の美女であった。

4

由木武美という男が、山田一郎と名乗る男の探し求めている友人か。

年齢がそぐわないように思えた。

山田一郎は、声から受けた印象では五十過ぎ、由木武美は、二十代の半ばと思われた。

仮面は、由木武美が、誰かから借り受けたものだろうか。

矢代は、小蟹を嚙みつぶした男の、熱に乾きひび割れたような厚い唇を思い浮かべた。

フィルムでは、仮面をつけてないときでも、男たちの顔は、終始、影の中にあった。

顔だちが闇の中にさだかでない、そのために、男たちは、魔性を付与されていた。

正体がわからない、名もわからないということは、一種の神秘であった。それが日常の明るみの中にひき出されたとき、魔は力を失なってしまう。

そう思ったとき、矢代は、由木武美をこのまま未知の闇の中においておきたい気がしたが、彼の指は、すでにダイヤルをまわしていた。

呼出しのベルの音が伝わってくるばかりで、相手は出なかった。夜の十時ごろだった。一時間ほど間をおいて、もう一度かけたが、やはり、留守であった。

翌日も、連絡はとれなかった。発信音はきこえるのだが、相手は出ない。矢代は、次第に苛立ってきた。彼にとって、別に急を要することではなかった。しかし、なかなか連絡がつかないとなると、かえって、気にかかり、仕事をしていても、つい、手が受話器にのびがちだった。

矢代は、陽が落ちると活動的になる方で、仕事は深夜から明け方にかかることが多い。真夜中、一時ごろ、非常識かとは思ったが、矢代は、ダイヤルを回してみた。相手も、おそらく、夜型のサイクルで行動する方ではないかと思った。

三度コールサインが鳴ったところで、カチッと受話器をはずす音がした。なかなかつかまらなかった相手なので、矢代は、軽い昂《たかぶ》りをおぼえた。

「おまえ、今ごろ連絡してきやがって」

相手は、いきなり、浴《あび》せかけた。腹をたてる前に、矢代は、啞然とした。二の句を継げないでいると、相手は、たたみかけた。

「こないだっから、あっちこっち探しまわっていたんだぞ。逃《ふ》げるつもりか。テレビのちょい役に、そんなに出たいかよ。こっちの方は、どうしてくれるんだ。やっと金かき集めて」

人違いしているのだとわかった。矢代は、相手が言いつのるのにまかせた。人の悪い好奇心からだった。

「おい」と、相手は、なだめるような声になった。「ま、いいからな、とにかく、顔を出せ。今さら、てめえだけ……おい、何とか言ったらどうだ」さすがに、おかしいと思ったらしい。

「どうも、ぼくは、矢代です。矢代喬司」

はあっ？　と相手は気をのまれ、それから、笑い出した。

「何を、おまえ……」急に、不安そうに「矢代さん……あの、作家の……まさか！」

「こんな時間に突然どうも」

「本当に？　本当に矢代さんですか。からかっているんじゃないですか」

「弱ったな。本物ですと力説するのもおかしな話だが、矢代喬司です」

「失礼しました」相手のうろたえようが、目にみえるようだった。「とんでもない失礼なことを言ってしまって。仲間から連絡がくることになっていて、今か今かと待っていたものですから、まさか、こんな時間に、他の人からかかってくるとは思わなかったもので、つい……」

エッセイ、読みました、いろいろほめていただいて、と相手は早口でつけ加えた。

「そのことで、一度会って、話をきかせてほしいのですが」そう矢代が言うと、

「それは、どうも。いつでも、御都合のいいとき伺います」

はずんでくるのをむりに押さえたような声に、矢代は、きっかけをつかんで世に出たがっ

ている若い男の焦《あせ》りを感じとった気がした。

「いや、ぼくの方から出て行きますよ。明日にでも」

「そうですか。矢代さんのところからだと、どのへんでお会いするのがいいですか」

「きみのアパートに行きます」

「ぼくの？　非常に汚ないところなんですが」

「練馬でしたね」

「ええ、中村橋との中間ぐらいのところです」

「目白通りから行けばいいかな。目印を教えてください。タクシーで行きます」

矢代は、相手の巣で、素顔の由木に接してみたいと思った。明日の夜十時、と約して、電話を切った。

5

あのグリーンの車の行くとおりに行ってくれ、と、男はタクシーの運転手に言った。

運転手は疑わしげな目つきで、バックミラーにうつる薄汚れた風態の初老の男の、やせこけ、目のまわりの黒ずんだ顔を見た。

「無理だね」運転手は、不愛想に言った。

「連れなんだよ。前のに乗った男は」

「それなら、いっしょに乗ればいいじゃないか」

「おれが待ち合わせの時間におくれたので、あっちが、とうとうしびれを切らして、タクシーに乗りこんでしまったんだ。一足ちがいでおれが着いたら、もう、車は動き出したところさ。頼むよ。見失わないでくれ。おれは道を知らないんだから」

運転手は、舌打ちして、乱暴に発進した。

「チップははずむよ」男は、きげんをとるように言い、ほっと息をついて、シートの背に躰をもたせかけた。

苦しそうに、のどを鳴らしながら、
あの物書きめ。

男は、腹の中でののしっていた。

もったいぶって、ちっとも教えたがらないで、こっちは、相手が旅行中だというから、信頼して待っていたんだが、教えない腹らしい。それなら、徹底的にくいさがってやる。おまえの行くところは、どこへでもついて行ってやる。

だが、男の顔は、ふと、くもった。ズボンのポケットに手を入れ、手さぐりで、札と小銭を数えた。彼の全財産がその中に入っていた。

矢代に言ったとおり、彼は日雇いで稼いでいた。尾行に時をついやせば、その分、日当は入ってこない。

車の中は、ヒーターの熱で快くぬくもっていた。男の夜気で冷えきった躰のすみずみまで、その快さはしみとおった。

6

矢代がノックすると、ドアはすぐに開いた。

由木武美《ゆうきたけよし》は、あ、と軽く頭を動かし、どうぞ、と、矢代を招じ入れた。

部屋の中は、さびれた旅人宿のように殺風景だった。

由木武美は、背が高く筋肉質の、ごくありふれた青年だった。厚い唇は、フィルムで観たとおりだったが、全体の印象は、柔和で明るかった。面長で頬骨の高い、ごつごつしたりんかくに、厚ぼったい唇は、野性みよりも、むしろ、女性的なやわらかみを加えていた。野放図に躰が伸び育ったような感じだった。

矢代は、もどかしいものを感じた。それは、彼の心をちらっと掠《かす》めて消えてしまったものだった。

——何か、気にかかる。

そういう感じだった。

「ぼくの方から、一度お礼にあがらなくてはと思っていたんです」礼儀正しい言葉づかいで、由木は言った。

「週刊誌のエッセイでは、ずいぶん、ほめていただいて。でも、正直言って、こちらからごあいさつするのも気おくれがしましてね。矢代さんとしては、エッセイのネタにあれを使っただけかもしれない。何か、売りこむみたいに思われても、いやですしね」

由木は、苦笑しながら、「実際は、売りこみたいんですよ。あんな映画を作ったとおおっぴらになれば、パクられちまうかもしれないが、三月《みつき》や半年の監獄暮らしとひきかえだって……」

冗談にまぎらせた言葉の中に、切実な本音がのぞいているようだった。

矢代は、由木の売り出しに力を貸すことは考えていなかった。しかし、由木は、矢代が会いたいというのをきいて、まず、それを期待したらしかった。

「ぼくたちの仲間は、皆、マスコミには背をむけるようなことを言っていますが、実は、むこうがお呼びじゃないというだけのことで。それでも、わがままなんですね。コマーシャリズムに縛られず、やりたいことをやりたいというのも本音なんですが……。やりたいことをやって、それで認められれば言うことはない」

「かなり贅沢《ぜいたく》ですね」

「ええ。精神貴族というやつです」由木は屈託なげに笑い、矢代もつられて笑ったが、その由木の明るい笑顔に、矢代は、虚勢をはったこわばりを見た。

「飲みませんか」矢代は、持参した洋酒の箱をあけた。

「わっ。凄えな。ヘネシーの三ツ星じゃないですか」由木は目を輝かせた。

「もらいものですよ。強い方ですか」

由木は、安っぽいコップを二つ出してきた。

「ところで、あの仮面は本物のデス・マスクですか」矢代は話を本題にもっていった。

由木の表情が微妙に変化した。そのとき矢代は、さっき感じたもどかしさが、またよみがえるのをおぼえた。何か正体がつかめないものが、心にひっかかっていた。

「本物ですよ」由木は答えた。

「どこから集めたんですか、五つも。死者のデス・マスクをとるというのは、外国の習慣でしょう。日本では珍しいんじゃないかな。でも、あれは五つとも、たしかに日本人のものでしたね」

「お見せしましょうか、実物を」由木は言った。

「いま、ここにあるんですか」思わず、声がはずんだ。

「ええ、あれは、ぼくのですから」

由木は、三尺幅の押入れを開けた。押入れの中は、整然とかたづいていた。室内に女の持物はなく、独り身らしかったが、結婚や同棲をしていないというだけなのだろう。身のまわりを世話する女の手を、矢代は感じとった。

デス・マスクは、やわらかい布に包んで、一つずつ、紙箱におさめてあった。箱はありあわせの空箱を利用したらしく、大きさも色も、まちまちだった。

由木は、そっといたわるような手つきで、石膏の仮面をとり出した。

「よく壊れませんね。石膏というのは、欠けやすいんでしょう」

「ええ、だいぶ、あちこち、いたんでいます。よく見ると、傷だらけですよ。ことに、映画に使ったから。ぼくは、割れてもいいと思って映画に使ったんだが、割れなかった」

五つの仮面は、額に、黒ずんだ血痕を残していた。それは、上からぬりつけたのではなく、仮面の中から、じわじわとにじみ出たもののように見えた。仮面を裏返すと、血痕はいっそうはっきり、大きかった。

型に石膏を流しこんだとき、額の部分に血を垂らした。そうやって作ったとしか思えなかった。

仮面の一つを手にしたとき、矢代は、心にひっかかっていたものが、すっと薄れるのを感じた。

「似ている。これだったんだ。いや……似ていない……似ている……」

矢代は、両手にのせた仮面を、動かした。角度によって、仮面は、由木に酷似し、また、全然別人のようにもみえた。

仮面と由木の顔を、矢代は、しげしげと見くらべた。――由木武美の顔を見た瞬間、何か気になったのは、この仮面との酷似だった……。

注意深く見ると、由木が、思ったより年をくっているらしいことに矢代は気がついた。二十四、五に見えたのだが、皮膚はりを失ないかけ、目尻に薄い皺がみえた。三十を過ぎているのかもしれない。石膏の仮面は、はるかに若かった。

由木が、わずかずつ、変形《へんぎょう》してゆくような気がした。若々しい青年という先入観が、由木の実態をおおいかくしていたのかもしれない。

「似ていますか」由木が、重い声で言った。探るような口調だった。

「ええ……似て……いますね。これは、ひょっとして、デス・マスクではなく、ライヴ・マスクじゃないですか。きみ自身の。……きみが、もう少し若かったころの」

「ライヴ・マスク？　ああそういうのもあるわけですね。そういえば、女が美容整形するのに、まず、石膏で顔の型をとるそうですね。そうか。生きている人間からも、石膏の面はとれるんだな。でも、ライヴ・マスクでは、凄みがなくて、つまりませんね」

「きみのではないとすると、きみの近親者のマスクですか。弟さんとか」

「いいえ。ぼくは、一人っ子です。戸籍謄本を見る機会は、何度もありましたから、たしかです。ぼくは、由木定雄牧師と由木夏枝の間の一人息子ですよ」

「では、これは誰の？」

「ぼくも知らないんです。ぼくがこれを……この五つのデス・マスクをみつけたのは、小学校の一年のときでした。だから、それ以前から、このマスクは、我が家にあったということです」

「お父さんやお母さんは、このマスクについて、何と？」

「訊いてみたことはないんです」

由木は言った。電車の走り過ぎる音がして、窓ガラスがふるえた。

「どうして？　こんなものをみつけて、誰のか、好奇心を持たなかったんですか。こんな血のしみついた、しかも、きみの顔に似ている……」

「みつけたときは、似ているとは思わなかったんです。そのとき、ぼくはまだ、七つの子供でしたから。事実、似ていなかったでしょう。ぼくは、いまよりずっと丸くて、あどけない顔をしていたわけだから。二十ぐらいになって、気がついたんですよ。ぼくの顔が、だんだん、デス・マスクに似てきた！」

そりゃあ、怖かったです。ぶきみでした、と、由木は言った。彼の声音から、明るい屈託のなさが、少しずつ薄れはじめていた。表情も、翳《かげ》を帯びた。

「ぼくは、奇妙な空想に捉えられた。これは、ぼく自身のデス・マスクじゃないのか。ぼくの死は、すでに、起こったことであり、いま、ぼくは、その既成の事実にむかって、近づきつつあるんじゃないだろうか。SFみたいな考え方ですが、真実、そう思いました。ぼくの死は、ぼく自身の生より先に存在する。それから、こんなふうにも思ったんです。もっと、子供っぽいおびえでした。ぼくがこのデス・マスクを大切にして、かぶってばかりいたので、ぼくの顔が、デス・マスクに似てきてしまったのではないだろうか。ばかげていますね。でも、一時は、本気で、そう思いました。このデス・マスクは、鋳型だ。ぼくの顔は、鋳型にあわせて、変形しつつあるのだ。ぼくが、ふっと、その妄想から解き放たれたのは、ぼくの方が、マスクより年をとってしまったということに気づいたときです。ぼくは、マスクの死の呪縛から逃れた。顔だちも、マスクから離れてきた。ぼくとデス・マスクは、イコールではない。恐怖感がうすれました」

男は、ドアに耳を押しつけて立っていた。冷気が足もとから這い上がり、骨まで突き刺すようだった。室内から洩れる声はとぎれとぎれで、男はもどかしそうにいっそう耳を押しつけた。

風が吹きさらすアパートの通路には、子供の三輪車やこわれた石油ストーブなどが雑然と放り出されていた。この時刻に、通りかかって彼を見咎《とが》める者はいなかった。

7

「矢代さんは、子供のころ、押入れとか、納戸《なんど》とか、そういう暗い小さい秘密めいたところに興味を持ったことはありませんか」

由木《ゆうき》武美《たけよし》は、ふいに、話題を変えた。

「そういえば、あるなあ」由木の言葉に、矢代は、久々に幼年時を思い出した。「ぼくは、外でとびまわっている方が好きな餓鬼大将だったけれど、押入れにもぐるのは、おもしろかったな。別の世界に入りこんでゆくようでね」

閉鎖されたせせこましい空間は、異次元の、茫漠と広い場所に通じるのだった。

「ぼくは、どちらかといえば、今よりずっと内向的で、空想癖のある子供でした」由木は続けた。「たとえば、ぼくは、鏡を胸の前に水平に捧げ持って、そこにうつる空をのぞきながら、庭を歩くのが好きでした。雲が流れてゆく鏡の中をのぞきこみながら歩いていると、本当に、空を歩いているような気分になれたんですよ。そんなふうだから、秘密めいた納戸にもぐりこむのが、ぼくは大好きだったんです」

ぼくは、鍵っ子のはしりでした、と、由木は言った。

ぼくの父は、さっきもお話したように、牧師でした。

「ちょっと待ってください」矢代は、さえぎった。「きみのお父さんは、牧師さんなんですね」

「ええ」

「死刑囚の聴罪という役は持っておられなかったですか」

デス・マスクは、聴罪牧師である彼の父が扱った死刑囚の死面ではないか。そんな想像が、浮かんだのである。

「いいえ」

由木は、あっさり否定し、貧乏牧師でね、と、淡々とつづけた。

母は、家計の足しに、開業医の調剤師をして働いていました。母は女子薬専を出て、薬剤師の免状を持っていたんです。

昼間、家の中に父も母もいませんから、ぼくは一人きりの時間がたっぷりありました。それで、納戸に入りこみ、しまいこんであるものを一つ一つ、のぞき見して興《おもしろ》がっていたのです。たいしたものはありませんでした。旧家と違い、珍しい貴重品などなかったし、特に子供の興味をひくものはなかった。

でも、ぼくは、納戸のかびくさいにおいや、どんより重い空気が好きでした。のびのびした姿態からは思いもよらない、由木の幼時の嗜好《しこう》だった。

積み重ねてある長持や行李の中を、のぞきまわっているうちに、ぼくは、これをみつけたんです。

子供心に、ぶきみな表情だと思った。しらじらと無表情で、しかも閉ざされた瞼の下の眼球が、彼をみつめているような気がした。

そのときは、額のしみが血痕だとは思わなかった。ただの汚れだと思いました。ただ、五つとも、同じところについているというのは、どういうことだろう。

デス・マスクは、石膏で作られた無機物で、それ自体は、皿とかコップとか、そういったものと、何らかわるところがない。

それなのに、どういうことでしょう。ぼくは、そのマスクが一つ一つ、異った個性を持ち、感情を持ち、独立した五個の人格のように思えたのです。

薄暗く小さい、埃くさい部屋の中で、五つの仮面のまなざしを浴びているのは、奇妙な気持でした。

　ぼくは、思わず、仮面をとり落した。ふちが欠けた。

　そのとき、

　――お母さんに叱られる！

　父や母から禁じられる前に、彼は、納戸にもぐりこむことが、決して彼らの気にいらない、知られればとめられてしまう行為であることを直感していた。

　父も母も、彼を、陰気な子だといって、いやがっていた。

「そうです。ぼくは、暗い、いじけた子供だったんですよ」

　その名残りが、暗鬱な翳が由木の目をよぎるのを、矢代は感じた。

　ぼくは、いそいで、仮面をもとのようにしまいこみました。

　ふちが欠けてしまったことに、お母さんが気がつかなければいいが……

　死人からデス・マスクをとるということも、そのころは知らなかった。ただ、奇妙なものだなと思っただけだった。

　彼は、デス・マスクに捉えられた。五つの異った表情を持った仮面は、彼の空想癖を十分に刺激した。

　彼は、しばしば、納戸にしのびこみ、仮面を相手に遊んだ。

　彼の語りかける言葉に、仮面は、それぞれの言葉で答えた。

　子供の遊びは、すぐにあきるものだが、彼はあきなかった。

高学年にすすみ、学校からの帰りがおそくなると、納戸に入る時間は少くなった。それでも、彼は、時々、親の目をかすめてしのびこんだ。

中学に入るころは、それらがデス・マスクらしいと思いはじめていた。

彼は、強い好奇心を持った。しかし、父や母にたずねれば、仮面をとり上げられてしまいそうな気がした。それは、彼が立ち入ってはならない、大人の秘密だ。そう、感じとっていた。

子供のころのように、母親がかってに彼の部屋に入ってきて、持物をかきまわさなくなったので、彼は、仮面を五つとも、自分の部屋に持ちこんでしまった。

これは、ぼくのものだ。いつか、そう思いこむようになっていた。

血のしるしのついた五つの仮面は、さまざまな想像をかきたてた。

たとえば――あのどす黒い印は、罪の証しだ。五人の男が共謀して、罪深い悪事を働いた。その証しだ。五人の男が……母を……まだうら若い少女だった母を、輪姦した。母は、復讐した。婚約者だった父の手を借り、五人の男を抹殺し、勝利の記念にデス・マスクをとり、罪の烙印《らくいん》を、その額に注ぎこんだ。

「むろん、ばかげた妄想ですよ。そんな大時代な、エリザベス朝の復讐劇みたいなことが行なわれたなんてね。まして、平々凡々たる市井人であるぼくの父や母がね。でも、そんなことを考えたのは、十五、六のころですから、どんなあくどい、奔放な、荒唐無稽《こうとうむけい》なことも、空想できたんです」

「きみは、御両親と、あまり……うまくいっていないのかな」

由木は、驚いたように目をあげた。強い目で、矢代をみつめた。

「どうして！　どうして、そんなことがわかったんですか」

「いや、失礼なことを言ってしまった。ふと、そんな気がしただけです」

「でも、どうしてですか。どうして、そんな気がしたんです」

「どうしてだろうね。ああ、こういうことです。いくら空想力のたくましい子供でもね、自分の親が輪姦され、復讐の殺人をおかしたなんて、たやすく思いつくものじゃないですよ。それに、たとえ思いついたとしても、それを他人の前で平気で口にするなんてね。きみがあまり平気な顔でそれを言ったから……」

「そうです。ぼくは、父親を憎んでいました。……というよりは、父親が、ぼくを憎んでいたんです」

あまり色には出ていないが、かなりアルコールがまわっているのか、由木は、初対面の矢代に、ずばりと切り捨てるように言った。

矢代は、強い酒で相手の口をほぐれさせ、心の秘部をさらけ出させたような、うしろめたさを感じた。デス・マスクと、それの出所を知りたがる奇妙な男に好奇心を持ったので、由木からいろいろ聞き出そうとしたのだが、由木が、酒に自制心を失ない、痛みをさらけ出そうとしているのをみると、いたましさをおぼえ、言いたくないことなら、と、押しとどめたくなった。しかし、一方で洗いざらい聞きたいという好奇心も、つのった。

「それは、息子というのは、親父《おやじ》に、特殊な感情を抱きがちですからね」矢代の口調は、なだめるような調子になった。「父親を偶像視し、尊敬したい。それが裏切られたとき、幻滅は、憎悪に一転する。それを通りすぎると、ああ、親父も、おれと変わりない、ふつうの人間なんだな、と、父親の弱点を許し、かえって、親近感を抱くようになる。ぼくも、そんな経験がありますよ。男の子の、一種の通過儀礼といえますね」

「彼は、偽善者です。牧師という職業柄、人前では、立派なことばかり言い、他人を指導し、責め、弾劾《だんがい》し、そのくせ、てめえは、陰険で、小心翼々としていて……まあ、そんなことは、誰にでもありがちなことです。ぼくだって、そのくらいはわかっています。人間なんて、弱いものだ。どこからどこまで完全な人間なんて、いやしない。それはいいんです。だが……」

由木は、手酌で、ぐいぐい、強い液体をのどに流しこんでいた。矢代は、酔うと眠くなるたちなので、用心して度を越さないようにしていた。八分目ほど減ったブランデーの大半は、由木の胃に流れこんでいたのだった。

「矢代さん、あなたは」由木の目が、少しすわってきた。

「父親に殺されかけたことがありますか」

「え？」

「ぼくはそうでした。この傷は、一生消えるもんじゃありません。父はぼくを、見殺しに……」

けたたましい電話のベルに、由木の言葉はさえぎられた。由木は舌打ちして、乱暴に受話器をとった。

「ああ、おまえか」腹立たしさを押し殺したような声で、由木は、「連絡を待っていたんだ。いま、どこにいる？　……え？　そう結論をいそぐことはないだろう」由木は、いくらか、せきこんだ。

「待てよ。よく、話しあおう。はっきり決めるのは、それからだって……。おい、それは、あまり勝手すぎないか。……よし、これから行く」受話器を叩きつけるように置き、「すみません」あわただしく、由木は矢代に頭をさげた。「芝居の仲間が……前から止めるとか止めないとか、もめていたんですが、テレビでちょい役がつきそうになったもんで、足を洗うなんて言いだしやがって。あいつに抜けられると……。こっちも、やっと新しい芝居の準備がととのって、これから一発ってときなんですから。いや、あんな奴がいなくたって……。とにかく、ちょっと出なくてはならなくなっちまいました。すみません。また、近いうち」

由木は、壁にかかっていた短コートをかかえ、靴をつっかけて、とび出すように部屋を出た。

「きみ、鍵！　鍵！」矢代がどなるのに、廊下を大またに歩き出しながら、「いいです」由木はふりむいて、どなり返した。「開けっ放しで出てください。盗られるものなんて、ありゃしない」

そのとたんに、由木は、前を行く人間に突き当たった。初老の労務者風の男であった。

「や、どうも」手をのばして、男が床に転げかかるのをささえた。男は、由木の顔をみつめた。先を急ぐ由木は、そのまま階段を走るように下りた。

矢代は、後ろ手にドアを閉め、廊下に出た。初老の男の傍を通り過ぎた。男は、さりげなく視線をそらせた。

8

酩酊《めいてい》した由木が矢代のマンションを訪れて来たのは、その翌晩だった。

「すみません、ゆうべは途中でおっぽり出してしまって」上体をふらつかせ、由木は強いアルコールのにおいのする息をついた。

「だからね、お詫びに」のめりこむように、部屋の中に入りこもうとした。矢代は、押しとどめた。このときの由木は、ひどくあつかましく、卑しげな感じがした。酔いにまかせて、ずかずかと矢代の内ぶところに踏みこもうとする。矢代は、自分が他人の内部に足を踏みこみ、好奇心を満たそうとしたくせに、彼自身の私的な場所に他人がかってに入りこむのを拒否していた。

「よく、ぼくの住まいがわかったね」

「そりゃ、天下の矢代先生だからね、ちょっと調べりゃわかりますよ」

「ぼくも、ちょうど一杯やりたくなっていたところだ。いっしょに出よう」

表通りに出、通りかかったタクシーを拾って、渋谷に出た。

——おれは、この男から話をひき出し、好奇心を満足させようとしているだけなのだな。荒んだ表情をむき出しにした由木を見やって、矢代は、うしろめたいような気がした。由木が酔って荒れているのは、仲間にテレビの役がつき、彼らのグループから脱退したこと、そのため上演を計画していた芝居がだめになったことなどが原因なのだろう。その侘《わび》しさを、昨夜親身に話をきいてくれたらしい男のもとでまぎらそうと、たずねてきた。だが、矢代には、由木の苦痛に、心から同じ痛みを感じ、同じ場に立って慰めることはできないのだった。彼は、冷たく由木を観察していた。情に溺れ、共に酔い、共に泣いてやることのできない自分の性格を、どう変えようもない、おれはこれでいいのだと自ら恃《たの》み、一方、どうしておれはこう、いつも冷静で計算ずくなのだと、嫌悪してもいた。

矢代が由木を伴ったのは、大和田町のガード下の呑み屋だった。奥の小間にあがって、しょっつる鍋をあつらえた。店の主人が秋田の産で、店構えは薄汚ないが、材料は新鮮でうまいので、矢代は気にいっていた。

「あのブルー・フィルムは傑作だったでしょう」由木はほとんど箸をとろうとはせず、盃だけを口にはこびながら、絡《から》むように「ブルー・フィルムにでもしたてなけりゃ、おれたちの作品に金を出そうなんて奴はいませんからね。ブルー・フィルムではあるけれど、おれとしては、一篇の芸術作品を作る、そういう意気込みでした。そのフィルムに、デス・マスクを使う。荒っぽく扱うから、こわれるかもしれない。こわれても、おれたちの青春の燃焼の犠牲となるのだ。悔いはない。仮面たちも許してくれるだろうとね。死仮面の最後の饗宴《きょうえん》だ。でも、みれんがましく、あいつらはこわれなかった」

「デス・マスクが誰のものなのか、どうしてきみの家にあるのか、きみは、一度もたしかめようとはしなかったんですか」

「因縁話をきかされたら、ぼくとデス・マスクの純粋な絆《きずな》が切れてしまう。父のもの、あるいは母のものということがはっきりして、ぼくの所有物という実感がなくなってしまう。それがいやだったんだな」

「きみは、ゆうべもだいぶ酔っていたらしくて、お父さんに殺されかけたなんて、ひどいことを言ったな」かまをかけるような訊き方をして、矢代は、自分をいやな奴だと思った。

「ひどいのは、あっちだ」由木は、他愛なくのった。「おれが池に落ちたってのに、救い上げるどころか、黙って見ていたんだから。冷たい目で」

鏡に空をうつしながら庭を歩き廻るくせがあったって言ったでしょう。由木は、壁にもたれ、よほど不愉快な記憶なのか、こめかみを痙攣《けいれん》させた。

小さな浅い池だが、鯉を飼っていて、一ヵ所底を深く掘り下げてあった。冬期、池の表面が凍っても、鯉が死なないためである。鏡をのぞきながら歩きまわっていた幼い由木は、つまずいて深みに落ちこんだ。もがいて、もがいて、やっと、ぽかっと顔が水面に出た。

「縁側に、あいつが立っていた。目があった。ね、父親ですよ。足袋はだしで庭にかけ下り、池にとびこんで救い上げる。それがあたりまえじゃないですか。あいつは、見ていた。黙って。死ね。溺れて死ね。そんな目つきで。ふつうなら、注意しますよ。坊や、危い。池があるよ。やめなさい。あっ、落ちた。かけ下りる。池にとびこむ。救い上げる。こうこなくちゃ」

酔った由木の言葉は、くどかった。

「それが、親ってものでしょう。あいつは見ていたんだ。ただ黙って、冷然と、ぼくがもがき、水をのみ、強い手が助け上げてくれるものと信頼をこめて見つめた眸《め》を、冷ややかに無視したんだ。ぼくは、独りで這い上がった。どうにかこうにか、夢中で」

一瞬、足がすくんで、躰が動かないということがある。由木の父親の場合がそれだったのではないか。子供が落ちた！　と思ったとき、反射神経が麻痺したように、立ちすくんでしまったのではないか。矢代は、そんな気がした。

池に落ちこんで由木が浮かび上がるまでの間は、子供の心には怖ろしく長い時間と思われても、実際には、ほんの数秒だった。立ちすくんだ父親を幼い由木が誤解したのだとしたら、何という悲惨な誤解か。そのあと、永久に、父親に対する恐怖と憎悪を、由木の心に刻みこむことになってしまった。

あるいは、池は、由木が思いこんでいるより、はるかに浅かったのかもしれない。子供の目には、大人なら一またぎの水たまりが深い淵と見え、箱庭のような築山が、うっそうと木の茂る大きな丘に見える。父親は、息子が一人で這い上がれると確信し、敢えて手を出さないで見守っていたのではないだろうか。

「酒」と、由木は空になった徳利の首を持って振った。店の女が、燗《かん》のついた徳利をはこんできて、あがりこみ、由木の傍に横坐りになった。

「はい、お酌？」

由木は、徳利を奪うようにとり、手酌であおった。

「きみは、ずっと東京？」

「いや、静岡です。静岡市内です」

「それじゃ、同県人だ。ぼくは沼津育ちだ」

「そうですか」由木は興味なさそうに答えた。

「あら、あたしも静岡よ」女は由木に肩を寄せた。「富士山が見えて、いいところよねえ」

「白粉《おしろい》のにおいがすると、酒がまずくなる」冗談口ではなかった。由木は、不きげんに女を追い払った。矢代は顔なじみの店なので、ちょっと気まずい思いをした。

「お父さんもお母さんも、まだ静岡に？」

「父は、いるでしょうね。母は」と言いかけて、由木は、皮肉な笑顔になった。「遠まわしに訊かないで、あっさり言ったらどうです。仮面のことが気になるんでしょう。好奇心で、うずうずしているんでしょう。ところが、あいにく、おれはさっきも言ったとおり、何も知らないんですよ。静岡まで、あいつに訊きに行きますか。あいつってのは、おれの父親、由木定雄牧師のことですよ。あいつ、美人の後家さんとくっつきましてね。おふくろは、とうに、うちを出てしまっています。勤務先の病院に通っていた患者に入れあげて、うちをとび出しちまったんです。おれが高校二年のとき。灼熱の恋、おみごと！　と言いたいところですが、自分の母親が、生身の女だ、雄を受け入れる肉体の機能を持った雌だと確認することは、何とも、やりきれないですね」

もう、いい、と矢代はさえぎろうとした。

山田一郎と名乗る男が探しているのは、由木武美の父か母か、どちらかに違いなかった。仮面の一つが由木武美に酷似しているということは、父由木定雄か、母夏枝の肉親のデス・マスクなのだろう。

五個の仮面に共通した印があることから、由木は、母を輪姦した男たちという異常な空想を前夜語った。それは、由木の母親に対する屈折した感情をあらわしているようだった。その空想が、こんどのブルー・フィルムの発想のもとになったのだろう。母を熱愛し裏切られた一人息子の典型を、矢代は由木に見る思いがした。

「きみは、お父さん似かな。お母さん似かな」

輪姦者という言葉から一つの想定が浮かび、矢代はたずねた。

「どっちにも似てねえな」酔いのまわった由木の言葉は、荒っぽく乱れ、ときどき、気をとり返したように丁寧になった。

「おれは全然、どっちにも。おれは、このデス・マスクから生まれたんですよ。そうでなければ、こんなに似ているはずがないでしょう」

由木はでたらめを口走ったのかもしれないが、その言葉は、矢代の想像と一致した。デス・マスクの主が、由木武美の真の父親ではないのか。

そうすると、由木は母親の不倫の証しとして存在したことになる。矢代は、何かいたましいものを見る思いで、由木の憔悴《しょうすい》した顔を見た。

由木が手水《ちょうず》に立ち、戻ってきたところで、誘われたように、矢代も席を立った。靴をつっかけ手水場に行こうとしたとき、衝立《ついたて》で仕切った隣りの卓に、労務者風の男がコップ酒を手にしているのをみかけた。その顔に見おぼえがあった。どこで会ったのか、誰なのか、すぐには思い出せなかった。彼が手水場から戻ってきたときには、その男はレジで勘定を払っているところだった。

男の顔を思い出したのは、由木の方であった。

「偶然て、あるものですね。これで二度だ」

「何が？」

「今、そこで勘定を払って出ていった人。昨夜、アパートの廊下でぼくが突きとばしかけたんです。いそいでいたものだから」

そのとたんに、矢代は直感したのだった。由木と矢代の身辺をうろつきまわっている初老の男。

「きみは、山田一郎という人に心あたりはありませんか」

「山田一郎？」由木は首をかしげた。偽名らしいのだから、当然だろう。

実は、と矢代は山田と名乗る男からの電話の件を告げた。

「父に会ってみましょう」由木は興味を持ち、「ぼくらのデス・マスクの祭儀は、何かを呼び出してしまったようだ。ぼくもそれを知りたくなった。矢代さん、いっしょに行ってくれますね。おれ一人では、門前払いをくいかねない。母の居場所も、父なら知っているかもしれません」

9

急なことで指定券は手に入らなかった。こだまの自由席だが、坐ることはできた。かたづけておかなくてはならない仕事もあったので、東京を発ったのは、中一日おいた後だった。

「デス・マスク？　何ですか、それは」由木定雄は、けげんそうな顔をした。そんなものが自宅の納戸《なんど》にあったことを、全く知らないようだった。矢代が簡単に説明すると、「あんたは、それを黙って持ち出して使っていたというわけか」由木の方をむいた。由木武美は、脚を高く組み、ことさらに冷然としていた。

「まあ、いいだろう。たぶんそれは、あんたのお母さんのものだ。あんたが持ち出そうとどうしようと、かってだ」

煙草に火をつけながら、矢代は窓越しに目をやった。長い年月の間に何度か模様変えをしたのだろう。由木が落ちたという池は、もう、なかった。

牧師の後妻が茶を運んできた。地味なつくりの、目立たないがととのった顔立ちの女性だった。牧師は暖い目を妻にむけた。由木はたしかにこの家に不要な人間だった。由木とその妻は、おちついた穏やかな日々を営んでいるようだった。由木の父親評は悪意と偏見にみちていたが、父親が由木にむける目も冷やかなものだった。

父親が見殺しにしようとしたという由木の言葉を、矢代は、二人を前にもう一度思い返した。由木定雄牧師は、息子の武美にまるで似ていなかった。どこにも、血のつながりは感じられなかった。牧師もそれに気づいていたのだろうか。妻に対する疑惑、不信、そうして決定的な不義の確信、それが、息子に対する態度にあらわれたのだろうか。

「お母さんはいま、どこにいるんですか」

牧師の妻が空の盆を下げて奥にひっこんだのをみはからって、由木はたずねた。

「知らないのか」

「あれ以来、会っていませんからね。家を出て以来」

アルコール気のぬけた由木は、平静な口調で喋っていた。

「仙台にいるはずだ。その後移転していなければ」

「あの人といっしょですか」

牧師はわずかに眉をひそめて、軽くうなずいた。矢代をはばかっているのだろう、あまり他人の前では触れたくない話題に違いない。

「住所はわかりますか」

「わかる」と言って牧師はポケットからメモ帳を出し、すらすらと書いてちぎり、由木に渡した。

由木は、「よくおぼえているんですね」と皮肉な目つきをした。

「昨日、見知らぬ男がやってきて、きみのお母さんの住所をたずねた。古い葉書を調べて教えてやったばかりだ。だから、おぼえている」

『山田一郎』の足跡《そくせき》を、矢代は嗅いだ。不吉な影を感じた。あの男は、呑み屋で由木との話を盗み聴き、ここにやってきた。静岡市、由木定雄という名前、牧師という職業、それだけわかれば、住居を探しあてる手がかりは十分だ。

山田一郎は、今ごろ、仙台にむかっているのではないか。

牧師の家は、由木と矢代の長居を許す好意的な雰囲気ではなかった。夏枝の居所がわかれば、あとは、とどまっている用はない。由木は、すぐに立ち上がり、矢代もつづいて辞去した。牧師はひきとめなかった。

門を出ようとして、矢代はライターを置き忘れたのに気づいた。もう一度牧師に顔を合わせるのは気がすすまなかったが、親しい友人から旅行土産にもらった愛着のある品だったので踵《きびす》をかえした。

応接間の窓の下を通りかかったとき、女の声が聞こえた。

「もう少しやさしく迎えておあげになればいいのに」牧師の後妻の声らしかった。矢代は足をとめた。

「まるで私がかげでこっそり武美さんを邪魔者扱いしているようで困りますわ」ひかえめに怨《えん》じていた。

「あなたには関係ない」牧師の声は不きげんだった。

「まだ、前の方のことが心に残っていらっしゃるのね」

「そんなことはありません」

「古い葉書を調べたとおっしゃるけれど、あなたは、昨日も、葉書などごらんにはならなかったわ。あのひとの住所を、いつも、そらでおぼえていらっしゃるのよ」

「彼女《あれ》の話はやめよう」

窓の下に立ち止まった矢代を見て、由木が近寄ってきた。

「あのひとの話をしたがるのは、あなたよ」細い女の声がつづいた。

「何度も、私はきかされたわ。自殺しかけたところを、あなたが助けておあげになった。あなたは寛大にも、自殺未遂の理由はたずねようとはなさらなかった。あなたは、心の寛《ひろ》い、悩んでいる人の救い手だから。夏枝さんは、あなたの遠縁で、幼なじみだった。昔からあなたは、あのひとを……。でも、夏枝さんは、あなたのことを何とも思っていなかった。夏枝さんがあなたと結婚したのは、お腹の赤ちゃんに父親を与えたかったからよ。夏枝さんはそうは言わなかったでしょうけれど、私には見当がつきますわ。同じ女ですもの。あのひとは、いつも私とあなたの間に……」

「さあ、夕飯の仕度にかかってください」牧師の声はおだやかだが、今にもどなり出したいのを押し殺しているようだった。

「あなたは、お偉いわ。夏枝さんが他の男の子供を妊《みごも》っているのを承知で結婚し、武美さんを自分の籍に入れておあげになり……まるで神さまね。とても、ふつうの人間にできることじゃありませんわ」女の声にかすかな皮肉を矢代はかぎとった。その皮肉は牧師には鋭い棘《とげ》となってつきささったようだ。牧師の声が荒くなった。

「あなたは、私が武美を憎んでいることを責めるのか。私がどうしても……そうだ、私は夏枝を救い、武美を愛そうと、どれほどつとめたことか。だが……私が平凡な嫉妬《しっと》深い人間だということを、あなたの前で言わせたいのか。武美のぼってり厚い唇を見ると私は虫酸《むしず》が走ると、あなたの前で告白させたいのか」

「ああ、そんなふうにおっしゃらないで。私はただ……」

女の声がやわらかい粘り気を帯び、甘えるように鼻にかかった。

「それほど武美さんを嫌っていらっしゃるのなら、なぜ、さっき、武美さんの連絡先をはっきり聞いておいてくださらなかったの。武美さん、また当分、ここには来ませんわ。連絡のとりようがないわ」

「おかしなことを言うね。嫌っている者の連絡先をどうして。私たちの暮らしにあれが入りこんでこなければ、あなたにとっても好都合だろう。あれに会うのは、あなたも愉快ではないはずだ」

「でも……」女の声は、いっそう甘くなった。「武美さんは、まだあなたの籍に入っているわ。あなたの長男として」

「それは……」

「あなたは前におっしゃったわ。武美さんの籍を抜くって。私、こんなこと、とても言いにくいわ。でも、私……私が一人あとに残ったときのことを、どうしても考えてしまうのよ。この教会、私なら、あなたの遺志をついで立派に運営できるようにしますわ。でも、武美さんが……」

「きみは、相続権のことをいっているのか」

「ええ」女は狡猾《こうかつ》に口ごもってみせた。「私、欲ばって言っているのではありませんのよ。ただ、今のままだと武美さんが……」

「武美に遺産の相続権を放棄させたいわけか、あなたは」

「そんなひどい言い方なさらないで。私はただ、あなたの教会をいつまでも……」

矢代はライターをあきらめた。蒼白な顔で唇を噛んでいる由木の肩を押し、足音をひそめて歩き去ろうとした。

「牝狐め」由木は声に出してののしった。

「驚きやしない」由木の声は低いつぶやきに変わった。「そんなことだろうと察していたんだ。今さら驚くことは何もありはしない」

10

「暖かいな、この部屋は」男は、安楽椅子に深々と腰を下ろした。「セントラル・ヒーティングってやつか」

「そんな、ぜいたくはしていません」夏枝は、冷たい声で、「ガス・ストーヴが燃えているだけです」

「ガス・ストーヴか。それにしてもな。あのころ、おれたちのアジトには」

「何のお話ですの」

「夏枝、おれたちのやりかけたことは、未完成だったな」

「何がですか」

「おれとおまえの間で、やりかけたことだ」

男は、薄汚れたワイシャツの前をはだけ、シャツのボタンもはずした。

「おまえの胸も、見せてみろ」

夏枝は、無意識に、着物の衿《えり》をかきあわせた。

「おれのここには、ほら、こんなひきつれがあるなあ。猫がひっかいたミミズばれじゃないぜ。お前の胸は、まっ白なはずだ。これは、未完成ってものじゃないのか」

「そんな……今さら、何を……」

声をあげても無駄と承知していた。家の中には、男と夏枝と二人きりだった。

「さしちがえて心中しようと持ちかけたのは、おまえだったんだぜ、夏枝」

「そんな、さしちがえだなんて、古くさい」

「古くさい？　全くだ。だが、三十年なんておまえ、屁のようなものだぜ。つい昨日じゃないか。三十年も一日も、たいした変わりはありゃしないぜ。おまえは、さし違えようと言った。おれは承知した。おれは、おまえといっしょに死んでもいいと思った」

男は、背後においたものを後ろ手にとってテーブルにおいた。二振りの白木鞘の短刀だった。一振りを、鞘を払って夏枝の前におき、もう一振りを、抜き身にして右手に持った。

「嘘おっしゃい。あなたは死ぬ気なんかなかった。卑怯者！」夏枝の声が甲走《かんばし》った。「卑怯者！　風間が、遠野が、筧《かけい》が、三戸《みと》が、逮捕されたとき、どうしてあんただけが無事だったの。四人が処刑されたあとで、どうして、あんただけが私のところにあらわれたの。私に問いつめられて、あんたは白状したわ。裏切ったことを」

いくら若かったとはいえ、なぜ、あのときは、あれほどファナティックな、無謀な計画をたてられたのか。おそらく、風間武久の影響力だと、男は思い返す。風間武久の狂熱的な意志におれたちは捲きこまれた。

『光の前には、暗黒の闇が来なくてはならない』風間の、今にして思えば空疎な言葉に酔った。独裁的に戦争を遂行する首相の暗殺を計画した。戦局は悪化の一途をたどっていた。闇のあとに、何がくるか。おれたちの知ったことではない。光を生み出すのは、誰か他の者の仕事だ。おれたちは、まず、暗黒の闇を出現させるのだ。

ばかばかしい。時代の大波を、たった五人のアナーキー集団で、何ができるというのだ。おれたちは狂っていた。彼は、首相の私邸に押し入り斬奸の刃を振い、その場で自決するという計画の杜撰《ずさん》さにいやけがさしはじめていた。たとえ、奇蹟的にその計画が成功したところで、潮流の向きは変わらない。

彼が転向の意志を固めたのは、夏枝の妊娠を知ったときだった。夏枝は、仲間の一人、三戸の従妹で、最初から彼らの謀議に加わっていた。浅黒い肌と、ぎらぎらした目を持った、気性の激しい少女だった。五人は、彼女に惹かれながら、牽制《けんせい》しあっていた。夏枝が彼に躰を許したそのときから、彼は、生きのびたい、夏枝と共に暮らしたいと思う心と、卑怯なことをしたら夏枝に見捨てられる、夏枝の心を完全につかむためには、徒労であろうと犬死であろうと、計画を遂行しなくてはならないとする二つの思いの葛藤《かっとう》の渦中に放りこまれた。妊《みごも》って、夏枝の気持も微妙に変化しはじめたようだった。平凡な暮らしへの願望。言葉のはしばしに彼はそれを読みとった。彼は徐々に、夏枝が計画の無謀さ愚かしさを悟るようにしむけた。

夏枝は、もう血なまぐさいことはいやだと、しみじみ洩らすようになった。

計画はすすめられていた。決行の日どりも決まった。脱退は許されなかった。脱退を強行すれば、彼自身が仲間から暗殺される。

彼は仲間との連帯感をとうに失なっていた。風間のファナティックな押しつけがましいやり口を嫌悪し、それに追随する他の者を蔑《さげす》んだ。だが、仲間を裏切る決意はつかなかった。

彼をいっきょに裏切りに突きとばしたのは、夏枝の下宿で垣間《かいま》見た光景だった。風間は裸体だった。黒いけもののように、夏枝におおいかぶさり、抱きすくめていた。彼は、仲間を密告した。

密告を受理しながら、彼の行為を唾棄する者が官憲の中にもあったのだろうか。彼は他の四人とは別に連行された。板敷きの小部屋に彼は放りこまれた。薄い板壁越しに、彼は凄まじい声を聞いた。呻きであり、悲鳴であり、咆哮《ほうこう》だった。吠え、すすり泣き、嘔吐し、とだえたかと思うと、ぎゃあっと、灼熱した鉄棒をはらわたに突き通されたような叫びが起こった。その声の一つ一つを、彼は聞きわけた。風間の絶叫。三戸の悲鳴。四人がどのような拷問を受けているのか、具体的にはわからなかった。彼の肉体には何の制裁も加えられていないにもかかわらず、彼は脂汗を流し、歯をくいしばり、ついには失神した。

四人は死刑に処され、彼は釈放された。彼は、蹌踉《そうろう》とした足で夏枝のもとをたずねた。行くべきではないと思いながら、磁力にひき寄せられるように。そこしか、彼の行く場所はなかった。

「おれが今度、どうやっておまえの居場所を知ったと思う。あの古くさいデス・マスクのおかげだぜ」

三十年の月日を経て再会した夏枝は、年のわりに若々しく、ゆったりした貫禄を備えていた。浅黒かった肌はうるおいを帯び、黒目のかった眸の激しい光は、年相応の落着きにかくされていた。

「そう、まったく古めかしい」男はつづけた。「だが、あのときのおれたちには、大切な儀式だったな。一人の死は五人の死。風間、遠野、筧、三戸、そうして、おれ。美校くずれの風間がおれたちのデス・マスクをとった。いや、正確にはデス・マスクではないな。生きているうちにとったのだから。だが、あれはおれたちにとって、五人一体の死の証しだった。五人の血を一つに混ぜ、石膏の額に注いだ。血はじわじわとしみこみ、やがて固まった。デス・マスクはおまえにあずけられた。こっけいな、大げさな儀式だった。悲愴な行為は、常にこっけいだ。それで、おれとおまえも、こっけいで悲愴な死にざまを完成しよう。さあ、とれ。握れ、それを」

脅すように、男は右手の短刀を夏枝の背に近づけた。

「きちがい」夏枝のくいしばった歯の間から声が洩れた。

「狂いもするさ。おれはおまえに二重に裏切られたんだからな。おまえは、おれを問いつめた。おれは消耗しはてていた。四人の仲間の苦悶の声を一晩中聞かされ、おれは打ちのめされていた。聴罪僧に懺悔《ざんげ》する心で、おれはすべてをおまえに語った。おまえは激怒した。それから泣きくずれた。

心中しましょう、とおまえは言った。私たちばかり生き残ることはできません。おれは疲れていた。おまえがいっしょに死のうといってくれた言葉くらい、おれの慰めとなるものはなかった。おれたちは、心中するはずだった。刺し違えて。ところが、おまえは、刃をかまえた二人の呼吸がととのわぬうち、全身の力でぶつかってきた。下宿のおかみが血まみれになって倒れているおれをみつけ、入院させた。おまえは消えていた。おれは死んだ。躰は幸い回復したが、魂は死んだ」

「ばかばかしい」夏枝は吐き捨てた。「何が魂《なじ》よ。そんなもの持ってもいなかったくせに。あんたじゃないの、殺そうとしたのは。私に詰られて、言い逃れのできなくなったあんたは心中を承知した。ところが、刃をかまえたあんたの目に、私は何を見たの？　あんたは、一瞬先に、私を突き殺そうとした。私は、とっさに機先を制した。それだけよ。卑怯者」

——ちがう。おれはあのとき、まったく打ちのめされていたのだ。おまえといっしょに死ねるのなら、裏切者のおれには分にすぎた倖せだとさえ思ったのだ。おまえは、心中という言葉でおれをたぶらかし、殺そうとしたのだ。

「おまえは、おれを、いやというほどたっぷり裏切ってくれた。今になって、それがわかった」陰気な声で、男は続けた。「おまえが妊ったのは、風間武久の種だったんだな。おまえは、あの前から、風間とも寝ていたんだな。おれは、おまえの息子を見た。表面牧師の息子にして世間をごまかしている奴を。見まちがえるわけがない。一目でわかった。風間に瓜二つだよ。よくもここまで似たものだと、うすきみ悪くなった」

「武美にあったの！　あの子はどうしている」

　夏枝は腰を浮かせた。

「恨んでいるぜ、おまえさんを。酷《むご》いおっ母だってな。餓鬼を放り捨てて、またも」

「違う。そんなんじゃないわ、私が家を出たのは……」

「そいつをとれ。握れ」男は、右手の短刀をしゃくうように動かした。夏枝の手がおずおずとのび、テーブルの上の一振りをつかんだ。握りしめた。

「私を……殺す気？」

「殺すのではない。相対死にだ。今度こそ、未完成じゃなく、な」

「お金なら、ほしいだけあげます。帰ってください」

「金？」乾いた声で男は笑い、身がまえた。

11

　幾度かブザーを鳴らしたが、返事はなかった。ドアを押すと、開いた。矢代と由木は顔を見合わせた。玄関の敷石に、くたびれた男物の靴が一足脱ぎ捨ててあった。異様な雰囲気を感じとり、矢代は、思いきってあがりこんだ。由木もつづいた。

　右手のドアが応接間と見当をつけて、矢代は押し開けた。

男が倒れていた。躰のまわりは血の海だった。傍に、茫然と女が立っていた。返り血が肩から胸を濡らし、顔にも紅い飛沫が散っていた。

「武久さん！」女は走り寄ると、由木に抱きついた。胸に顔を埋め、肩が震えた。「武久さん！」嗚咽《おえつ》のあいまに、女はくり返した。「処刑したわ、あなたのために。でも、この男は……ああ、私、こんなことはしたくなかったのよ」うわ言のように、夏枝は、「いやだったのよ。でも、私、むざむざ殺されたくはなかった。なぜ？　わかるわ。死は長い休息だ、死は安らぎだということを知っているからよ。私にその安息を与えるかわりに、殺人者という生地獄に落としこもうとしたのよ。それほど、私を憎んでいた……」

「お母さん、どうしたんです、これは」由木は、やっと声をしぼり出した。

「お母さん？」夏枝は息をのんだ。「武美！」泣くとも笑うともつかぬ声をあげた。

「武美！　そうね。武久さんじゃなかった。わかっているわ。あなたは武美。武久さんじゃない。ときどき、まちがえそうになったわ。あなたは、あんまり似すぎたわ、あの人に」

夏枝は、ゆっくり床に膝をついた。顔を武美の股間のあたりに埋めた。

「だから、私は逃げたのよ、あなたから」

武美も膝をつき、女の頭を胸にもっていった。

「武久さん……」混乱したように、夏枝はまたもつぶやいた。「あなたは、いつも私を欲望を処理する対象のようにしか……。でも、女は、それだけでは耐えられないのよ、あたしは、あなただけを、いつも……」

デス・マスクが呼び寄せたものを、矢代は、ただみつめていた。しかし、夏枝の手が床に落ちた短刀の方にのびたとき、機敏にそれを拾いとり、遠くに投げ捨てた。

それだけだった。彼にできたことは。

遠い炎

三月二十一日、午後十一時二十分ごろ、世田谷区K町の、木崎英臣《きざきひでおみ》の家が出火した。通報が早かったので、一階の一部を焼いただけで鎮火した。

当夜在宅したのは、英臣の妻葉子《ようこ》と、家政婦の倉田良江《くらたよしえ》の二人きりであった。

家族は、夫婦のほかに娘が一人いるが、T銀行有楽町支店長の英臣は大阪に出張中、娘は春スキーに志賀高原に泊まりがけで出かけている間の不祥事であった。

焼けたのは台所の部分であった。深夜のことで、火の気はないはずである。失火ではなく放火の疑いが持たれたが、火災保険はかかっていないので、保険金めあての放火ということは考えられなかった。

倉田良江は火傷《やけど》を負い、木崎葉子は怪我はしていなかったが精神的なショックが大きいため、それぞれ、病院に収容された。

係官の取調べに、木崎葉子は、「昨夜、私は、いつものように睡眠剤を飲んで寝ました」

と答えた。「このところ不眠症で、いつも睡眠剤の助けを借りているのです。でも……」放火したのは、私かもしれません、と葉子はつぶやいた。

「倉田良江さんがうちに来るようになったのは、一月《ひとつき》ほど前からです」葉子はつづけた。

「三人きりの家族に家政婦をたのむのは贅沢な話ですけれど、私が右の手首を痛めて家事が思うようにできなくなったため、来てもらうことにしました。怪我したのは、駅の階段を落ちたのです。下りようとしたとき、ふっと頭の中に霧がたちこめたような状態になり……立ちくらみですね、足を踏みはずしました。踊り場にころげ落ちたとき、頭を打つのを避けようと、右手で躰《からだ》をささえようとしたのが悪かったのです。ねじれた手の上に躰がのり、幸い骨折はしなかったのですけれど、当分右手を使えなくなってしまいました。家政婦会に頼んだところ、派遣されて来たのが、倉田良江でした……」

倉田良江という名前は、私の記憶にはなかった。私と同年ということだが、はるかに老けてみえた。大柄な女だった。顎《あご》からのどにかけて贅肉がたるみ、肌の色は白いが艶がなくて、粉をふいたような頬をしていた。

眉が淡い。ほとんど生えていないようにみえる。媼《おうな》の面に似た印象を与えるのは、その薄墨を刷《は》いたような眉と、一重瞼の下の細い目のせいだろう。唇も小さく薄い。塗りつけたピンクの口紅は、唇のたて皺をきわだたせる役にしかたっていなかった。細い目と小さい唇が、馴れ馴れしく笑っている。

「仕事は、たいしてないんです。主人と私と娘の三人家族ですから。娘も中三で、世話はやけませんしね」

倉田良江は、ゆったりうなずいているが、私の言葉をどれだけ心にとめたのかわからない。おかしそうに、私を見て笑うのだ。これから、あなたを驚かせてあげますよ、というように。

他人に家の中に入りこまれるのは好ましくないのだが、やむを得なかった。

この家は、私が亡父から遺産として受け継いだもので、戦前からの建物なので、だだっ広い。大正期から昭和の初期に、東京郊外の新興住宅地に流行した和洋折衷の造りである。入母屋造りの黒瓦の屋根、武家屋敷のような式台をもった和風の玄関のわきに、釉薬《ゆうやく》をぬった青い洋瓦、はり出した出窓、鎧戸のついたフランス窓の洋館が、こぶのように突き出ている。鎧戸はペンキがはげ、漆喰の壁には亀裂が入り、瓦もゆるんでいる。

修理をするとなると、あちらもこちらも手を入れなくてはならない。取りこわして新築した方がましなのだが、決心がつかないで放ってあった。出費も気苦労も大きくて、わずらわしさが先に立つ。それでも、いずれは建て直さなくてはならないと思うと掃除に身が入らず、家は荒れる一方だった。私が怠け者のせいもある。

広い庭には、柘植《つげ》、槙《まき》、山茶花《さざんか》、木斛《もっこく》と、配置よく植えこまれているが、これも、手入れを怠っているので、枝先が箒《ほうき》をさかさにしたように気ままに生い茂り、落葉が根元をおおい、地しばり、おおばこが、地面にはびこっている。

北側の台所と茶の間だけは、数年前改築した。和室の茶の間を、洋風な食堂にかえた。その食堂のテーブルをはさんで、私と良江はむかいあっていた。部屋の中は、少し石油くさい。ストーヴの芯の掃除を私が怠けているためだ。

「台所に来てください。食器のしまい場所など説明しますから」

立ち上がろうとすると、

「水仕事はあまりなさらないのですか。あいかわらず、きれいな手をしていらっしゃいますね」良江が、笑いを含んだ声で言い、「葉子さん」と呼びかけた。からかうような調子だった。

「え?」

「小野良江といっても、思いだしてはくださらないでしょうね。倉田というのは結婚してからの苗字なんですよ」

「小野さん……?」

私は、過去の記憶をかきまわした。

過ぎた日は、なつかしくはあるけれど、私の追憶は、いつも不快感といっしょになっている。自分の好ましくない性質が、むき出しになってよみがえってくるからだ。

「T――小学校の。あのころは、国民学校といっていましたね」

あ、と、のどにかかった奇妙な声を、私はあげた。

「葉子さんは、お倖《しあわ》せね。ちっとも苦労なさらないで。苗字がかわっていないので、おひとりかしらと思ったんですよ。そうしたら、りっぱな旦那さまと、お嬢さんまであるのね。私は、結婚したんですけれど、亭主に死なれましてね。息子と二人暮らしですの」

良江は、わざとらしく、「奥さま、仕事の手順を教えていただきます」と、口調をかえた。私は憂鬱な気分になった。小学校時代の同級生に、〝奥さま〟と呼ばれて平気でいられるほど神経が太くはない。

「困ったわ」私は正直に口に出した。

「よろしいんですよ。私の方で、木崎さんのお宅と知って、わざわざまわしてもらったんですから。家政婦会への依頼にあなたの名前をみつけたときは、同姓同名かしらと思ったんですよ。でも、住所まで同じでしょう。なつかしくて」

「あなたは、いま、どこに？」

「江古田の方にいますの。アパートを一部屋借りまして」

お台所はこちらですねと良江が席を立ったので、私も立ち上がった。良江は躰を寄せてきた。わざとではないのだろうが、腕が触れあい、私はかすかに鳥肌立つような不快感をおぼえた。立ち上がると、良江の躰は、私を威圧するように大きかった。

良江とつきあいがあったのは、わずか二年間だけだった。そのころ、私たちは、たしかに仲が好かった。私はほかに気のあったグループがあって、良江との交友は、そのグループとは別個の、いささか奇妙なものだった。

小学校の五年のとき、クラスの編成がえがあり、私は良江と同級になった。

良江は、そのころから大柄だった。今のように小学生の体格がいい時代ではない。板のような胸、棒きれのような手足の女の子たちの間で、いくらか垂れさがりそうに発育した乳房を持ち、三年のときから生理があったという良江は、灰色の、だらしなく肘《ひじ》がのびた毛糸編みの半コートなどを着ているときはそれほどでもないが、身体検査で半裸《はんら》になると、人目を惹《ひ》いた。女生徒たちは、敏感に、良江の躰を嫌悪した。

美しく発育した躰ではなかった。肉にしまりがなく、ことに、胸乳はだらしなく揺れていた。良江も、裸になるのをいやがった。同級生の視線をさけて木綿のシュミーズを脱ごうとしない良江に、教師は無神経に、早く脱げと叱りつけ、ほう、でかいなあと声を上げる。良江は、眼もとを紅く染める。

躰に比例して、良江は早熟だった。

私も、年のわりにませていた。しかし、私の早熟は頭だけで、躰つきはいたって稚《おさ》なかった。私の知識は、書物から仕入れたものばかりだった。

子供が小説本を読みあさるのを喜ばない風潮が、そのころの親たちの間にはあったようだ。私は、大衆小説からシェイクスピア全集と、種々雑多な書物を頭につめこむのに夢中だった。弁当を食べるときも、傍に本をおいていた。家で読むと叱られるので、学校は絶好のかくれ読みの場所だった。良江も大衆小説の愛好者だった。私には手に入りにくい赤本を、良江は貸してくれた。

私が他の友人とたあいない鬼ごっこや馬跳びに興じているときは、良江は仲間に加わろうとはしなかった。休み時間、私と読んだ本の話をしているとき以外は、良江は、たいてい、一人でぽつんとしていた。

私が良江にうす気味悪さを感じたのは、遠足に行ったときだった。ガダルカナル、アッツが陥落し、戦争の敗色が濃くなりはじめた年だが、体力強化の目的で、徒歩遠足が行なわれた。

私は体力がないので、歩くのが苦手だった。学校は世田谷のK町にあった。そこから馬事公苑まで往復八キロの道は、たいした距離ではないが、帰り路、私は、足をひきずって、ふてくされたような歩き方をしていた。すると、良江が寄ってきて、おぶってやると言いだしたのだ。私は歩くのが嫌いだからのろのろしていただけで、動けないほどくたびれていたわけではなかった。おぶわれるなどというみっともないことは、まっぴらだった。

良江は、自分のリュックサックを前にさげ、強引に私を背にのせた。私はもがいたが、良江は、一つ大きくゆすり上げて、歩きだした。

良江の手が私の腿に触れ、次第に汗ばんだ。良江の躰は少し脂《あぶら》っこいにおいがした。あまり美しくない良江だが、髪だけは漆黒で、くせがなく、つややかだった。その髪を、無造作にゴム輪で一つに結んでいる。私は、おろしてよ、と良江の髪をひっぱった。良江は、なだめるように私の尻をかるく叩き、黙って歩きつづけた。

校庭でボール投げをしているとき、私の投げた玉が良江の目にあたったことがあった。良江は、玉がとんでくるのを見ながら、よけようとしなかったのだ。私には理解できなかった。あやまったけれど、動作の鈍い人だと内心腹をたてていた。

良江の手は肉が厚く、いつも湿っていた。私はその感触がきらいだったが、良江は手をつなぎたがった。芝居がかって、手の甲に唇を押しつけた。そのとき、私は、生理的には不愉快だけれど、いくらかいい気分になった。良江の献身を、そのころになって感じとりはじめたのだ。

小学校は、住宅地と商店街の中間にあった。住宅地は高台で、医者、弁護士、高級官吏など、比較的ゆたかな家が多く、私の父も医者で、大学の医学部の助教授をしていた。

両親は金銭の出入りには非常に厳格で、自由に使える小遣いというものは与えられていなかった。必要品はその都度親から買ってもらうので、大人の目にはくだらないがらくた玩具は、なかなか買うことができなかった。〈町っ子〉の方が、家はゆたかでなくとも、その点、自由だった。

良江の家は、左官だった。線路沿いの、二間ほどの小さい借家に住んでいた。私には、良江の家はたいそう魅力があった。煽情的な小説本や古い大人の雑誌が投げ出してあって、寝ころがってせんべいを齧《かじ》りながら読んでも誰にも叱られなかった。

良江には、年の離れた兄と、やはり年の離れた妹がいた。みな母親が違うのだと良江は言った。良江の生みの母は、良江が二つのとき死んだということだった。家にいるときは、良江は、三つになる妹を背中にくりつけていることが多かった。妹は小さくて瘠《や》せているので、背負っていても、良江はたいして苦にはならないようだった。

良江の兄は、出征して中支にいっていた。兄の話をするとき、良江の鈍重な表情は、誇らしげに輝いた。出征しているからではなく、頭がよくて絵がうまいということを、良江は我がことのように自慢するのだった。良江の家にある小説本や雑誌は、みな、兄の持物だった。

兄が描いたという絵をみせるとき、良江は、きつい目になって、ケンペイにみつかると牢屋に入れられるから、これは内緒なのだと言った。白い半紙に墨の細い描線で描いた女の責め絵ばかりだった。通俗雑誌の挿絵を模写したものかもしれない。腰元風の女が、後ろ手にくくり上げられ宙吊りになったり、膝に大きな石をのせられたりしていた。

それらの絵を、良江はボール紙にはさんで机の抽出しにしまっていた。私はたいそう感心したけれど、良江の持っているタイルの小片の方が、私には魅力的だった。デパートの玩具売場でも、駄菓子屋でも、絶対に売っていないものだったからだ。

どぎつい赤本に読みふけるくせに、私は実際にはそれほど稚なかった。本を読むのは、要するに、活字でありさえすれば何でもよかったのだ。淡いブルーや白の六角形の小さいタイルは、すばらしく私を惹きつけたので、良江にとっても貴重なものだろうと私は思った。くれないかと言うと、良江は、もったいをつけ、さんざんじらせてから、わけてくれた。

電車が通るたびに、良江の家は、少し揺れた。なげしの棚から片目を入れた小さいだるまが転がり落ちたりした。私は、良江のねばりつくような手の感触は好きではないけれど、良江の家は好きだった。それは、良江に言わせれば、貧しさを知らない私の、無邪気な傲慢さだったかもしれない。良江は、四六時中、深夜でも、電車が通るたびに震動する家にいなくてはならないのに、私は時間がくれば高台の広い家に帰って行くのだった。

親のしつけが厳しいのに、私はだらしがなくて、しじゅう物をなくした。学用品もすぐ忘れたりなくしたりするのだが、それを補充するのは苦心を要した。なくした、こわした、と言えば、その都度、仏壇の前に正座させられ、三十分ぐらい叱られた。聞き流していればいいようなものだが、私は親の叱責がこわかった。教師より警官より怖ろしかった。暴力は用いないが、理詰めで、言葉の拷問に似ていた。

家の中では、私は萎縮しきっていた。それで、私は、物をなくすたびに嘘をついた。嘘はいつも簡単にばれ、叱責される時間が長くなるだけなのだが、嘘をついて一時を糊塗するのは、私の習慣のようになっていた。

その日、学用品を買うためにもらった金を、私は道で落としてしまった。夢中で本を読みながら歩いていたので、店に着くまで、落としたことに気がつかなかった。学校の前の文房具屋と家までの間の道を何度も往復した。川沿いの道だった。水の底に沈んでしまったのだろうか。消えた硬貨はみつからなかった。土手の草むらに光っているのは、ガラスのかけらだった。

そのとき、良江が来あわせた。私は、良江に借金を申しこんだ。良江は少し困ったような顔をしたが、手持ちの小遣いを貸してくれた。

その場は一時しのげたが、借りた金は返さなくてはならない。私は、ずるずると一日のばしにしていた。日がたてばたつほど、親には話しにくくなる。叱責される分量が、じりじりふえてゆく。良江は、一度も催促しなかった。それをいいことに、私は、たいそう卑劣な手段をとった。忘れた顔で、借金をうやむやにしてしまったのだ。その金額は、私の親にしてみれば、ほんのはした金だったはずだ。しかし、良江にとっては手痛い金額だったにちがいない。私は、惚れた弱みにつけこんで女から金をまき上げるヒモのように、良江のなけなしの小遣いをまき上げてしまったのだった。

そのころから、良江と私の間は、微妙に変化しはじめた。私は、良江にならは何をしても許されるのだという傲慢さを持つようになり、良江は、徹底的に従順でありながら、意識の底に、棘《とげ》が芽生えはじめたようだ。ふとしたときに、良江は底意地の悪さをみせ、それが親切といっしょになっているので、私は、良江の真意をはかりかねて、とまどってしまうのだった。

私が良江からの借金を踏み倒してしまってまもなく、クラスで集めた金がなくなった。盗ったのは良江だった。机の中に入れてあったのですぐ発見され、良江は教師からもクラスの生徒からも吊し上げられた。良江は黙っていた。教師は中年の独身の女で、良江を嫌っていた。物差しで良江の手の甲を叩いた。良江は表情を動かさなかったが、ときどき、私の方を盗み見た。私は良江の共犯者ではなかった。しかし、私は居心地の悪さを感じた。私が借り倒した金よりも、良江が盗った金額の方がはるかに大きかった。それでも、二つの行為には、良江の屈折した心理のつながりがあるようだった。一種のあてつけと、私には思えた。

叩かれて、良江はごめんなさいと言ったが、少しも真情がこもっていなかった。その言い方は、黙っているより、なお、教師を激昂させた。躰が大きいだけに、良江の態度は、きわめてふてぶてしく見え、教師はついに、あんたは非国民です、と叫んだ。

非国民という言葉は、そのころ、非常にいまわしいひびきを持っていた。

それまで黙って、薄笑いさえ浮かべかねなかった良江が、非国民じゃありません、と声を上げた。

兄さんは出征兵士です。

だから、なお、悪いでしょう。兄さんに申しわけないでしょう。

非国民じゃありません、と良江はくり返した。

良江はクラスで孤立した。もともと、私以外には親しく話をする友人がいなかったのだから、以前とそれほど状況が変わったわけではなかった。私は、前と同じように、良江の家に遊びに行った。二人の間で、金の話はいっさい出なかった。

そのころ、男女は、クラスが別だった。そのため、男子生徒と仲好くする機会はあまりなかったが、私は、隣のクラスの男の子の一人と、わりあい親しくなった。苗字は忘れた。武《たけし》ちゃんと呼んでいた。

何かのきっかけで、私はその子と肩を小突きあったり、つきとばしあったりした。二人とも、怒っていたわけではない。小突きあうのがおもしろかったのだ。それから、校庭で顔をあわせるたびに、意味もなく、小突きあうようになった。取っ組みあいにまで発展した。はたから見れば、男の子がいじめているようにも、私がお転婆なじゃじゃ馬で、男の子と喧嘩しているようにも見えただろうが、私たちは、楽しんでやっていたのだった。だから、本気で痛いめにはあわせないよう、たがいに手加減していた。相撲のような取っ組み合いをする以外には、武との接触は全くなかった。ほとんど話をしたこともなかった。武は、まもなく川に落ちた。危く溺死するところだったが、通行人がいて助かった。

その川は、私の家のそばを流れている。私の家の前の坂道を下りてゆくと、川に行きあたる。

川に沿って左に折れまっすぐ行くと学校のそばに出て、それを更に進むと私鉄の線路と交叉する。良江の家は、その線路のきわにあった。

大雨で土手がくずれた場所があるので、川べりの道はなるべく通らないようにと学校から通達が出ていたが、みな、禁止令を無視していた。

武の事件は生徒たちへの警告になったが、おたまじゃくしやめだかのとれる川は魅力があった。学校の禁止令は、あいかわらず、守られなかった。

良江は台所を見て、

「ずいぶん汚れていますね」と、あきれたように言った。

私は、もともとだらしがなくて、掃除は苦手なのだけれど、手を痛めたのと、いずれ建て直すのだからというのを口実に、近ごろでは家の仕事をサボりっ放しだった。

「ファンを取りはずして洗わないと、油で羽根が動かなくなってしまいますよ」

お願いしますねと言って、私はこたつのある六畳間に戻った。古い造りの家なので、南に十畳と六畳、和室が二つ並び、縁側がもうけてある。

良江のはな歌がきこえだすと、私は、落ちつかない気分になった。良江がせっせと躰を動かしているのに、ぼんやりTVを見ているのは、何となくぐあいが悪い。それに私は昼のTV番組はあまり好きではなかった。

「ちょっと外出します」と良江に声をかけ、半コートをひっかけて外に出た。

三月のはじめ。まだ、風が冷たい。

私は、何かに惹き寄せられるように、ふらふら坂を下りた。

下りきったところで、足をとめた。

――ここは、かつては、川だったのだ……。

ふだん忘れていたことを、思い出した。

坂を下りきったところは、昔は川だった。ここには、石の橋がかかっていた。

幅四メートルほどの川は、七年前、暗渠《あんきょ》に変えられたのだった。

コンクリートの蓋でおおい、土をかぶせ、遊歩道に作りかえられた。

私は毎日何げなく通りすぎ、かつてここが川であったことを忘れてしまっていた。

しかし、土の下には、今も、川は流れているのだった。川上の方は、暗渠にはなっていない。だから、おそらく、腐った板きれだの、ごみ屑だの、猫の死骸などが、ゆっくりと、この地の下を水にはこばれて、東京湾の方に流れていっているはずだった。

土手の桜並木は、今もそのまま残されている。古い樹は枯れたり颱風で傷んだりして、若木にかえられたのが多いが、中には樹齢六、七十年の古木もある。いまはまだ、花の時期には少し早い。年を経た樹の幹のうろに、私は指を触れた。琥珀色のやにがたまっているのを、指にすくいとった。親指と人さし指で丸めたりつぶしたりしながら、私は遊歩道のベンチに腰を下ろした。

川が暗渠にかわったように、他の風景も、長い年月のうちにすこしずつ変化して、昔とはまるで別の場所のようになっている。たまに訪れれば、その変化に目をみはるのだろうけれど、ここに居ついている私は、周囲がいつのまにか変わってしまったことに、あまり気をとめていなかった。

川の向う岸は、かつては一列家が立ち並ぶだけで、その裏はずっと原っぱがひろがっていた。いまは、建売住宅が並んでいる。川岸の家も改築したり増築したりで、もとの家の俤《おもかげ》はない。

私は、昔を思い出すのは好きではない。古きよき時代などというけれど、本当にいい時代というものが、かつてあっただろうか。懐旧の思いが、過去を美化しているだけだ。過去を振りかえりたくなるのは、老いのはじまりだ。

しかし、突然の良江の出現が、私の目を、いやおうなしに、過ぎた日に向けさせた。厚く積もった砂がこぼれ落ちるように時の堆積がこぼれ落ち、川が姿をあらわした。

武が落ちた川であり、その後、私が落ちて溺れかけたことのある川でもあった。そのとき、良江が私を助けてくれた。


私は川の土手を歩いている。盛りを過ぎた桜は梢の花に葉の緑が混り、灰色ににごっている。川面の方がきれいだ。小指の爪のような葩《はなびら》が、一面に浮いている。雨で根元のゆるんだ木は、くの字に折れ曲がった枝を川面に突き出し、倒れかかっている。私はひからびた太い蛇体のような幹をまたぎ、先に進む。

カーヴしたところの浅瀬が黒ずんでみえるのは、おたまじゃくしがびっしり群れているからだ。表面がぴちぴちうごめいている。

古い大木の、突き出たこぶに、うろがあいている。私は指を入れて、やにをすくい取る。半透明で飴色の塊を指でこねながら歩く。

川べりの家の窓ガラスには、紙テープがはってある。空襲のとき割れてとび散らないためだ。

学校のわきを過ぎる。

電車の走り過ぎる音が遠く聞こえる。踏切りの鐘の音が尾をひいて消える。

土手のくずれたところに出る。巨大なスコップで一抉《えぐ》りしたように、赤土がむき出しになっていて、向う側まで、四十センチぐらいの幅の板がかけ渡してある。板の向うで、良江が待っている。良江は灰色のズボンにブラウス、防空頭巾の紐を肩からかけ、いつものように妹を背負っている。

私は臆病で、ぐらぐらする板を渡るのが怖い。良江は突立って、私を待っている。良江は、ときどき、何もしないのに私をおびえさせることがある。ふだん、私の方がいばっているのに、実際は、彼女の方が柄も大きく、力も強く、あらゆる意味で大人なのだと感じさせられる。このときがそうだった。

良江は、私が足を踏み出すのを待っている。その気迫に負けたように、私は足を踏み出す。足もとを光るものが走り過ぎる。とかげだった。

一歩、二歩、と踏み出したとき、板がゆらいだ。足が板からはずれ、景色がゆっくりひるがえった。武もこうやって落ちた。水に躰が落ちこむまでの一瞬に、私は、そう思ったのだった。

家に戻ると、良江は庭に出て、溜まった落葉を熊手でかき集めていた。

「十年も掃除しなかったみたいに溜まっていますよ」

良江はずけずけ言った。

家の中は、きれいに整頓されていた。母が生きていたころのように。

夕食の惣菜も、良江は作ってくれた。

私がたのんだステーキのほかに、残り野菜と豆腐と白味噌で白和《しらあ》えを作り、小鉢に盛ってあった。

豆腐をすりつぶし、味噌とまぜ、何種類もの野菜を一つ一つ別々に煮て和《あ》える白和えは、めんどうで、ここ何年も、私は作ったことがなかった。

帰宅して夕食のテーブルについた夫は満足し、娘もはじめて食べるけれどおいしいと言った。

「漬物はめし上がらないんですか、こちらでは」

良江は私に訊いた。

「小人数だから、すぐ腐らせてしまうので、やめたのよ」

「糠《ぬか》の床をもってきて、漬けてあげますよ」

良江が言うと、夫は、嬉しそうな顔をした。

その夜、私は寝そびれ、朝起きたとき頭の芯が痛かった。

良江の来るのは、一日おきという約束になっている。私は痛む手首をかばいながら、簡単な朝食の仕度をした。娘も手を貸してくれた。夫を会社に娘を学校に送り出したあと、ぼんやり椅子に腰かけていた。

十時ごろ、電話のベルが鳴った。受話器をとり、

「木崎でございます」

「奥さん?」聞きなれない、こもった声だった。女の声のようだ。

「奥さん、あなたね、少しご主人のことを気をつけてあげた方がいいですよ」

「は？」私は聞き返した。

「男は、放ったらかしにされると淋しくなるものなんですよ」

「はあ？」私は間のぬけた声を出した。それから、足が震えはじめた。


夜、帰宅した夫の顔を見て、私は泣きそうになった。娘が二階の自室にこもってから、

「今日、おかしな電話があったわ」と言って、電話の内容を夫に告げた。

「ばか」と、夫は笑いとばした。「そんな中傷電話を一々気にする奴があるか」

「でも、きみが悪いし、怖いのよ。まるで、あなたが、ほかに好きな女の人ができたみたいな言い方なんですもの」

「それはぼくだって、絶対浮気しないとは言わないぜ。しかし、ゆうべのようにうまい手料理を食わせてくれるのなら、とんで帰ってくる」

「良江さんだわ、あの電話」私は叫んだ。電話のあと、ずっと、疑ってはいたのだ。

「良江さんて、あの家政婦か」

「そう。うちの平和をひっかきまわそうとして」

「ばかばかしい。何のためにそんなことをするんだ」

「だって、恵まれている家庭を見たら、おもしろくないでしょう」

「そんな言い方は、良江さんに対する侮辱だと思わないか」

私は、良江と私の過去のいきさつを話した。口に出すと、奇妙にたあいなく、良江の無気味さをどこまで夫に理解してもらえたか不安だった。

　夫は、うんざりしたように、

「おかしいのは、良江さんではなく、きみの方だ」と言った。

「きみの偏見と主観をとりのぞいたら、良江さんのきみに対する行動は、少しも異常なところはない。遠足でおぶってくれたのは親切からだろう。ボールがあたったのは、気がつくのがおそくてよけきれなかったからだ。それを曲解するきみの方が、はるかに不健康で異常だ。ぼくは、きみにそういう性癖があるとは知らなかったな」

「良江さんは、私を川に落としたのよ」私は言いはった。「板と土の間に石ころをはさんで渡ると板がかたむくようにしたのよ」

「近所の人に、良江さんが急を知らせて助けてくれたんだろう。落としたり助けたり、何のために、そんなことをするんだ」

　良江さんは、私に少しゆがんだ好意を持っていたけれど、同時に憎んでもいたのよ。私が恵まれた我儘娘だったから。そう夫に納得させるのは、むずかしかった。

　恵まれた者に対する憎しみもあったかもしれないけれど、あのとき良江は、私を、気にいったおもちゃをもてあそぶようにもてあそんでいたのではないかと思う。好きなものが苦しむのを見たいという願望は、誰の心にもひそんでいるのではないだろうか。子供じみた欲望で、大人になれば消えてしまうものだろうけれど。

だから、人は、悲劇映画が好きなのだ。自分の好きな俳優が射たれたり斬られたり、ひどいめにあうのを、わくわくして見ているのだ。

良江は、自分で悲劇を演出して、それを見物していたのだ、と私は思ったけれど、夫の表情を見て、口をつぐんだ。説明すればするほど、異常なのは私だと夫は思ってしまいそうだった。

本当に、私の感じ方の方がおかしいのかしらと、私は少し不安になった。

「良江さんてのは、感じのいい人じゃないか。母性的で」

「良江さんが母性的？」

「ああ。きみは、いつまでたってもねんねで、感情が成熟しない人だな。そろそろ、良江さんのように、人生を生きぬいて来た女としての自信と貫禄を持ってもいいころだ」

夫は、十五のときに母親をなくしている。無口で、ほとんど怒ることがない。私より十二も年上なので、私は、夫に甘えてきたのだが。ふいに、夫の顔が、見知らぬ他人に変貌したような気がした。


奇妙な電話は、そのあと、二度かかってきた。私は、夫に告げるのも怖くなった。電話は、夫に別の巣ができたとはっきり告げているわけではないが、そう、におわせていた。

世間には、よくあることだ。こういうとき、ほかの人は、どうするのだろう。私は、うろたえ、おびえ、手も足もでなくなっていた。夫は中傷電話だと笑いとばしている。私も、そう信じたかった。しかし、電話の言葉は、いつまでも耳の中で鳴っていた。

よく、私立探偵にたのんで調べさせるというけれど、私は、それはしたくなかった。もし、逆に誰かが私のことを夫に中傷したとする。夫がこっそり私立探偵を使って私の身辺をさぐらせたりしたら、そうして、それを私が気づいたら、決定的な溝を、私は夫との間に作ってしまうだろう。夫も同じだと思った。

私は夜眠れなくなった。そのため、昼は頭がはっきりせず、ぼんやりしている。私がぼんやりしていても、うちの中は、とどこおりなく動いていた。良江は、実によく働いてくれた。

私は良江を頼もしく思うと同時に、怖ろしくもあった。

良江が私に純粋ななつかしさだけを感じているはずはなかった。

良江は、昔、私に襲いかかったことがあった。

空襲がはげしくなり、学童疎開がはじまったときのことだ。

私たちは、宮城県の蔵王山の麓の永厳寺という寺に集団疎開した。

集団生活は、貧富の差をなくしたはずだった。

条件は、どの生徒も同一だった。同じ部屋で寝起きし、同じ貧しい食事をとった。

持物は制限されていたので、教科書以外に活字はほとんどなかった。最初のうちは、食事は質こそ悪いが量は一応満腹するほど与えられていたので、私は活字に対する餓えの方が食物に対する願望より強かった。

しかし、そのうち、食物はだんだん貧弱になった。量も減った。麦雑炊と漬物。すいとん汁と芋がらの煮つけ。

　女生徒の一人が、婦人雑誌の付録を荷物の中にまぎれこませてきていた。料理の本だった。色刷りで、各種の料理がのっていた。

　私たちは、奪いあってその本を眺めた。

　苺ジャムの作り方だの、三色ババロアの作り方など、みな、そらで言えるほどになった。算術の公式はおぼえられなくても、チョコレート・プディングの材料の配分は、男の子でも暗誦できた。

　しかし、こういう中でも、誰もがまったく平等に餓えていたわけではなかった。

　面会日というのがあった。母親たちが、苦心してととのえた土産物をかかえて、訪れてくる。恵まれた者とそうでない者の差が、これほど残酷にむき出しになるときはなかった。

　私は恵まれた一人だった。母からの差し入れは豊富だった。ほかにも何人か、たっぷり差し入れてもらっている者がいた。

　教師は、もらった土産物はなるべく友達にもわけるようにと指示したが、強制するわけにはいかなかった。どの母親も、自分の子供に食べさせようと、とぼしい中から必死にやりくりして持参した土産物なのである。

　私たちは――私たち、差し入れの多い者は――おのずと、グループを作った。そうして、グループの中だけで、食物を交換しあったのだ。

　闇の食糧が調達できない親もいた。母親が全然来ない者もいた。良江のように。

大勢の者が差し入れを持っている間はよかった。それらがなくなっても、私たち数人の手には、まだ、食糧が残っていた。便所にかくれて、私は、なまのするめの脚をしゃぶった。便所の窓から見える杉木立の暗い茂みを放心したように眺めながら、私はゆっくりしゃぶりつづけるのだった。

食糧の差は、決定的な壁を作った。

私たちは——持てる者のグループは——食糧の保管に苦心した。ボール紙の空箱に入れ、夜は蒲団の中に抱いて寝た。

それは、いやな気分だった。周囲の目が、たえず咎《とが》めていた。

襲撃は、何の前触れもなく、突然行なわれた。襲ってきたのは、十数人だった。深夜、寝ているところを、いきなりとびかかられた。彼らは、声はたてなかった。私たちも、必死で箱をかばいながら、教師の助けは求めなかった。

部屋は電灯はついていないが、雨戸がないので、月の光で襲撃者たちの姿は見てとれた。本堂の裏の、天井の高い寒々とした部屋であった。

私は叩かれ、髪をつかんでねじまわされた。三人ぐらいが、うつ伏せになって箱を抱えこんだ私の躰を仰向けにひっくり返そうとしていた。

その中の一人は良江だったが、良江の行為は、純粋に箱を奪いとるためだった。餓えによる暴力であって、甘く屈折した感情は、みじんもなかった。

せんべい、もち、くさりかけたパン、煮干。宙をとんで散乱した。何本もの細い手が、我れがちにかき集めた。

気配で、教師たちが走ってきて、電灯をつけた。照らし出された光景を見て、教師は息をのんだが、何も言わなかった。どちらも叱られはしなかった。

それを機に、私と良江の間は、全く断ち切られた。

敗戦で東京に帰ってからは、もう、良江と会うことはなかった。私は私立のミッション系の学校に通うようになり、良江のことは忘れた。

良江の出現で、過去がふいに現在と密着した。戦後の年月が、まるで介在しないように、距離感がなくなった。戦争末期の、良江とかかわりあっていた二年間が、昨日のことのように鮮明に迫ってくるのは、私が老いにむかいつつあるためだろうか。年をとるにつれ、遠い過去ほど現在に近づいてくる。

眠れない夜、私は、何かに罰せられているような気がした。大多数の人が、餓え、焼けただれ、肉親を失ない、米兵に躰を売り、地獄の中をくぐり抜けたあの時期を、餓えもせず、焼けだされもせず、何の傷も負わずに通り過ぎたということは、あまりに不公平なのではないか。一生のうち、どこかで幸と不幸のバランスをとらなければならないとしたら、今がその時期になっているのではないか。

女からの電話と、忽然とあらわれた良江を思い出しながら、私はそんな考えにとらわれていた。

渦巻く炎。くずれ落ちてくる柱。ひき裂かれる親と子。閃光。餓えて死んでゆく孤児。怨みの声は、直接ぶつける相手を持たず大地に吸われた。良江は、目に見えない大地の悪意の象徴ではないか。

だんだん考えがエスカレートし、ひどく大げさに思いつめている自分に気がついて、私は苦笑した。

しかし、ふいに私を捉《とら》えた無傷であることのうしろめたさは、心の底にぬぐいきれずよどんでいるのだった。


女からの電話はとだえたが、それによって芽生えた不安は私の中に根を下ろし、ふくれ上がっていった。不安は、夫に愛人がいるのかどうかということだけではなく、周囲のものすべてに対する漠然とした不安にまでひろがりつつあった。

良江が夕食を作るようになってから、夫の帰宅は、以前より規則正しく早くなった。外泊することもない。この点から考えれば、電話の声は、やはりただのいやがらせなのかもしれなかった。でも、誰がかけてよこしたのだろう。実際に夫に愛人がいるのなら、それに気づいた者、たとえば、その女の友人と考えることもできるが、根も葉もないいやがらせなら、良江以外にはいない。

私の右手の怪我は、快方にむかいつつあり、痛みもうすらいできたが、夫は良江を気にいっていて、このままずっと通ってほしいと希望した。

私は、良江がいると不安なくせに、去られるのは心細くもあった。良江が来なくなったら、私には彼女のように整然とうちの中をとりしきる自信がなかった。

良江は、本職の植木屋なみに、庭木の手入れをしてくれた。柘植《つげ》も槙《まき》も、昔の枝ぶりをとり戻した。余分な枝を払うと、庭が明るくなった。父や母が生きていたころのように。

私は、自分の居場所がなくなるような気がしていた。私のすることは、何もなかった。

腕の治療に病院に行ったとき、夜眠れないので睡眠剤を調合してほしいと医師に頼んだ。かかりつけの医師は、亡父の旧友であった。その医師には、私はかなり内輪の事情も話せたのだが、七十過ぎの老齢になった医師は、去年隠居して、あとを、若い息子が継いでいた。理屈っぽく、すぐ皮肉めいたことを言うこの医師は、私は苦手だった。

「腕が痛むわけではないんでしょう」

「違います」

「そうだろう。もう、ほとんどなおっている」

「でも、眠れないんです」

「暇すぎるからですよ。昼間、くたくたになるほど躰を動かしてごらんなさい。すぐ眠れる」

「心配ごとが多いんです」

「どんな？」

聞き返されて、私は言葉につまった。奇妙な電話のことは話したくなかったし、良江の存在が、理由のない不安を私にもたらすのだということは、話してもわかってもらえそうもなかった。

「生きているのが、世の中に申しわけないような気がするんです」

私は、本当にそんな気がしていたのだけれど、医師は笑いをこらえているような顔になった。

「躰を動かすのがおっくうなんです」

「役にたつようなことをすればいいじゃないですか」

「私は世の中に何の役にもたたなくて」

「軽いノイローゼですよ」医師は、いなすように言った。それから、〈敵意を秘めた世界に、独りきりで、誰の救いもない不安〉というのは、現代社会の万人に共通する不安だと、K・ホルナイが言っている。キェルケゴールも、これを〈生きていることそれ自体の持つ不安〉と呼んでいる。不安感というのは、誰でも持っているのだ、これは、むしろ、行動の原動力になるものだ、と、むずかしいことを言った。「女の人は、何でも自分に関係づけて考える性癖があるから、客観的に状況の判断ができないのですよ」

私は、むずかしい理論はさっぱりわからないから、とにかく、睡眠剤をくださいとしつっこく頼んだ。

良江は、さしあたって、何も私に敵意を見せているわけではなかった。私がかってに、過去の幻影におびえているだけだった。

良江に、もう来ないでくれと言えばいいのだが、夫は、良江の料理を気にいっていた。やめさせれば、なぜだと理由を詰問されそうだった。良江も、何も落度はないのにと、不服がるだろう。私は決心がつきかねていた。

睡眠剤を手にして、私は、いくらか心が安まった。夜の憂鬱な不眠からは、これでのがれることができる。

しかし、服用してみて、薬には不愉快な副作用があることを知った。翌日、頭が重く、躰がだるく、何となく無気力になる。そうわかっても、一度飲みはじめると、止めることができなくなった。

次第に量を増やさなくては効かなくなる。そうして、妄想がひどくなる。これは皆、良江の陰謀ではないのか。そんな、理屈にあわないことを考えることがあった。

私は、前よりいっそうだらしなくなった。私が何もしなくても、うちの中は、磨きたてられ、手のこんだ食事が用意され、夫も娘も満足しきっている。

懶惰《らんだ》であることの快さに馴れてしまうと、そこから脱け出すのは困難になる。

こたつに入って、じっとしている私の目の前を、良江が、ぼってりと大きな躰を小まめに動かして、うちの中を行き来している。

朝、九時半ごろ、良江は台所の入口から入ってくる。汚れた食器を洗い上げる。洗濯。掃除。アイロンかけ。庭の草むしり。夕食の材料の買い出し。良江が買物に出かけると、私は、少し息苦しさがぬける。良江が留守の間に、台所に入ってみるが、物の置場所がかわって、何がどこにあるのかわからなくなってしまった。本を読むのもおっくうで、私は、こたつにうずくまっている。年とった灰色の猫のようだ。

日、一日と、私は懶惰になる。こんなに何もしないでじっとしていられるというのは、少しおかしいのではないだろうか。

〈能動性の減退は……〉以前書物で読んだ一節が、私をおびやかす。

〈能動性の減退は……程度がすすむと、一日中寝床に入っていたり、顔も洗わなかったり……極端な場合は、あらゆる行動意欲が消失して……〉

そういえば、今日は、一日歯をみがかなかった。

娘が学校から帰って来た。良江と食堂で談笑している声がきこえる。

「クニちゃん」という名前が、二人の話の間に、ときどき出てくる。誰のことだろう。

良江が帰ってから、「クニちゃんて、誰なの?」娘に訊いてみた。

「知らなかったの? 良江さんの子供よ。高校二年」

「あなたは、会ったことがあるの?」

前に話したじゃないの、と娘は言った。良江さんとクニちゃんと三人で、映画を観たって。

私は記憶がなかった。頭がぼんやりしているときに聞いて、聞き流していたものらしい。

私は、大切なものを、知らないうちに良江に奪い去られていたような気がした。

罰を受けているのだと、私は思った。それは、医師に言わせれば、罪業妄想というものだそうだ。世の中が不公平だからといって、私が良江に負いめを感じることはないと言われそうだけれど、私はやはり、私が焼かれることのなかった戦火、私が知らないで過した餓えに責められているような気がしてしまうのだった。良江の家は、良江が疎開中、五月二十四日の大空襲で焼け、義妹とその母親は焼死していた。

　私は娘に、クニちゃんとはつきあわないでと言ってしまった。言うべきことではないと承知していた。私の負いめを増すことだった。娘は、けげんそうに私を見て、なぜ？　と問い返した。私は、しどろもどろに、理由にならない理由を並べたてた。

　睡眠薬を飲んで、深い眠りの中にひきこまれていくまでの半睡半醒の間に、私はときどき、炎の夢を見るようになった。闇の中に火の粉が吹雪のように舞い、光の矢がとびかい、炎の柱がふき上がる。幅四メートルの小さい川が、黒く焼けただれた焼死者で埋まる。私はその下積みになって、もがきながら、苦しさと同時に、安らかささを感じたりしている。夢の中に、不思議なことに良江はあらわれなかった。


　良江の態度が、急に変わった。娘や夫に対しては、今までどおりだし、家の仕事もよくやってくれるのだが、私に、ひどく不機嫌な顔をみせる。

　私ははじめ理由がわからなかったが、あ、と気がついた。娘に、良江の息子とつきあうなと言った。まるで、さげすんでいるように。そのことを良江は娘の口から聞いたのだ。良江は、これまでに見せたことのない厳しい表情をしていた。私は良江の息子については、何も知らなかった。これ以上、私の家族が良江と深くかかわっていくのが何としてもがまんできなかっただけだ。

私がいつものようにこたつでぼんやりしていると、良江は、クロスでガラス窓をみがき、きしんだ音をたてながら、

「私の息子は、学校で、バスケット・ボールのキャプテンをしているんですよ」

と言った。

そう、と、私は鈍い声で答えた。

良江は、手荒く、ガラス窓をきしませた。

良江の悪意をつっき出してしまった、と、私は思った。

夫が、感じのいい人だと言うくらい、良江はこれまで、明るい印象を家人に与えていた。彼女の存在に不安をおぼえるのは、私の神経が病的にささくれているためだと、私自身認めざるを得ないようになっていた。しかし、腹をたて、むっつり押しだまってしまうと、良江は、人好きのしない陰鬱な少女時代の印象にかわった。明るい働き者というのは、職業柄身につけた仮面なのだろうか。

私は、良江がなぜ自分から志望して私のうちに来たのだろうと、あらためて気になった。私の苗字がかわっていないので、オールド・ミスだと思ったのだろうか。なつかしいというよりも、私がどんな暮らしをしているか、好奇心をもってのぞきに来たのだろうか。

私は、一人で良江の影を相手に疑い迷い、自分を責め、何でもないのだと思ったり、おびえたり、虚しい一人角力《ひとりずもう》をくり返した。

学校が春休みになり、娘は友人と春スキーに出かけた。夫の大阪出張がそれに重なった。出発の前、夫は、広い家に一人きりで不用心だから、良江さんに泊まってもらってはどうかと言った。命令に近い言い方だった。

「良江さんだって子供さんがいるのに、困るでしょう」

「いや、良江さんに聞いてみたら、子供はクラブの合宿で留守になるから、大丈夫だと言っていた」

「もう、良江さんに話したんですか」

「ああ」

「いやだわ」と私は言った。

きみはこのごろ、少しおかしいから、心配で一人にしておけないのだ、と夫は言った。

「睡眠剤の量が増えているんじゃないのか」

「そんなことありません」

「いつも、ぼんやりしている。半分睡っているようだ」

危なっかしくてしかたがないから、もう、良江さんに頼んで承諾をとっておいたと夫は言った。

夫も大阪に発ち、私は、だだっ広い家の中に良江と二人きりになった。

夫に、いやだと言いきる気力を私はなくしていた。

何か起こるだろうと思いながら、もう、それは避けられないことなのだと、蜘蛛のねばっこい糸にからめとられたように、手足をすくませているよりほか、ないのだった。

私を縛っているのは、世の中の不公平に対する私の負いめというようなもので、良江はその悪意の代表として、私の傍にいた。

台所の隣の三畳間に、良江はやすむことになった。

南側の座敷に、私はやすんだ。

その夜、私は、また、炎の夢を見た。

黒い焼夷弾が空中で割れ、無数の光にわかれ闇に降り注ぐ。どっと火柱が燃え上がる。熱気が躰を煽る。火の玉がとびかう。

私は頰を叩かれ、躰をひきずられる。

私の目の前で、私の家が炎にふちどられる。

太い水の束が、棍棒のように炎をぶちのめしている。火勢が次第に衰え、私は良江に腕をつかまれて、地面に横になっている。

走りまわっている消防士の姿が目に入る。ホースがのたうちまわっている。

良江は、私を川に落としたときと同じ表情をしている。良江は、私の手から食物の箱を奪いとったときと同じ表情をしている。

あいこになったわね、と私は言おうとしたが、のどが痛くて声が出ない。

「どうして、こんなことをしたんですか」

良江が言った。ささやくような嗄《しわが》れた声だった。

「どうして、火をつけたり……」

私は、何のことかわからなくて、良江を見た。

「マッチをすって、紙屑籠に……」

私は、首を振った。良江の言葉の意味がわからなかった。それから、だんだん、わかってきた。

水しぶきが私たちを濡らし、私は、寒くて震えていた。

いまも、震えている。あのときから、震えが止まらない。

花冠と氷の剣

1

絢子《あやこ》は車を停めた。崖下の草むらに放り出された黒いものが目についたのである。勤務先の瀬尾クリニックにむかう途中であった。

一瞬、幼児の焼死体かと錯覚した。

目をこらすまでもなく、黒く焼けただれた犬の骸《むくろ》だとわかった。

表皮は炭化し、硬直した四肢は、焼け跡から拾い出した材木のきれはしのようだった。

火事があったわけでもない。場所は幼稚園の裏の空地である。奇妙なことだった。

しいて推察すれば、一、二度気まぐれに残飯など与えたために居ついてしまい、追っても追ってもしつっこく舞い戻って庭先に侵入してくる野犬をもてあまし、撲殺したものの、死体の始末に困って焼却炉にぶちこんだ。灰になるかと思ったところ、家庭用焼却炉の火力ぐらいでは、そううまくはいかない。それで、こっそり空地に捨てた——そんなふうに思えた。

それにしても、どう見まちがえようもない犬の焼死体を、瞬時にもせよ、どうして幼児の躰と錯覚したのだろう。

――いやなものを見てしまった……。

フェアレディの運転席のシートにもたれたまま、苛立《いらだ》たしく、絢子は眉をひそめた。

始業前なので、赤いスレート葺《ぶ》きの屋根を持った幼稚園の建物は、無人らしくひっそりしていた。白い木柵に囲われた家も人影はなく、ブランコの鎖の手擦《てず》れの痕が黒光りして目についた。

さえぎる木立もない草原《くさはら》に、今日これからの暑さを思わせるように、七月の陽は容赦《ようしゃ》なく照りつけ、草いきれが立ちのぼりはじめていた。

かっと明るい風景の中に無造作に放り出された黒焦げの死体は、何かの啓示のような重さで、絢子の脳裏に灼きついた。

その青年が、絢子の甥《おい》の唐津俊夫に伴《ともな》われて、彼女が勤務する瀬尾クリニックにあらわれたのは、同じ日の午後であった。

瀬尾クリニックは、院長の瀬尾良平が外科を、日下《くさか》絢子が内科を担当しているが、町の小さい開業医なので、院長が外出しているときは、簡単な処置なら、絢子が全部すませなくてはならない。

この日も、院長は日曜にかけて一泊の予定でゴルフに出かけ、絢子は、転んで膝をすりむいたという幼児の、膝頭の肉一面にくいこんだ砂粒や小砂利を、ピンセットの先でほじり出していた。

　子供は痛がって泣きわめき、その甲高い声は、絢子の神経を逆撫でした。

　最初のうちは、子供は歯をくいしばってがまんしていたのだが、付添いの母親の方がおろおろして、絢子がピンセットを肉に突き立てるたびに悲鳴をあげるものだから、子供まで、当然の権利のように泣き騒ぎだしたのである。看護婦が力ずくで、暴れる子供を押さえつけなくてはならなかった。

　苛立ちと母子に対する嫌悪を表面に見せまいと、絢子は、いっそう、とりつくろったやさしい笑顔になった。

　周囲の人間の大部分に、絢子は嫌悪か、蔑《さげす》みか、あるいは冷淡な気持しか抱けず、そんな自分の性向を我れながらうとましく思っていた。他人にそれを見すかされまいと、絢子は、人一倍にこやかにふるまった。

　ことに、子供が嫌いだった。彼女のアパートからクリニックに通勤する途中の崖下にある幼稚園――。一人二人の子供なら、まだ、耐えられた。幼稚園の庭にうごめく幼児たちは、彼女の嫌悪感を駆りたてた。彼らは、ぐにゃぐにゃと柔かく、泥に落とした溶けかかった飴《あめ》のようだった。

　しかし、嫌悪は、無関心とは別物だった。一メートル半ほどの低い崖の上の道を通るとき、絢子は車を停め、幼稚園の庭を見下ろし、素肌を蟻の群れに這いまわられるような不快感を、いっとき、味わい耐えずにはいられなかったのである。

絢子は時折、園児たちを殺戮《さつりく》することを夢想した。——蟻の巣に熱湯を注ぐように……と想像することには、一種の快さがあった。もっとも、現実の彼女は、泣きわめく幼い患者をひっぱたくことさえしなかったのだった。この上なくやさしい表情で、喰いこんだ無数の砂粒をえぐり出していた。

二十を出たばかりの若い看護婦は、額《ひたい》に汗を浮かべ、子供をなだめていた。ほら、もうすぐ終わるわよ。強いな、ボクは。あんまり泣くと、先生がお注射しますって。いやでしょ、注射なんか。がまんしようね。強い、強い。ほら、また一つとれた。放っとくと膿《う》んじゃうのよ。

若い看護婦の声音は、絢子がふと羨《うらや》ましさをおぼえるほど、誠実みに溢れていた。

看護婦は、手をとめて聞き耳をたてた。車の音が近くなり、クリニックの前で止まった。ドアの開閉する音が聞こえ、切迫したざわめきがつづいた。

「急患でしょうか」

看護婦は丸い目を上げた。

診療室のドアが乱暴に開けられた。二人の青年が、もつれあうようにして入ってきた。受付を通す手間をはぶいたらしい。

その一人が、絢子の甥の唐津俊夫であった。甥といっても、年は七つしか違わない。

俊夫は、連れの青年の腕を肩にまわし、歩行を助けていた。

俊夫も青年も、白いユニフォームを着ていた。躰にぴったりついた短いジャケット、膝下までの裾を絞ったズボン、白い長靴下といったユニフォームは、フェンシング用のものである。俊夫は、私大の四年生で、フェンシング部のキャプテンをしている。

血痕が、二人の下半身を鮮やかに染めていた。

一瞥《いちべつ》して、絢子には事情がのみこめた。

「剣が折れたの！」

俊夫のユニフォームを濡らしているのは返り血にすぎないが、青年の右の腿からは、まだ血が噴き出していた。

「そう、ぐさっといっちまった」

俊夫の方が怪我人であるかのように唇の色を失ない、負傷した青年は、いくらかてれくさそうに苦笑していた。フェンシングの細身の剣は、先端に小さい円筒型の金具をつけ、勢いこめてついても危険がないように配慮されているが、試合中どうかしたはずみに折れることが、絶無ではない。先端の折れた剣は鋭い兇器となる。

「あっ、と思ったんだが、勢いがついていて……」

下半身が血まみれの凄まじい姿に、泣きわめいていた子供は息をのみ、母親が、「まあ、あら、あら」と、けたたましい声をあげた。

絢子は、子供の手当てを看護婦にまかせ、隣りのベッドに青年を横たわらせ、手早く処置にかかった。絞れば血がしたたり落ちそうなズボンを脱ぐのに、俊夫が手を貸した。

「保険証、持ってきてないんだよ」俊夫が言う。

「いいわよ、この次で」

「どうなさったんですか」母親が、好奇心をまるだしにして、口をはさむ。

「フェンシングの練習中に、剣が折れてささったんです」礼儀正しい口調で、俊夫が答えている。抵抗感なく管理社会に溶けこめそうな人あたりのよさを俊夫は備えている。適当に骨のあるところも見せたりしながら、上役にかわいがられ危げなく昇進してゆく卒業後の姿が、絢子には、目に見えるような気がする。

「まあ、怖い。フェンシングって、そんなに危険なんですか」

「いや、めったにこんなことはないんですけどね」

青年は目を閉じ、痛みをこらえるように眉を少ししかめ、両方の手を固く握りしめて胸の上に置いていた。

処置を終えて、「膿まないように抗生物質をあげますけれど、アレルギーの方は大丈夫?」絢子が訊くと、

「大丈夫です」青年は、歯ぎれよく答えた。「何度か服《の》んだことがあります」

「名前は?」

「鈴木和重。二十二歳。一年浪人したから、まだ三年です」

「フェンシング部なの?」

「そうです」

「俊ちゃんにしごかれているわけ?」

ていた。

「鬼のキャプテンです」

「住所は？」

聞きながら、絢子はカルテに書きこんだ。

痛み止めに与えた薬が効いてきたらしく、青年は、やや表情をゆるませ、躰の緊張をといていた。

大柄な躰軀のせいか、のびやかな印象を受ける。

だが、その左手が目についたとき、絢子は息をのみ、目を疑ぐった。上半身を起こした青年の、左の手が、右手よりも明らかに横幅が広かった。何か目になじまないものを見る思いがした。とっさに、蟹《かに》を、絢子は連想した。

絢子は、さりげなく目をそらせた。青年の方で少しもかくそうとしていないのだから、そのような斟酌《しんしゃく》は不要なのかもしれなかった。そうして、この場に、他の患者などいなければ、医者という立場からも、こだわりのない調子でそれを話題にのぼらせることができたのかもしれない。そう思わせるほど、青年の様子は淡々としていた。

だが、そのとき、処置を終えて帰り仕度をしていた子供が、「あのお兄ちゃんの手、変だ」と、声を上げた。

2

「贅指っていうんだってね」

俊夫は、あっさりした口調で言った。三日ほどたった夕方、絢子《あやこ》のアパートに一人でたずねて来たのである。

俊ちゃんの友だちなら、身内の扱いにしておくからいいわ、と、絢子は治療費をとらなかった。それで、俊夫が、鈴木和重の代理だと言って、輸入物の洋酒を持って礼に来たのである。

「鈴木のおふくろさんからだよ。くれぐれもよろしくってさ」

応急処置は、大学から近い瀬尾クリニックで受けたが、その後の治療はかかりつけの医者に頼むということであった。

「お礼は何がいいかって訊かれたから」

「飲んべですって言ったの？　いやね。あたしは全然飲まないじゃない」

「もちろん、ぼくがいただくのですよ」

俊夫は、さっさと口を開けた。絢子は、冷蔵庫から、氷塊と、ついでにチーズや残り物のハムなどを出して、グラスといっしょに運んできた。

「治療代、きちんと請求した方がよかったわね。かえって高くついちゃった」

「なに、どうせ、おふくろさん、もらい物をまわしてよこしたんだろ」

氷塊を入れたグラスに、俊夫はスコッチを注ぎ、申しわけ程度に水を足した。

少しのきしみもなく、世の中の機構に滑らかに嵌《は》まりこんでいきそうなこの青年を、絢子は好きではなかったが、独り住まいの部屋に、若い異性のにおいを感じるのは悪い気持ではなかった。

「いつ？」

「たいしたことなさそうなんで、ほっとしたよ。ヨーロッパ遠征が控えているからな」

「今月の末。ブダペストで国際試合がある。日本の選抜チームのメンバーに、おれと鈴木が入ってるの。その出発前に、負傷で出場不可能なんてことになったら、おれ、これだよ」俊夫は切腹のまねをしてみせ、「いくら不可抗力だといったって、下手人はおれなんだから」

いやな気分だったな、と、俊夫は姫フォークの先端をチーズに突き刺した。剣先が表皮を破り真皮を貫き筋肉に突き立った感触を思い返したようだった。

「でも、あの人……」気の毒ね、とつぶやいて、絢子が手の指をちょっと動かしたとき、俊夫が、贅指ということを口にしたのである。

「本人、気にしてないよ」

「そんな筈、ないわ」絢子の声は、思わず、強くなった。

「そりゃあね」と、俊夫は、「おれたちの前で全然気にしてないようにふるまってるってのは、心の中でひどくこだわっていることの裏返しかもしれないけれど、だからって、はたで何だかんだ言うことはないだろう」

「正直なところ言いなさいよ。きみ悪くないの」

「全然」激しい声で、俊夫はかぶせた。「そりゃあ、はじめはちょっと驚いた。でも、見馴れちまえば、どうってことはない。黒子《ほくろ》や痣《あざ》と同じだ。まるで気にならなくなる」

俊夫がそのような潔癖な憤《いきどお》りをみせたことが、絢子には意外だった。声音に、本音をかくす嘘が感じられなかった。強い声は、俊夫と鈴木和重の、結びつきの固さを示しているようであった。

しかし、酔いがまわりはじめると、俊夫の口は軽くなった。

鈴木はね、と、俊夫は自分から喋りだした。白眼に血管が浮き出していた。

「T＊＊流の家元の息子なんだよ」

「T＊＊流って、あの、日本舞踊の？」

「そう。しかも、正妻の長男。本来なら、当然、跡をついで何代目かの家元になるところだろう。ところが、子供のころから、人前に出ることを厳禁されて育ったっていうんだ」

おやめなさいよ、と絢子はさえぎりたくなった。

酒の話題にあの青年がのぼらされることが、何か無惨な気がした。酔いにまかせて友人の痛みを軽々しく喋る俊夫に、憎しみめいたものをおぼえた。

だが、それと同時に、鈴木和重についてどんな微細なことも知りたいという願望も、強烈に湧き起った。舞いでは名流のT＊＊流家元の嫡男《ちゃくなん》でありながら、人目を避けることを強制されて育ったという彼の幼時に、絢子は、親近感を抱かずにはいられなかった。

「踊りの元締めの家だからさ、人の出入りが賑《にぎ》やかだろう。あいつは、女中といっしょに、北側の薄暗い小部屋で遊んでいなくちゃならなかったんだってさ。妾《めかけ》さんの方にも一つ年下の男の子がいてね、そいつが名跡を継ぐってことでひきとられ、小さいときから猛訓練を受けた。あいつは、女中に絵本か何か読んでもらいながら、聞こえてくる清元、長唄、全部おぼえちゃったってさ」

「幼稚園には行かなかったの？」

「知らない。たぶん、行かなかっただろうな。行けば、いじめられただろうからね。子供ってのは、攻撃本能と自己防衛本能丸出しで、残酷きわまりないからな」

俊夫にそう言われると、浮かび上がってくる光景があった。

たまたま思い出したというような生易しいものではなかった。その記憶は、鋭利な鑿《のみ》で心の壁に刻みつけられたものであり、〈時〉は、軽やかな塵埃《じんあい》となって、その上にうっすらとつもっているだけだった。ほんのちょっとしたきっかけで、たとえば、今の俊夫の一言のようなもので、淡い埃は吹き払われ、記憶は執拗な痛みをよみがえらせた。

滑り台の根元に腹這って倒れている幼い女の子がいた。絢子自身であった。滑り台にのぼろうと二、三段、梯子に足をかけたところを突き落とされたのである。その周囲に屹立《きつりつ》した少年たち。実際には、絢子よりほんの一つ二つ年上であるにすぎない幼児なのだったが。

脚を踏み開いて立ちはだかり、彼女を見据えていたのは、二人、だった。名前はおぼえていない。顔だけは、二十数年たった今も、まだ、記憶に残っている。

周囲を、さらに、他の子供たちが取りかこみ、見まもっていた。

泣き声も出ないほど、絢子はおびえきっていた。

二人の少年は、ズボンの前を開いた。小さい肉の突起を絢子の眼は捉え、ほとばしり出たなま温い液が、彼女の髪を、背を、濡らした。恥辱は、肌から躰の芯に沁み透った。

それは、幼稚園に通っていた間、連日のようにくり返された稚《おさな》い私刑の、最も鮮烈な一場面であった。

絢子は、陽の射さない小部屋で、絵本をひろげている幼児を思い浮かべた。よどんだ空気をかすかに震わせて、長唄が聞こえてくるだろう。〝そこで、足をトンと。くるりとまわる〟だめだねえ、腰が決まってない！　ぴしっ、と叩く音。しかし、そのあとに、〝さすがは家元のお坊ちゃんですね〟追従の声。〝目の配りが違います〟

「スポーツにもいろいろあるのにさ、なぜ、鈴木が特にフェンシングを選んだか、わかるかい」俊夫の声が、絢子を現実にひき戻す。

「一つには、フェンシングが、日本の伝統的なものと全く関係ない、西欧の武闘であるということさ。もう一つは……試合を見たことあるだろう」

「テレビの中継で、一度か二度、見たわ」

「気がつかなかった？　左手が、非常に人目につく動きをするだろう」

フォークを持った右手を水平にかまえ、左腕を肩の高さで軽く肘を折り、俊夫は、右手を突き出すと同時に、左手をさっと振り下ろした。

わかったわ、と、絢子はさえぎった。

左手をことさら人前にさらす剣技を選んだ鈴木和重の心の屈折が胸にこたえ、おおどかな感じのする彼の顔が、鮮明に迫った。

「余分なやつを一本切り捨てればいいってもんじゃないからな」

あの屈託のない表情の陰に……と、絢子は思った。闇の色は、眸《ひとみ》の奥にさえ、のぞけなかった。強靭《きょうじん》な意志が、二十二年間の闇を、みごとにかくしおおせていた。

絢子は、グラスに洋酒を注いだ。

「飲むの？」俊夫が驚いた声を出した。

絢子は、あおった。幼い少年の、嚙みしめた歯の間から洩れるひそかな泣き声を、聴いた。這いつくばった幼女が、堰《せき》が切れたように、号泣した。髪からしたたる臭気を伴った雫《しずく》が、頰をつたい、口に流れ入った。疣蛙《いぼがえる》、と、頭の上の声が揶揄《やゆ》した。疣なんて、ない。幼女は泣き叫んだ。乳色の肌のどこにも、疣など存在しないことを、幼女は熟知《じゆくち》していた。しばしば、疣蛙、とからかわれ罵《のの》しられるので、幾度となく、ひそかに全身を調べまわしたのである。全く不当な、理不尽な悪口であった。自分の目には見えないものが、この肌の上に、他人には見えるのだろうかと、不安におびえながら、幼女は抗議した。

口の中に、凌辱《りようじよく》者の液が流れ入ったとき、彼女は嘔吐《おうと》し、ひきつけを起こした。全身がこわばり痙攣《けいれん》し、その異様なさまは、幼い処刑者たちをおびやかした。

痙攣しながらのたうつさまを彼らの目にさらしたため、彼女は、その後、いっそう忌み嫌われた。教師までが、こわれ物をとり扱うようなへだたりを示した。

絢子は、毎朝、母親の運転する車で処刑の場に送りこまれた。

3

おそらく、鈴木和重に会うことは、二度とないだろうと、絢子《あやこ》は思った。彼女の方から積極的に機会を作らないかぎり。

そう思いながら、フェアレディを走らせていた。

幼稚園を見下ろす崖ぎわで、絢子は車を停めた。

鈴木和重に応急手当てをしてから十日ほどたった昼下がりであった。

草いきれが立ちのぼり、幼稚園の庭も、そこに群らがりうごめく子供たちも、蜃気楼《しんきろう》のようにかすかにゆらいでいた。

激しい残虐《ざんぎゃく》な葛藤《かっとう》が、あそこでも、ひそかにくりひろげられていることだろう。大人の目には露骨にふれることのない暗闘が。

フェアレディを下りながら、

——鈴木和重は……。

と、絢子は思った。——異母弟に、どの程度の憎悪を持ったのだろうか。殺してやりたいと思ったことはないのか。

華やかな温習会《おんしゅう》。家元の後継者は、幼少といえど大役をふられ、大人たちに取りまかれ、ほめそやされ、責任感と誇らしさで、うぶ毛の残る頬を紅潮させ、その間、和重は、会場に伴われもせず……その日ばかりはひっそりとしずまりかえっている留守宅の庭に出て、孤独な陽を浴びていたことだろうか。

だが、現在の和重は、その怨讐《おんしゅう》を、すべて超越《ちょうえつ》したかにみえた。彼の不遇の根元である左手をきらびやかにふりかざし、爽《さわ》やかな表情で、試合に練習に、はげんでいるのだった。

──若いのに、できすぎているわ、あなたは。

和重に憐憫《れんびん》の目をむけられているような気がして、絢子は、まぶしいものを仰ぎ見るように、一瞬、目を細めた。

彼が、今なお、自分の宿命を陰鬱《いんうつ》に抱きこみ、暗い瞋《いか》りを燃やしつづけているとしたら……。

また違った親しみを、彼におぼえるのではないかと、絢子は思った。

和重の達観したような爽やかさは、好ましいと同時に、何かもどかしくもあった。恨まないのか、憎まないのか、あの理不尽《りふじん》な力を、と、彼の肩に手をかけて、ゆさぶりたい思いがした。

絢子は、十五のとき、自殺をはかったことがあった。はっきり自殺とも言いきれぬ、発作的な行為であった。

その前に、教師に注意を受けるささやかな事件が、あることはあった。

彼女の前の席の生徒が、授業中、しばしばふりかえっては話しかけ、絢子はそれが、ひどくわずらわしかった。おかげで教師の講義は聞きとれず、苛立たしくてならなかった。何度めかに、その生徒がふりむこうとしたとき、絢子は、手に持った縫針で、その生徒の首筋をつついた。それは、効果があった。二、三度、同じことがくり返された。

ぼくが身動きするたびに、日下さんは、針で刺すんです、と、生徒は教師に訴えた。

女の教師であった。絢子の行為に、女教師は、ひどく陰惨なものを感じた。えたいの知れぬ無気味な生物を見る目で教師は絢子を見、ヒステリックに叱りつけた。

絢子は、にやっと笑った。自分では、ふてぶてしい笑いをみせたつもりはなかった。教師の叱責《しっせき》に、どのように応えていいかわからなかったのである。

「これ、あげます」

てれかくしのような薄笑いを浮かべて、絢子は、細く光る針を教師の前に置いた。

かっとしたように、女教師は、針を払いのけた。

「何ていう態度！」

そのとき、教師が真紅《しんく》のスーツを着ていたのを、絢子はおぼえている。

そのあとで、絢子が裁ち鋏で自分の躰を傷つけたのは、教師に対するあてつけではなかった。

ただ、何もかもがわずらわしかった。

鈍く光る刃先を眺めていたとき、この先端を胸にあて、全身でおおいかぶされば、いっさいが終わる——と思った。

刃先を乳房の下に擬《ぎ》した。そのとき、ふいに気が変わった。理由はなかった。魔にひきこまれた発作的な行為としか言いようがなかった。乳房のふくらみの根もとを、開いた刃先ではさみ、断ち切るように力をいれた。

半円形に口を開いた傷口から、おびただしい血が溢れた。教室内のできごとだった。何人かの女生徒が失神しかけた。

病院に運ばれ、手当てを受けたあと、理由を訊かれた。絢子には、答えられなかった。

周囲の人間から、いつも孤絶しているようなおそろしさ。同級生たちが笑いさざめいている話し声が、まるで異邦人の間に放りこまれたように、耳もとをすべり落ちてゆくもどかしさ。しまいには、自分の意志も感覚も磨滅しつくして、何かにあやつられる人形に変わってしまうような奇妙な感じ。それらを、どう説明したら相手にわかってもらえるのか。ただ、〝すべてが怖い〟としか、絢子には言えなかった。〝淋しい〟と言えば、少女期の他愛ない感傷癖と嗤《わら》われそうであった。その孤独感が、どれほど執拗でおそろしいものか、言葉では言いつくせなかった。周囲の人間から、愛されたいと思い、関心を持たれることを願っているのに、彼女のまわりの世界は、透明で強靭《きょうじん》な、弾力のある壁でとりかこまれ、彼女の闖入《ちんにゅう》を拒んでいた。

乳房のまわりに、半円型のひきつれを残して傷が癒《い》えたあと、別の病院にうつされた。

そこが精神障害者を隔離収容する場所であることは、すぐにわかった。

学校は一年間休学になった。

病名は教えられなかった。理由もなく自傷を試みる傾向がなくなれば、すぐにも退院させるとだけ言われた。

実際、誰の目にも、絢子の日常はみち足りたものとうつるはずだった。父親は歯科医で経済的な不安はなく、女道楽で家庭に風波をたてたこともない。母親は家庭の切り盛りに几帳面で、二人の娘の躾《しつけ》は厳しい方だが、それとて、はたから見て度の過ぎるほどではない。そのような恵まれた環境の中で疎外感に耐えきれず自傷をはかるということは、これはもう、家庭とか世間に対する侮辱的な行為であり、一つの罪悪としか言いようのないものだった。

——そう、世間は感じていると、絢子は思った。

鉄格子の嵌まった窓から見えるのは、重症者を収容する閉鎖病棟の、まだらに汚れた褐色の壁と中庭の赤土だけであった。

向精神剤の服用で、頭がもうろうとし、大半を暗鬱《あんうつ》な睡《ねむ》りの中に過す日がつづいた。薬には、肌を荒らし、皮膚を黒ずませ、声を涸らす副作用があった。

絢子は時折、幼稚園で疣蛙《いぼがえる》と呼ばれたことを、ぼんやり思い出した。

目に見えるものは何もなかったが、心の中に巣くっているおぞましいものの萌芽《ほうが》を、あの処刑者たちは鋭く直感して、嫌悪感を持ったのだろうか……。

休学期間を終えて中学に戻ったとき、同級生は皆卒業してそれぞれの高校に進んでいた。新しく同級になったかつての下級生たちの、珍奇な動物を見るような目が、自傷事件を起こした問題児に、かなり露骨に注がれた。

何ものかによって罰せられているのだ。自分では言いひらきもできない、理不尽な裁きによって、罰せられているのだ。そう絢子は思い、一年間を、どうにか耐えて通学した。時折、病院に戻りたくなった。そこでは、絢子は、他の患者たちから、むしろいたわりの目で見られていた。家から、しじゅう菓子などの差入れがあり、同室の患者たちをうるおしたせいもいくらかはあったかもしれない。前歯の抜け落ちた女が多かった。まだ三十代でも、老女のように口もとをすぼませていた。齲歯《むしば》になっても、歯医者にかかることができないためである。歯科医は、精神障害者が診療にくることを嫌った。他の患者が、きみ悪がって来なくなるというのが、その言い分であった。それでも、他に娯《たの》しみの少ない彼女たちは、甘いものを出されると、目もとを溶けそうにゆるませ、嬉しそうに手を出した。

同室の患者たちは、ほとんどが、絢子にやさしかった。彼女たちは、理性ではどうすることもできない、深々と沈みこんでゆく暗鬱な心の状態を、よく識《し》っていた。

そこでは、いつ突然牙をむき出すか知れぬ気心のわからない小獣を見るように彼女を見る者は、いなかった。少なくとも、同室者の中には。嘲笑の色をふと見せるのは、何人かの心ない看護人だけだった。

患者たちは、退院したがっていた。それと同時に、退院しても、はたして、家族や他の人々が、やさしく受け入れてくれるだろうかとおびえてもいた。病院にいるときは正常なのに、退院するとたんに再発し、舞い戻ってくる者も多かった。のろま、ぐず、と、生みの子供にまで罵られた、と、再入院者の一人である中年の女は泣いていた。大量の薬の服用と、決まりきったスケジュールに従っていればすむ病院生活によって、反応力も、運動神経も鈍くなった者に、外の世界は、荒々しかった。卸し金で躰も心もすり下ろされるみたい、と、再入院者は述懐していた。

復学して、絢子は、その言葉を実感として味わった。

高校に入ってからは、彼女の病歴を知っている者はいないので、いくらかくつろげた。そうして、絢子は、もう、他人の間に溶けこんでいこうとする努力を捨てていた。

高校の三年間、生徒たちは大学受験の準備にうちこみ、友人間の交流は乏しいので、絢子は、かえって気が楽だった。誰もが灰色だと嘆く受験準備一辺倒の高校生活が、絢子にとっては、もっとも過しやすい時期であった。絢子の孤立は、ここでは目立たなかった。一人一人が孤立していてあたりまえなのだった。

最初のうちは薬の副作用が残っていて苦しかったが、それがうすらぐと、学力は進んだ。もともと、学業の理解力は高かった。それが、学力のレベルの低い高校に入ったので、ゆとりができた。二年のときには、成績はトップになり、医学部を狙おうという野心さえ起きた。父親が、喜び、早くから関係者に根まわしをし、多額の寄付金も用意したこともあずかってか、二流ではあったが私大の医学部にパスすることができた……。

ふいに、視野のすみにとまったものが、絢子を回想から呼びさました。

——何だったのだろう、今、ふっと目についたものは……。

心は古い傷の中に入りこみながら、目は、漠然と、崖下の幼稚園の庭にむいていた。

絢子は、注意を視線に集めた。

目のはしをよぎったものを探した。

幼稚園の建物はへの字の形に折れ曲がり、ブランコや滑り台には黒々とした頭の子供たちが密集していた。男の子も女の子も、一様に、青みを帯びた灰色のスモックを着け、その色は、夏の空の下にふさわしくない陰鬱な印象を与えた。

泣いている者はいなかった。どの子も、自分が獲得した権利を他の者に奪われまいと、目の色を変えているように見えた。ブランコに乗った者は兇暴に漕ぎまくり、滑り台にとりついた子供は、一度滑り下りると、他の者に割りこまれないよう、息せききって梯子《はしご》の下に駆け戻っていた。

幾人かの、いじけた者たちがいた。彼らは、砂場のすみに小さくなり、シャベルもバケツも確保することができないで、素手で砂を掘っていた。――どういうものか、幼稚園の遊具は、常に絶対数が不足していて、彼らは、物心つくやいなや、自分が人生の敗残者であること、欲しいものは死にもの狂いで奪わないかぎり手に入らないこと、を叩きこまれるのだ。

彼らの動作は、いかにもおざなりで、強い連中から邪魔されるのをおそれながら、一方で、それらのボスたちから声をかけられ、仲間に入れと誘われるのを待っているようだった。

庭の中ほどに、樫《かし》か椎らしい樹が、枝をひろげていた。その根もとに籐製の小椅子を置き、ゆったりと腰を下ろしている男の子に目がいったとき、た。


――あれだ！

と絢子は思いあたった。

男の子は、幼いながら気品を持ち、王者の貫禄をそなえているように、絢子の目にうつった。

彼が他の子供たちのようにとびまわって遊ばないのは、手を負傷しているためらしかった。左手に巻いた白い包帯が、さっき、絢子の目を捉えたのだ。

籐蔓を巻いた肘掛けに両手をかるくのせ、半ズボンからむき出しになった膝に、葉洩れ陽が明るい斑点《はんてん》をつくっていた。

やわらかい髪にも、光の輪はちらちらと踊っていた。花をつらねた冠のように、葉洩れ陽は、男の子の髪を飾っていた。

足もとにボールがころがってきたとき、少年は足先を動かしてボールを止めた。ゆっくり身をかがめボールを拾うと、走ってきた子供に投げ返した。その態度も、いかにも鷹揚《おうよう》でのびやかだった。

絢子は、その男の子から目を離せなくなった。

そのとき、彼女は、奇妙な想念に捉えられた。

――鈴木和重が、いる。

彼女は、強く、そう思った。

もとより、子供の白布を巻いた左手が惹き起こした、妄想めいた思いつきであることは承知していた。

しかし、彼女は、その思いつきをたのしんだ。幼い家元の嫡男《ちゃくなん》は、薄暗い小部屋から解放され、夏の陽のもとに、帝王の微笑を浮かべている。

女の教師が寄ってきて、子供に何か話しかけた。少し腰をかがめたかっこうは、何か恭々しく敬意を表しているように見えて、絢子はほほえんだ。

他の子供たち全部に対する嫌悪と同じくらいの強さで、彼女は、この幼い帝王に好意を抱いた。

時のたつのを忘れ、彼女は、崖下の光景をみつめつづけていた。その間に、胸苦しいような気分が昂まり、その正体が、鈴木和重にもう一度会いたいという願望だと気づいたとき、絢子は、ひそかにうろたえた。

4

マンモス大学、と呼ばれている。私鉄沿線の郊外にひろがる広大な敷地は起伏に富み、鉄筋の校舎と図書館や大講堂などの建物が散在している。

大学はすでに夏期休暇に入っていた。休み中でもトレーニングを欠かせない運動部の学生たちだろう、白いシャツにトレーニング・パンツの一団が、絢子の脇を走りぬけて行った。

汗のにおいと濃密な体臭があとに残った。

そのにおいは、ドームを持った体育館に足を踏み入れると、いっそう濃くなった。

十数人のフェンシング部員が、一列に並び、基本練習の最中であった。

「前《マルシェ》へ！　後《ロンペ》へ！」

号令に合わせ、跳ぶように前に踏みこみ、後ろに跳びすさる。他の武闘にくらべ、どこか優雅だが、うちに獰猛《どうもう》なものがにおう。

皆、マスクをつけているので顔はわからない。号令をかけている主将らしいのが、一人、マスクをはずしているが、それは、キャプテンの俊夫ではなかった。

一度会っただけだが、顔は、はっきりおぼえている。鈴木和重であった。

ここまで来てしまった大胆さに、絢子は、我れながら呆れていた。何の用だと訊かれたら、どう応えたらいいのだ。

自分の姿が、透明になってくれればいいと、絢子は願った。誰にも見咎められることなく、ただ、鈴木和重を視ていたかった。ことに、彼が華やかに剣技をふるうところを観たかった。まるで夢遊病者のように、抗しがたい力にひかれて、ここに来てしまった。

練習の曜日と時間は、それとなく俊夫からきき出してあった。訊きながら、まさか、自分が出かけて行くことはない、と、自分に言いきかせた。しかし、その日時が近づくと、落ちついていられなくなった。往診に出たついでに、車を大学の敷地にむけていた。

自分の気持を、露ほども、和重にさとられたくなかった。

恋は、双方が同じ熱狂度で燃えあうことはないのだ。

幾度か、他の男性から好意をむきつけに示されたとき、絢子の心は冷えた。それまで持っていた何ほどかの好意も、相手の恋情があらわになったとたんに、薄れた。

同じことが、男性の側にもあるはずと思えた。

その上、絢子は、乳房の傷を男の目に触れさせるのが怖ろしかった。それは、過去の暗い時期の証であるばかりではなかった。絢子は、自分を深淵《しんえん》にひきずりこむ病いの魔が、なお、巣喰っているのを知っていた。

和重は、絢子に気づいた。部員の一人に、かわって号令をかけるように命じ、近寄ってきた。絢子は、呼吸が胸の奥で凝固《ぎょうこ》したように感じた。

「このあいだは、どうも」和重の額は、うっすら汗ばんでいた。

「もう、すっかりいいようね」つとめて、平静な声で絢子は応じた。

「ええ。おかげさまで。この分なら、ブダペスト遠征も大丈夫なようです。唐津くんは、今日、休んでいるんですが」

俊夫に用はなかった。しかし、和重の誤解は、絢子には好都合だった。

「何か、彼に急な用事でも？」

「いえ、いいのよ」

「就職のことで、丸の内の方に行ったらしいですよ、今日は」

「あら、そう」

「それじゃ」と、会釈して、和重は行きかけた。

「あの……」と、絢子は思わず声をかけていた。

「何か……？」和重の態度は折目正しく、絢子を毛嫌いしている様子は少しもないが、そうかといって、特別な関心を持っているわけではないのも明らかだった。

「練習は、まだ、だいぶかかりますの？」

和重は腕時計に目をやり、あと十五分ぐらいで終わると言った。

「せっかくですから……」何が〝せっかく〟なのかと、舌を嚙みたいような思いで、「終わってから、お茶でもいっしょにいかが？」

「それは、ありがたいですね。でも、終わるまで……」

「練習を拝見させていただくわ」

「おもしろくないですよ。試合と違いますから」

それでも、と重ねて言う勇気を失なわせるような、和重の口ぶりだった。

年長者の優位性を、絢子は失ないたくなかったが、あつかましく、押しつけがましく、居残るのもいやだった。和重は、絢子と二人のときを持つことに、少しも熱意をみせていない。

「先に、喫茶店かどこかで休んでいていただけますか。終わり次第、すぐに行きますから。ここじゃ、暑くてね」

冷房のきいている所の方が、時間つぶすのに、いいでしょう、と、和重の言葉は、親切な心づかいから出たものだった。

絢子は、爽やかな平手打ちをくったような気がした。

「あいつらの来ない店がいいですね」と、和重は、マルシェ、ロンペ、をくり返している部員たちに、ちょっと目をやり、喫茶店の名前と場所を告げた。

学生たちが休暇に入ったためか、喫茶店の中は空いていた。私鉄の駅に近いので、BGMに、時折、電車のひびきが、かすかに混った。

絢子は店に備えつけの電話で患家に電話をかけ、往診を明日にのばす旨を伝えた。特に急を要する病人はいなかった。

不確かな、妖しい霧の中に踏み出している自分を感じた。理性とは別の力が、彼女をつき動かしていた。輝かしい結実は、決して望めない。一歩彼に近づくことは、それだけ、破滅にむかって踏みこんでいることだ。彼は、無造作に私を掬《すく》いとり、握りつぶすか、投げ捨てて打ちくだくだろう。

このまま、立ち去ってしまうこともできるのだ。あとからやってきた和重は、何だ、気まぐれな。すっぽかしやがって、と、舌打ちの一つもし、それきり、私を忘れ去るだろう。何ごともなく時が過ぎ……私は、長く、悔みつづけることだろう。

入口の扉が開き、明るい街の喧噪《けんそう》を背に、逆光を受けて黒く立った和重に、絢子は、一瞬、めまいをおぼえた。和重は、布製の、大きな縦長のケースを肩にかついでいた。上部が細く、下部が丸い。チェロのような形をしていた。

大股に和重は歩み寄り、「お待たせしました」と、むかいあった席に腰を下ろした。和重は、少しおもしろそうに絢子を観察しているように見えた。その眸《ひとみ》は、明るく、皮肉な色あいを混えていた。もう一歩皮肉の度合が強まれば、陰険な意地の悪い表情になる。その微妙なかねあいのところで、和重は濶達さを保っていた。

「国際試合でヨーロッパにいらっしゃるんですってね」

「ええ」気負った色も見せず、和重はうなずき、水の入ったグラスを運んできたウェイトレスにビールを注文した。この店にはよく来るらしく、ウェイトレスは親しそうな笑顔を見せた。

「この間は、けっこうなものをいただいて」

「いや」

何という、気のぬけた会話だろう、と、絢子はもどかしかった。

言葉はいらなかった。ただ、その腕に、骨がきしむほど抱きすくめられ、思うさま凌《りょう》辱《じょく》されたかった。

それと同時に、もし語るとすれば、「辛うじてつぎあわせてある砕けた陶器のような心を、なだめなだめ生きてきた苦しさや、ふとしたはずみに、救われがたい深淵《しんえん》に墜《お》ちこみそうな怖ろしさを、あなたなら、わかってくださるでしょう、異常なものが自分の中に同居している、それを押しかくして、何とか……」一言口をきれば、とめどなく、そのような言葉が溢れ出しそうだった。

あなたは、まだ、いいの。肉体の一部が、他の大多数の人間と違う。その苦痛は、強靭《きょうじん》な意志の力で踏み越えることができる。でも、意志を左右する心そのものが脆弱《ぜいじゃく》な私は、どうすればいいの。

そんな愚痴をこぼすかわりに、絢子は、「いつ出発するの？」とか、「練習はたいへんでしょうね」とか、たいして興味のない話題をつづけていた。

沈黙に支配される時間が多かった。和重は、絢子が問いかければ、明晰《めいせき》な口調で微笑しながら応えるが、自分の方から積極的に話を展開させようとはしなかった。沈黙は絢子を苛立たせたが、和重は話がとぎれても、平然としていた。誘ったのはそっちだと、突き放されているような気がした。

「おなか空いてるんじゃない？　食事にしましょうか」

「そうですね」和重は、テーブルの上のメニューに目をやった。

「ここでは、サンドイッチぐらいしかないでしょ。J＊＊あたりまで出ません？」私鉄沿線の、ちょっとしゃれたショッピング街の名を絢子はあげた。

「荷物がでかいんで……」と和重は、かたわらにたてかけたケースを示した。

「車で来ているから平気よ。帰りはお送りするわ」

ずいぶん大荷物ね、それは何なの？　と絢子が訊くと、

「剣が入っているんです」

「剣？　だって、あれは細いでしょ」

「何本も入っているんですよ。電気剣も」

「電気剣？」

「正式の試合に使うやつです」

試合のときは、選手は、メタル・ジャケットを着る。剣に細い電線が通っていて、敵の躰を突くと、審判器が点灯するようになっているのだ、と和重は説明した。

「こいつは、ナマズっていうんですよ」とケースを指し、「形が似ているでしょう」

「ナマズ？」絢子は笑った。たいしておかしくはなかったが、雰囲気を浮きたたせたくて、わざとらしいくらい派手やかな声をあげた。

「行きましょう、ナマズくんといっしょに」

レストランのウェイトレスは、和重の手を見て顔色を変えた。信じられない、といった表情だった。

和重は平然としていた。そういう視線に耐えぬいてきたのだと、絢子は思い、──あたしの傷は、他人には見えない……。

ここでも、和重は寡黙《かもく》だったが、絢子は、はずみがついて饒舌《じょうぜつ》になっていた。和重の一言一言に、敏感に反応して、笑ったり眉をひそめたりした。ずいぶんくだらないことで笑うんだな、と和重が冷笑しているのを感じた。絢子は陳腐《ちんぷ》な冗談を口にし、一人で笑い、和重の笑いが苦笑じみているのに気づいてみじめな気分になった。

「お宅はどこなの？　送るわ」絢子は伝票をとり上げた。

「五反田です。先生は？」

「瀬尾クリニックから車で七、八分のところにアパートを借りているのよ」

「それじゃ、学校からそれほど遠くありませんね。ぼくを、あのあたりまで乗せていっていただけますか」

「また学校に戻るの？」

「体育館に忘れ物をしてきたので」

助手席に和重を乗せ、絢子は、来た道を逆に走らせた。食事中に水割りを五杯飲んだ和重は、いくらか頰の艶をましていた。

二十分ほど走らせると、瀬尾クリニックの前を過ぎ、ほどなく、幼稚園を見下ろす崖上の道にかかる。

生徒たちは、すでに帰宅していた。無人の庭に、黒い野良犬が一匹うろついていた。

「この間、そこの空地に、焼け焦げた犬の死骸が捨ててあったわ」

「バーベキューの火加減に失敗したんですね」和重はにこりともせず言った。

「私、幼稚園は嫌いだったわ」

唐突に、絢子は口にした。避けるべき話題であった。和重にとって、その幼時は、苦渋《くじゅう》にみちたものであったはずだ。

「厭な幼稚園だったわ。園長が、金とり主義でね、付け届けをよくする家の子供ばかり、大切にするの」

「そういうのは、どこにだってあるんじゃないですか」和重は感情を見せなかった。「ぼくの親は踊りの師匠ですが、やはり、金離れのいい家の子は、大事にしますよ。踊りが下手でもね」

「私の親は、昔、ばかに潔癖だったらしいのね。全然、付け届けなんか無視して、そのために、私、幼稚園で冷遇《れいぐう》されちゃったわ」

——あの幼い凌辱者たちは、鋭敏に、スケイプ・ゴートを嗅ぎ出した。でも、あの私刑の本当の理由は、やはり、私自身の中にあった……。

「それが、大学に入るときは、清潔主義なんて放り出して」危険な話題を、絢子はすりぬけた。

「裏口ですか」

はっきり言うなあ、と和重は珍しく芯からおかしそうに笑った。

左手に白い布を巻いた少年を、絢子は思い出した。和重の横顔に、その顔を重ねあわせてみた。

「この辺でいいです」

大学に通じる右折する角を無視して、絢子が車を直進させようとしたとき、和重は言った。

絢子は、いくらか荒々しい動作でアクセルを踏みこみ、スピードを上げた。

「ここなの、私のアパート。寄っていらっしゃい」

東海マンションと記したプレートを嵌《は》めこんだ三階建てのアパートの前で、車を停め、ハンドルを切り返し、バックで、建物の前の駐車スペースに車を入れた。

心の奥から衝きあげる昂りを、絢子は押さえきれなくなっていた。——蔑まれようと、どうしようと……。

5

「あなたの手は、美しいわ」

深い吐息と共に、絢子は、自分の手を、和重の左手に添えた。正常なはずの彼女の手は、和重の、横幅のひろい、がっしりと逞《たくま》しい手と並ぶと、ひどく頼りなく、奇妙な形に見えた。

汗ばんだ和重の裸体が、かたわらにあった。躰の奥深く、陶酔《とうすい》の波はまだ騒いでいた。

思いのままにしてくれと、自負も見えも投げ捨てた絢子の躰の中に、和重は欲情をほとばしらせ、終えた。

美しいわ、と吐息をついた絢子に、応えた和重の言葉は、彼女をぞっとさせた。

「みんな、そう言う」冷酷とも聞こえる声であった。「おれと寝た女は」

絢子は、言葉の継ぎ穂を失なった。

短い、しかし、絢子には、とほうもなく長く感じられる沈黙の後に、和重は立ち上がり、身仕度をととのえはじめた。

「待って」絢子は起き直った。

「また……今度、いつ……」

服を着終えた和重の前で、自分の裸体が、何か物欲しげでみじめだった。絢子は、うろたえ、服を着け、追いすがった。背中のファスナーをひき上げるのがもどかしく、服は肩から半ば脱げ落ち、乳房の傷痕が、裸体のときより、いっそう目立った。和重は、その半月形のひきつりを指で撫でながら、一言も理由を聞かなかったのだった。

自分も傷を持っているからといって、だからといって、当然のことのようにおれにもたれかかってくるのは、ごめんだ。そう、彼は拒否していたのにちがいない。

「今度、いつ……」

和重は、ふり返った。和重の微笑の意味が、絢子にはわからなかった。やさしく憐れんでいるようにも、皮肉に冷笑しているようにも見えた。

「一度で」と、和重は言った。「十分じゃないですか」

ナマズと呼ぶズックのケースを肩に、和重は出て行った。ケースの中で、剣の触れあう音がきこえた。

「待って。車で送るわ」扉が閉まった。絢子は、土間にひざまずいた。

「待って……」嗚咽《おえつ》が洩れた。

あなたは、誤解している。あなたは、他の女たちと同じように私を見ている。私が、どれほど、あなたに救いを求めているか……。

絢子は、首を振った。——和重は、わかっていた。わかっていたけれど、受け入れてはくれなかった……。

道路を見下ろす窓に、絢子は駆け寄った。

重いケースの持ち手をひっかけた肩を、ときどきゆすり上げながら歩き去る後ろ姿が見えた。

——終わった……。

そう思ったとき、幼い和重が、浮かび上がった。少しの翳《かげ》もなく、おおどかに微笑する少年の姿が。

6

雨が、叩きつけるように降りそそいでいた。

幼稚園を見下ろす道のきわに、絢子は車をとめた。

——今日、和重は、日本を発つ。

空港のロビーは、旅立つ者と見送り人とでごったがえしていることだろう。

ワイパーが、いそがしくフロントグラスをぬぐっていた。

窓越しに見る風景は、水の層を透かし見るように、ゆがみ、にじんでいた。

幼稚園の建物から、甲高い斉唱《せいしょう》がきこえる。蟻たちが、まもなく、出てくるころだ。終業の時間だった。

絢子は、エンジンを切り、車を下りた。傘をひろげ、崖下に通じる細い枝道を下りて行った。道ばたの濡れた草がハイヒールにまつわった。

幼稚園の門の前の道路は、一応舗装はしてあるものの、大小のくぼみに泥水がたまって、雨に叩かれ波紋をひろげていた。あの子供があらわれたら、私は、水たまりに突っ伏してもいい。足が深みに嵌まりこまないように、私の背を踏み越えて行きなさい。

絢子は、実際、爪先を水たまりに踏み入れていた。さすがに、そこに坐りこみはしなかったが、くぼみの形にすっぽり嵌まってうずくまった自分と、その背を踏みつけるゴム長靴の底の感触を思い浮かべた。

靴底はやわらかく、子供の体重は軽く、それは、羽毛が一撫でして過ぎるように通り抜けた。細い鋭い痛みが、一瞬、脊椎を走った。子供は、通り過ぎがてら、細身の剣の切先で、うずくまった女の背を刺し貫いて行ったのだ。

私は、子供に声をかけるだろう、と、絢子は想像した。

雨がひどいから、車で送って行ってあげるわ。

子供の、凛《りん》としたつぶらな眼が、絢子をみつめる。何の疑いも持たない眼は、残酷なほど澄んでいるにちがいない。

いらっしゃい、と誘う。

従者の迎えを当然なこととして、子供は、絢子のフェアレディに乗りこむ。

——私は、恭しく彼をアパートの私の部屋に招じ入れる。

少し濡れた髪をバスタオルで拭いてやる。

洋服が濡れてしまったわね。脱がないと、風邪をひくわ。

どぶねずみのような青灰色のスモックは、彼にふさわしくない。

風邪なんか、ひかない、と、彼は、はっきり言うかもしれない。

でも、暑いわね。むしむしするわ。裸ん坊になると、いいきもちよ。

この誘いは、彼を喜ばせるだろう。

どぶねずみ色の皮膚を一枚ひきめくると、生まれたての二十日ねずみのようなおなかがあらわれる。

私も服を脱ぎ、肌着も脱ぎ、彼の小さい臀を膝にのせ、またがるように腿をひらかせる。躰を密着させると、すべすべしたおなかと、皮膚の薄い胸が、彼の血の脈動を私の躰内に伝える。

私は、彼の躰をてのひらで撫でている間に、ふと気がつくのだ。

——和重を乗せた飛行機は、空港を飛び立った……。

だが、幼時の彼は、時空を越え、いま、私の膝にいるのだ。

この幼児が抹殺されたら……成人である和重も、当然、とたんに消滅する……。

奇妙な連想は、磨ぎすまされた大型のナイフを脳裏に浮かび上がらせた。

幼児ののどを裂く切り口は、おびただしい血を溢れさせ、その紅の渦の中に、すべてが吸いこまれ、消えてゆく。世界が消える。

腿のあたりに、冷たいものが触れた。ぐっしょり雨に濡れた野良犬が、よろめくような足どりで、彼女の脇をすりぬけた。

短く断続するクラクションの音がつづいた。

絢子は、はっとして、道のはしによけた。

マイクロバスが、彼女に泥水をはねかけ、幼稚園の門の前で停まった。

——子供たちは、送迎バスで運ばれるきまりだった。そうだった。私は、それを忘れていた……。

歌声はやみ、雑然としたわめき声のからみあいにかわっていた。

声は、黄色い傘とレインコートの集団となってふくれ上がり、建物から溢れ出してきた。

黄色い傘の群れは、ドアを開けたマイクロバスの前でひしめいた。

骨ばった体つきの背の高い女教師が、「一人ずつ順番に」と、嗄《しわが》れた声をはり上げ、膨脹した黄色いチューブから絞り出されるように、子供たちは、一人ずつマイクロバスに吸いこまれてゆく。運転手が躰をのり出し、唾液で濡れた厚い唇に笑いを浮かべ、ステップをのぼる子供を助け上げる。

絢子は、何かにせきたてられるように、あわただしい視線を走らせ〝和重〟を捉えようとした。

ステップに足をかけた子供の左手の、薄汚れた包帯に気づき、絢子は走り寄ろうとしたが、傘の群れにさえぎられた。

〝和重〟は、するっと、バスの中に呑みこまれた。

傘は次々に畳まれ、黄色い集団はしぼみ、ついに、一人もいなくなった。

バスは、ドアを閉め、絢子が走り寄ったとき、発進した。

絢子は、自分の車に駆け戻り、エンジンをかけた。ドアを閉めようとしたとき、何かが助手席にとび乗ってきた。

黒い犬のように見えた。たしかめる余裕もなく、絢子は発進し、細い枝道を辛うじて下り、バスの後を追った。

フロントグラスを烈しく雨が流れた。

踏みこむアクセルは、妙にたよりなかった。

——私は、今、本当に車を走らせているのだろうか……。

夢の中にいるように、絢子は実在感を失ない、バスを追い和重をこの腕に取り戻そうという意志だけが存在して、肉体はどこかに置き去りになっているような気がした。

突然、怖ろしいことを思いついた。

私は、とっくに、死んでしまっているのではないか。

だから、こんなに、何もかもが手ごたえがなく……。

死んだとしたら、いつ？

おぼえがなかった。

あのとき……。もしかしたら、和重に逢いに大学に行き、食事をふるまい、アパートに誘って、躰をかわしたあのとき、私は、何か彼の気にそまないことを言って、彼を激昂《げきこう》させ、逞しい、横幅の広い掌が私ののどを押さえ……。

絢子は、奇妙な妄想から逃がれようと、前方に注意力を集中した。

助手席を見るのが怖ろしかった。隣りに、たしかに、何かが坐っている。

野良犬か？

もし、その犬が焼け焦げていたりしたら……。

いや、何もいないのかもしれない。気のせいだ。

フロントグラスのむこうは、流れ逆巻く水の中を行くようだった。

ワイパーを操作するのを忘れていた。

絢子は、スイッチに手をのばした。だが、その手は、こわばって止まった。

ワイパーにぬぐわれ透明になったガラスのむこうに、鉄格子の嵌まった窓のあらわれないことを、絢子は、何かにすがりつくように願った。

漕げよマイケル

1

友人を殺害する。それは、どんなにか恐ろしいことだろうと思っていた。しかし、コーヒーをすすめる手は、少しの震えもみせなかった。彼は、自分の度胸のよさに、内心驚いた。

村越は、ありがとう、というように、軽く頭をさげた。

「ミルクは？」

——声がうわずっただろうか……。

「いらない。ブラックの方が好きなんだ」

カップがテーブルの上から村越の口もとに移動し、静かに傾くのを、彼は凝視《ぎょうし》していた。

クーラーの唸《うな》りが耳についた。

——奴は飲んでしまった。もう、計画を中止することはできない。

「誘ってくれて、本当に嬉しかった」

村越は、少し、てれくさそうに言った。ふだんは、傲慢《ごうまん》なくらい、つきあいの悪い男だ。

「もう一杯飲むか？」

「いや、たくさんだ」

コーヒーより、アルコールの方がいい、と、村越は、思いついたように、言い添えた。心なしか、語尾が重くなったように聞こえた。

「何がいい？　コークハイか？」

「うちの人、もう、寝てしまったんだろう。悪いな、騒がすのは」

「大丈夫だ。台所でがたがたしたって、誰も起きやしない」

彼は、立って、ドアの方に行った。戸口で振り返ると、村越は、テーブルに突伏して、投げ出した両腕の間に、顔を伏せていた。

「おい」

傍に寄って、肩を小突いてみた。頭がぐらぐら揺れた。

「頭が……痛い」

のろのろと、舌をもつれさせて、村越は、つぶやいた。

彼は、傍に突っ立って、相手を見下ろしたまま、しばらく待った。

突然、兇暴な発作が、彼を襲った。手近な鈍器で撲りつけ、昏倒《こんとう》させて、早いところ、けりをつけたくなった。部屋の棚には、柔道のインターハイで入賞したときのカップがあった。兇器には軽すぎる。それに、打撲傷を与えたりしては、計画がめちゃめちゃになる。机のはしを両手で握りしめて、彼は、その衝動に耐えた。

「吐きそうだ。すまない。便所は……」

立ち上がろうともがいて、相手は、がくっと頭を落とした。

薬剤が、確実に効果をあらわしつつあった。嘔吐されては厄介なことになる、と、彼は慌てた。幸い、吐きはしなかった。曖気《おくび》を洩らし、聞きとりにくい声で、何かつぶやいている。譫妄《せんもう》がはじまったのだとわかった。

犠牲者が、深い睡《ねむ》りにひきこまれてゆくのを見守りながら、彼自身も薬剤を服用したように、めまいがし、吐き気をおぼえた。ここでまいってしまうわけにはいかない。あとにまだ、力仕事が残っている。

何もかも、彼一人でかたをつけなくてはならないのだ。誰の助力も借りるわけにはいかない。彼は高校三年であり、村越はその同級生。殺人者も被害者も、ともに、まだ少年であった。

村越の譫妄は、やがて、止んだ。浅い、間遠な呼吸。腕の上に横を向いてのった顔の、額に脂汗が滲《にじ》んでいる。村越の表情は、弛緩《しかん》しきっていた。下顎を落として口が開けっ放しになっている。もともと面長なのが、異様に間のびしてみえる。ふだんから陰気で、他人に表情を読ませない男ではあるが、クラスで常にトップをしめる秀才だけあって、いかにも怜悧《れいり》な印象を与えるのに、今は、まるで、痴呆のようにみえる。

クーラーを入れてあって室温は低いのだが、彼の額にも、汗の粒が浮いていた。

Michael, row the boat a-shore, Hallelujah!

Michael, row the boat a-shore, Hallelujah!

漕げよ、マイケル、岸辺めざして……。

耳の奥で、彼の意識とは無関係に、単調なメロディーがひびいていた。

彼が、友人の野呂とひそかな遊びにふけるとき、意識の底に、いつも流れる歌であった。

漕げ、漕げ、村越。死の河を漕ぎ渡れ。おまえの行きつく岸辺は……。

彼は、相手の左手を持ち上げ、脈をとった。村越の手首は、力なく垂れた。弱い脈搏が指先に伝わった。少したためらってから、相手の瞼をひろげ、瞳孔が縮小し、反射運動を起こさないのを確かめた。

南に面したガラス戸をひきあける。夜の空は、灰色に濁っていた。部屋は二階で、木製のバルコニーがついている。バルコニーから、階段で、直接庭におりられる。外は、むし暑かった。空気が肌にへばりつくようだった。

意識を失なった相手の両腕を背に廻させ、袋かつぎにかつぎ上げた。ぐっ、と、奇妙な声がして、背になま暖いものが流れた。思わず、かついだ躰を放り出しそうになった。覚醒したのではなかった。意識不明のまま、嘔吐したのであった。

——畜生、面倒なことしやがって……。

声に出さず、ののしった。

無機物のようになった躰は、予想外に重く、ともすれば、腰がくだけそうになる。

彼は、こらえた。一歩一歩、踵《かかと》に力を入れ、階段を下りる。建物の右手を廻って、すぐ目と鼻の先にある車庫が、とほうもなく、遠かった。

セドリック・カスタム。父の車である。彼はまだ、免許を取得していない。しかし、運転はできる。後部座席のドアを開け、床に、村越の躰を横たえた。よけいな傷をつけないよう、やさしく、ていねいに扱わなくてはならなかった。口もとの汚れを、ハンカチで拭きとってやった。

人影の絶えたバス通りを、慎重に、彼は車を走らせた。ここで事故を起こしたり、スピード違反でとっつかまったりしたら、おしまいだ。

私鉄の駅の裏手で、彼は、右に道をとった。小高い丘陵を利用した公園の中に、彼は車を乗り入れた。小砂利を敷いた道だから、明確なタイヤの跡はつかない。

だらだら坂をのぼりつめた所に、ブランコやすべり台などの遊具を置いた一画がある。塹《ざん》壕《ごう》のように掘られた迷路が、彼が選んだ場所であった。迷路の一部に、コンクリートで屋根をつけたトンネルがある。昼間遊びに来た子供たちは、この迷路の中を走りまわり、鬼ごっこに興じる。トンネルの部分以外は吹きぬけなのだが、深さは小さい子供の背丈ほどあるので、思いもかけぬ所から鬼がとび出して来たりする。彼も、子供のころ、自転車でときどき遊びに来たことがあった。もっと遠い場所の方が好ましいのだが、無免許運転なので、遠出すれば危険性が増す。車を持ち出したのを家人に気づかれても困る。彼は、距離をのばすことをあきらめ、時間を短縮する方を選んだのである。

車を止め、後部座席のドアを開けた。正体のない犠牲者の靴を脱がせ、自分の靴と履きかえた。思い出して、手袋をはめた。

再び相手の躰をかつぎ、壕の中に下りた。トンネルの中に寝かせ、ポケットから、ビニール袋とシンナーの罎を出した。それぞれに、村越の指紋をつける。それから袋を頭にかぶせ、蓋を開けたシンナーの罎を、袋の中、鼻孔の傍に置いて、袋の口を、首のまわりで、紐で軽く結んだ。

ポケットから、更に、空罎をもう一個とり出して、相手の指紋をつけ、躰のわきにころがした。バルビツール酸系、長時間持続型の睡眠剤のレッテルが貼ってある。さっき、コーヒーに混ぜて飲ませたのが、この薬であった。

明日、遊びに来た子供たちが、生命のぬけがらを発見するだろう。

汗と嘔吐物でべっとり濡れた背中の不快感が、急に、意識にのぼってきた。

——まだ、気をゆるめちゃだめだ。ぶじに、うちまで帰りつかなくては……。

吐息は、呻《うめ》き声になって、咽喉から洩れた。

立ち去りかけて、犠牲者の靴を履いたままなのに気づき、ぎょっとした。靴下だけの村越の足に、土の汚れがついていないかどうかたしかめ、靴を履かせると、トンネルの屋根に手をかけ、機械体操の要領でよじのぼった。

かたわらの草むらにはねとび、あとは、ふつうに歩いて、車の傍に戻った。さっき脱いだ自分の靴を履いた。壕は赤土だから、足跡については、注意を払う必要があった。

運転席に躰をしずめ、煙草に手をのばしかけて、止めた。

——手落ちはなかっただろうか。

躰中から汗が噴き出した。

あの、壕の中に横たわっているのが自分だったらいいと、ふと、思った。意識のない躰は、おだやかで、いかにも気楽そうだった。

——くそっ。

気弱くなった自分を叱りつけるように、彼は、荒っぽい手つきで、エンジンを始動させた。

2

私立Q高校は、初等部から大学までつながるエスカレーターシステムの一環である。私立としては一流中の一流と、世評が定まっている。

その、Q高三年A組の村越靖夫が自殺したという報せは、担任教師の口から、クラスの全員に告げられた。そのとたんに、皆の視線が、いっせいに、一点に注がれた。

視線の焦点となって、高須理彦《つねひこ》は、頬をこわばらせた。

ざわめきが、波紋になって、教室にひろがった。

男子生徒はそれほどでもないが、女生徒のささやきは、露骨に大きくなった。

「あれよ」

「あれが原因ね」

「高須くんのやり方、ちょっと、ひどすぎたものね」

「指紋までとるなんて、ゆきすぎだわ」

「おまけに、みんなの前で吊し上げたんだもの。あれじゃ、村越くん、立場ないわ」

理彦の蒼白い額に、青筋がうねった。彼は神経質で、癇癖《かんぺき》が強かった。

しかし、面とむかって罵倒《ばとう》されれば反駁《はんばく》のしようもあるが、周囲でひそかにかわされるささやき、冷ややかな目つきは、しまつが悪い。彼は、自分がまったく孤立しているのを感じた。それは、一昨日、彼が村越に味わわせた屈辱であった。一昨日は村越に浴びせられた非難と白眼が、今は、彼にむけられていた。

彼は終業を待たず、教師にも告げないで、早退した。

妙な時間に帰宅した息子に、母は驚いて、気分でも悪くなったのかと、たずねた。

黙って自分の部屋に入り、鍵をかけた。

小学生の頃なら、父や母に訴えて泣くこともできた。だが、今は、もう、一人で戦う年齢だった。理彦は、戦いには馴れていなかった。閉めきった部屋の中で、床に大の字に寝ころがった。

〝まるで、高須くんが殺したようなものね〟

冗談じゃねえや！

ドアがノックされた。

彼は、こたえなかった。

「理ちゃん、ちょっと」

ノックの音が大きくなった。

「何ですか」

「居間に来てちょうだい。お客さまよ」

「だれ？」

「警察の人ですって」母の声は平静だった。

「警察！」

「あなたのクラスの人、自殺したんですって？　そのことで、何か聞きたいそうよ」

「ぼくが話すことなんて、何もないですよ」

「そう？　でも、一昨日、その人と喧嘩したとかいうことじゃない。その事情を聞きたいんでしょう」

「頭が痛くて寝てるって言ってください」

「具合が悪いのではしかたないわね。そう言って、帰ってもらうわ」

母の足音は遠ざかった。

理彦は、思いなおして、立ち上がった。不愉快なことは、早くすませてしまうにかぎる。

居間のソファには、男が二人、母と向かいあっていた。定石どおり、ベテランと若手を組み合わせてあるらしい。

S署の者です、と、中年の方が名前を名乗った。理彦を一人前の大人扱いした話し方だった。いんぎん無礼という感じではない。実直そうにみえた。若い方は、角ばった顎を持った大男だった。理彦は、威圧を感じて、肩をはった。

「お母さん、ぼくにもジュースを持ってきてください」

理彦は、母を追い払いたかった。学校での出来事は、いっさい、母の耳にはいれていない。干渉されるのがうるさいからだ。

母は立って行ったが、「喧嘩のいきさつというのを、聞かせてほしいのですが」と刑事に言われ、話しだすとまもなく戻ってきた。

「喧嘩ってわけじゃないです」

理彦の声は、そっけなかった。

「ぼくの方が、一方的に被害者だったのです。もう、学校で聞いた話じゃないんですか」

「先生方から一応はきいたが、きみ自身の口からきくのが、一番正確だと思いましてね」

「ぼくのノートが紛失したんですよ。中間テストの一週間前に」

「ノートが！」

ジュースのコップを理彦の前に置いて、母が叫び声をあげた。

「まあ、理ちゃん、何のノート？　大変じゃないの」

「ぼくのノートは、自分で言うのはあれだけど、非常に克明によくできているんです。試験前の学生にとっては、ノートというのは、大げさに言えば、宝物ですよ」

「困ったでしょうな、試験前にノートがなくなったのでは」

中年の刑事は、物わかりのいい顔でうなずいた。

テストの最初の日、ノートは、理彦のロッカーに戻してあった。

「それはよかった。ロッカーは、いつも、鍵はかけてないんですか」

「鍵なんて、みんな、ぶっこわれています。ノートは返ってきたけれど、ページに、全部、インクが真黒にぶっかけてあったんです」

それを見たときの情けなさ不愉快さを思い出して、理彦は、顔をしかめた。神経質すぎるほど几帳面な理彦は、自分の持物を人にさわられるのを好まない。まして、丹精こめて作ったノートである。躰に汚水をかけられたような気分になった。

「まるで、中学生のいたずらですよね。幼稚ったらありゃしない」

「で、どうして、ノート泥棒の犯人が村越くんだとわかったんですか」

理彦は、かるく、唇をかんだ。その犯人探しのやり方がゆきすぎだったと、今日、非難を受けたばかりである。まるで、彼が村越を自殺に追いつめたように言われたのだ。

——ノートを汚された口惜しさ腹立たしさがどんなものか、他人にはわからないんだ……。

「指紋をしらべたそうじゃないか」

若い方が口をはさんだ。

——そこまで知っているなら、俺にきくことないだろう。

若い刑事の盤広な顔が、うっとうしくてたまらなかった。

「ずいぶん、専門的な手のこんだことをしたもんだね」

「どうやってしらべたの、理ちゃん」

母まで口を出す。かっとなった。

「だって、指紋でもとらなくては、誰がやったか、わからないじゃないですか。がまんできませんよ、うやむやにしてしまうなんて。警察にたのんだって、ノート泥棒の捜査なんて、やってくれっこないでしょう」

「理ちゃん、どうしたの。そんなに昂奮することないのよ」

母が、吠えたてる仔犬でもなだめるように、理彦の腕をかるく叩いた。

「一人息子で甘やかして育てたものですから、こらえ性がなくて……」

母は、ひどくやさしい声で弁解した。

「それに、高三にもなりますと、勉強が大変で、気が立っているものですから」

息子のことなら何でも心得ていますといった母の口調が、いっそう、理彦を激昂させた。

「お母さんは、黙っていてください。これは、ぼくと刑事さんの話し合いなんだから」

「そんなに大仰にとることはないんだよ、きみ」

刑事まで、小さい子をあやす口調になった。「素人のきみが、どうやって指紋をとったのかと、興味をもっただけなのだから」

「友人に、警察の鑑識につとめている知人を持ったのがいるんです。そいつに頼みました」

腹立たしさを抑え、強いて冷静に、理彦は説明した。

「ぼくは、村越のしわざと見当をつけていたから、あいつにビニールの下敷を拾わせ、彼の指紋を手に入れて、つきあわせてしらべてもらったのです。その結果、ノートのページについているのは、村越のとぼく自身の指紋だけだった。ぼくは彼にノートをいじらせたことはないですからね、彼が犯人でないかぎり、彼の指紋がノートのページにつくことはないんです」

「インキでまっ黒になっていても、自分のノートと識別できたのかね」

「そりゃ、わかりますよ。表紙にちゃんと、ぼくの字で名前が書いてある。それに、インキをかけてあるといっても、ところどころに、字が残って見えていましたからね」

「きみが、村越くんのしわざと、すぐに目星をつけた理由は？　ノートをかくしたり、ロッカーから、たいして金にもならないような物を盗んだりするのは、ふつう、学校で邪魔者扱いされている劣等生、それも、スポーツや喧嘩で能力のあるところをみせることもできない内向的な者が、コンプレックスのはけ口にやることが多いようだ。村越くんは、劣等生どころか、常に、きみと学年のトップを争う優秀な生徒だったそうじゃないか。それが、ノート泥棒などという幼稚ないやがらせをやるというのは……」

　理彦は、溜息をついた。

「彼は、ぼくとライバルでした。だから、やったんだと思います。たしかに、ノート泥棒なんてのは、コンプレックスにとっつかれた奴がやることが多いんですが、Q高はエスカレーターシステムなので、受験校のように、できの悪い生徒が教師から冷遇されるってことは、あまりないんです。個性をのばす教育というのが、学校のモットーになっている。必ずしも建前どおりにいってるわけじゃないけど、大体において、ゆとりをもってクラブ活動なんか楽しんでいるわけです。ところが、ぼくと村越ってのは、まあ、いわば、宿命のライバルで……。他人が見たら、何も、一点二点チイチイ争うことはないっていうだろうけど、ぼくらにしてみれば、意地がありますからね。学年の一番二番は、いつも、ぼくと村越でしめていた。このところ、たてつづけに、ぼくがトップで……」

母は、にこやかにうなずいて、息子を見た。理彦は、その微笑を無視した。

中年の方の刑事は、大げさに感嘆の表情をみせた。

「それで、いやがらせに村越くんが……？」

「いやがらせっていうより、インキをかけたりすることで、心理的な動揺をぼくに与え、テストの成績をさげようって狙いだったんじゃないかと思います。女の腐ったような、陰険な幼稚なやり方ですよ、まったく」

「それで、きみは、指紋しらべの結果がわかったところで、体育館に三年生全部を招集し、その面前で、村越くんの卑劣な行為をなじった」

「はあ」

だって……と、自分の立場を主張しようとするのを、まあまあ、と押さえて、

「村越くんは皆の侮蔑《ぶべつ》を受け、その前から勉強のやり過ぎや過労でノイローゼぎみだったところから、発作的に自殺をはかったものと、まあ、当局でもこう見ているんだが、何分、遺

書がないんでね。それで、一応、裏付けをとっているわけです」

中年の刑事は、薄い唇を舌の先でしめし、なにげない表情をつくった。

「村越くんは、睡眠薬とシンナーを使って自殺したとみられている。剖検《ぼうけん》の結果、直接の死因は、窒息死と判明しました。ビニール袋をすっぽりかぶったまま昏睡していたためだね」

刑事の言葉は、母にむかっては丁寧に、理彦に話しかけるときは、なれなれしくなった。

「死亡推定時刻は、一昨夜の午後十一時から、昨日の午前三時ごろとされているんですがね。ところで、ほんの参考までに訊くんだが、きみは、その時間、どこにいた？」

理彦は、憤然と、腰を浮かした。

「アリバイ調べなんて、まるで、ぼくが村越を殺したと疑ってるみたいじゃないですか、ひどい言いがかりだ」

母も、たちまち不快そうな顔になった。

「自分の部屋で、勉強していましたわ。この子は、毎晩三時ごろまで勉強しています」

「しかし、奥さんたちは、おやすみになっているわけでしょう」

「はあ」

「きみが殺人をおかしたなんて疑っているわけではないんだよ。しかし、ひょっとして、村越くんは、一昨夜、ここにきみをたずねては来なかっただろうか。ノートの件であやまりに来たとか。もし、きみが言いそびれていたのなら……」

「来るもんですか」

「どうしてそんなことをお訊きになりますの」

母の声には怒りと不安が入りまじっていた。

「自殺した場所が、彼の自宅から離れすぎているんですよ。村越くんの家は、京王線の笹塚です。死体が発見された場所は、小田急沿線の梅ヶ丘の傍の公園。こちらのお宅は同じ沿線の成城だから、もしかすると、ここを訪れ、その帰途、梅ヶ丘の公園で……」

「小田急沿線に住んでいるのは、ぼくだけじゃない」

理彦は、荒い声でさえぎった。

「玉川学園だの下北沢だの、同じ学年に五、六人いますよ。なんで、ぼくだけ疑われるんですか」

発作的な怒りが、いまにも爆発しそうだった。

刑事が帰ったとたんに、理彦は、皆がぼくを殺人犯人にしたてあげるつもりだ、と、ヒステリックにわめきだした。

「そんなことありませんよ。理ちゃん、落ちつきなさい」

「クラスの奴らも、みんな、そう思っているんだ。デカに告げ口したのに違いない。ぼくは何もしないのに、あいつ、勝手に自殺なんかしやがって」

「理ちゃん、落ちついて……」

小さいときから癇が昂ぶると手のつけられない子だった、と、母は溜息をついた。最近はさすがに、そんなことはなくなっていたのだが。理彦は、母にしがみついた。母よりもはるかに背が高く逞《たくま》しい躰をしているのに、その大きな躰をまるめて、顔を母の胸に埋めこんでいた。

3

村越が自殺したと教師が告げたその翌日、教室に、空席がもう一つ増えた。高須理彦の席である。母親から、躰の具合が悪いから欠席させると、連絡があった。

真垣喬之《たかゆき》は、校門を出た。女生徒。バスの停留所にむかう道は、白いシャツと黒いズボンの高校生の群れでふくれ上がる。女生徒はグレイのジャンパー型のスカート、その裾を極端に長くするのが、女生徒たちの間で最近はやっている。女番長とまちがえられそうなスタイルだが、女生徒たちは、それで粋がっている。

彼の前を行く仲間たちの群れ、その一人一人が、彼の目には、ひどく小さく、平面的に見えた。テレビの映像のように、実在感がなかった。

足音が近づいて、彼と並んだ。同級の野呂裕也。

「冷てえの」肩をぶつけてきた。「待ってたんだぜ。スカくわせやがって」

野呂は、彼とは対照的に、だらしのない恰好《かっこう》をしていた。シャツのボタンをはずして、肋骨の浮いた胸をのぞかせている。制服姿のため、かえって、不良じみてみえる。タンクトップとジーンズでも着ている方が、はるかにサマになりそうだ。

野呂の手は、左右両方とも、包帯でくるまれている。汗と汚れで、包帯は黒ずみ、よれよれだった。手が使えないので、ブックバンドでくくったノートや教科書を、不自由そうに脇の下にはさんでいる。

「持ってやろう」

彼は、手を出した。

「いいよ、いいよ、大丈夫だって」

野呂が遠慮するのにかまわず、荷物をとって、左にかかえた。包帯からは、さりげなく目をそらせる。野呂の両手を火傷《やけど》させたのは、彼だった。

「もう、ほとんど痛まないんだ。気にしてくれなくていい」

野呂は、恐縮したように言った。

数学が苦手の野呂は、放課後、ときどき彼の家をたずね、宿題を手伝ってもらったりしている。火傷したのは、もう、半月以上前のことだ。数学の宿題をかかえて、野呂が彼のもとを訪れたときだった。

二人は、彼の部屋にいた。彼は、サイフォンでコーヒーを沸かした。カップに注ごうとして椅子につまずき、煮えたぎった熱湯を、机の上にぶちまけてしまった。

机の上には、漫画の本と、野呂の両手があった。本はびしょ濡れになっただけですんだが、野呂の両手は、水泡を生じるほどの火傷を負った。もう、全快に近いのだが、「包帯していると、女の子が心配してくれるから止められない」と言って、野呂は、舌の先をちょっとのぞかせた。

「いたいたしく見えるところが、いいんだってさ」

「今日は、漫研じゃなかったのか」

「三年生は、今日は、クラブ中止だぜ。ショックだもんな。村越のやつ……」

いつも、調子にのって悪ふざけばかりしている野呂の、顎の長い剽軽《ひょうきん》な顔が、こっけいなほど沈痛になった。

「おれも、尻馬にのって、わいわい痛めつけたからな。自殺幇助《ほうじょ》の片棒かついだようで……」

「ばか」

強い語気で彼に叱りつけられると、野呂は、少し気が軽くなったように、おずおずした微笑を浮かべた。

「そりゃ、あんなことで死ぬなんて、死ぬ奴の方がおかしいよな」

鼻のつまった声で言い、「暑いな」と、腕で額の汗をしごき落とした。ついでに、目尻の泪をぬぐった。野呂が泪ぐんでいるのが、彼には不愉快だった。野呂は、もちろん、彼の犯行を知らないけれど、死者に哀惜の念をもつことは、間接的に彼を責めているように感じられた。彼はむしろ、自分の苦痛を野呂になぐさめてほしいくらいだった。

大変だったな、真垣。そりゃ、辛いだろうな。でも、おまえ、どえらいことをやったなあ……。

野呂は、彼に対して、常に、従順であり、忠実だった。同級生という、横関係にある二人だが、気分的には、縦関係で結ばれていた。主人の傷口を舐める犬の忠実さを、野呂に対して、いま、彼は、内心求めていた。口に出していえることではなかったが、野呂の方で、彼の疲労感と虚脱感を、理由は問わずに、感じ取ってくれるべきだと、彼は、苛立った。

パチンコ屋の店先から、勇壮なマーチが流れていた。

野呂は、包帯でつつまれた右手の、一本だけとび出している親指をひょこひょこ動かし、ふと思い出したように、「あんまりガリ勉やってると、あっちの方は、よっぽど遅れちまうのかな。アヘアヘ言ってたもんな、あいつ。高須もそうだったけど……」

聞こえなかったふりをして、彼は、足を早めた。野呂は、歩調を合わせて追いついた。

「いつだっけ、ほら、おまえが貸してくれた例の写真よ、村越に見せたら、こうだったぜ」

だらーっと口をあけ、目をむいてみせた。

「おまえだって、涎の垂れそうな顔をしてたじゃないか」

ヒステリックな叫び声がのどから噴きあげそうなのをこらえ、彼は、むりに、気軽な声を出した。教室の二つの空席が、奈落に続く黒い穴のようなイメージで、彼の脳裏に灼きついていた。

「あんなの……」

おれは、実物をとっくり拝観してら、と、野呂は、いつもの真面目だかふざけているのかわからない調子をとり戻して言った。

「未経験のまま死んじまうなんて、もったいない話だ」

「おまえは、やったのか」

「もう一押しってところだ」

野呂は、また肩を寄せてきて、秘密めかしく声をひそめた。「女とやるより、あっちの方がいい気持かもな」

野呂の言葉に、彼は、彼の腕の中で野呂が意識を失なってゆく瞬間の感覚を思い起こした。しめ落とされるときの、性の快感に似た恍惚感を味わうのは野呂だが、そのとき、彼もまた、全身を貫いて走る痺れに身をまかすのだった。それは、しばしば繰り返される、二人だけの、秘密の遊びであった。

Michael, row the boat a-shore, Hallelujah!

漕げよ、マイケル、岸辺めざして……。

野呂は、生と死のあわいの河を、漕いでゆく……。舟は、たわむれ、たゆたい、やがてまた、戻ってくる。


家の者には、めったに学校の話はしないのだが、同級生の母親から情報が伝わったとみえ、母は、村越の死を知っていた。

父も顔を揃える夕食の席で、そのことが話題になった。

彼の父は、内科の開業医をしている。彼は、この年頃の少年には珍しく、父を尊敬し、愛してもいた。

父は、謹厳《きんげん》な硬骨漢であった。二人の子供——彼と、彼の妹——に対して、きびしい事を言うが、自分自身を律することも、また、きびしかった。言行がぴったり一致していることが、彼には好ましかった。学校の教師たちのように、生徒を規則で縛りつけながら、自分はずぼらをきめこむというところは、みじんもない。

母は、教師に似ていた。子供にはあらゆることが完璧であるように要求するくせに、自分では何もしない。しかも、その大人のずるさを自覚しないで、いっぱしの正義派のようなことを言うのが、不愉快でならなかった。

喬之さんの同級生が、自殺したんですって。

母は、昂奮していた。

ばかな男だ、と、父は一言感想を洩らした。

開業医という仕事は、他人に頭を下げないですむ。サラリーマンのように上役に気を使い、出世コースからはずれないよう汲々とする必要はない。周囲にいるのは、患者——、みな、医者より弱い存在である。父は、弱者を許さなかった。意志の力で、人間はどんなにでも強くなれるというのが、父の持論であった。右顧左眄《うこさべん》することのない、明快な父の割りきり方は、彼には、いっそ、快かった。

ばかって言い方、ないわ。妹が抗議した。

自殺するって、大変なことよ。すごく勇気がいるわ。

自殺などするのは、いくじなしの馬鹿者だ。父は、強い声できめつけ、それ以上の妹の抗弁を許さなかった。

「ノートにインキをかけるなんて、ずいぶん子供じみているわねえ。高三にもなって」

母が言った。

「私が小学生のころ、よく、靴をかくしたりする子がいたけれど、女学校では、そんなばかばかしいことをする人はいなかったわ」

「靴とノートは違うわよ、お母さん。ノートなら、あたしたちのクラスでも、被害者いるわよ」妹は高一だった。「できる人のノートは、狙われるのよ」

「喬之くん、この間きみに訊かれた、腎尿細管における電解質の移動についてだが……」

女たち二人の話は相手にせず、父は、彼に話しかけた。父は、息子を呼び捨てにしなかった。対等な話し方をした。

町の開業医であっても、父は、常に新刊書を取り寄せ、医学の新しい波にのり遅れないよう、つとめている。その点も、彼は気にいっていた。

「丸善から、ドイツの新刊雑誌が届いた。腎機能についての論文がのっている。あとで見せよう」

父のあとを継いで医者になるものと、小さいときから、自然に思いこんでいたから、彼は、中学のころから独学でドイツ語を学びはじめた。もちろん、まだ医学書を読みこなせるような力はない。それでも父の書斎に入るのは、嫌いではなかった。

父に続いて、居間を出た。ドアを閉めてから、父は振り向いてたずねた。

「一昨日の夜、私の車を使わなかったか」

みぞおちに、一撃をくらったような気がした。彼は、立ち止まった。唇のはしがひきつれた。頭から血がひくのがわかった。壁にもたれて呼吸をととのえ、躰をたて直し、父の顔をまっすぐ視た。

「使いました」

他の者に訊かれたのなら、彼は、平然とした顔で否定したことだろう。父には、嘘をつきたくなかった。だから、父が、何のために使ったのかと問いつめないでくれるといいと願った。黙っているのと嘘をつくのとは、彼の意識においては、別のことだった。

父は、目をそらせた。

「そうか」

呟《つぶや》いただけで、背をみせて歩きだした。彼の願ったとおりになったけれど、いささか、うすきみ悪かった。かすかに、歯が震えて鳴った。

4

父は、それ以上、何も訊かなかった。

村越は、ひそかに父に捧げられた犠牲の供物なのだ――。彼は、そう、思いたかった。

それが牽強付会《けんきょうふかい》にすぎる言い分であることは、自分でも承知していた。


夏休みがきた。

彼は、他校の大学受験生や浪人に混って、予備校の講習会に通っていた。

地方からわざわざ上京して、下宿しながら通っている者も混え、クラスは、浪人が大部分である。浪人生活が二年三年となる者は、現役の彼らとは異質の雰囲気を身につけていた。

彼は、そういう連中に威圧感をおぼえながら、一方、軽蔑の念を禁じ得なかった。

――さっさと、あきらめりゃいいんだ、あんな奴ら。

講師は、きびきびと、受験に必要な要点だけを、学生に叩きこんでゆく。女生徒は、克明に丹念に、講師の片言隻語《へんげんせきご》を拾って、ノートを埋める。教室は冷房完備で、学校よりはるかに居心地がよかった。

その日、予備校からの帰途、下北沢の駅を下りたところで、野呂と行き会った。野呂は、まだ海にも山にも行かないとみえ、ふだんと変わらない血色の悪い顔をしていた。

野呂の家は、下北沢の駅舎をはさんで、彼の家と反対側にある。

「どこへ行くんだ」

パチンコか？　と、指を動かして訊いた。野呂の手の包帯はもうとれて、手の甲に、ひきつれが薄く残っていた。

野呂は、にやっと照れ笑いし、口ごもった。

どこに行くのかと訊いたのは、慣用的な挨拶《あいさつ》にすぎない。彼は、そのまま、別れようとした。野呂は、あとを追って来て、呼びとめた。

「あのよ……おれのかみさん、見せてやろうか」

「え?」

おそらく、親にも教師にも友人たちにも、絶対秘密にしているのだろうけれど、それでも、誰かに自慢せずにはいられなかったのだろう。

同棲しているのかと訊くと、せっかく親に食わせてもらってるのに、家出なんてばからしい、土曜日だけの通い夫だ、と、野呂は言った。

平安朝の貴族のように優雅だろう、と、古文の時間に得た知識で、

「喫茶店のレジやってる女なんだ」

「今日は水曜だから、夫の資格、ねえわけか」

月曜の夫、火曜の夫と、七人、夫を持っているのか、その女? からかって訊いた。野呂に女がいるときいても、実感が湧かなかった。

違う、と、野呂は、むきになった。

「彼女、昼間は新宿の小さい会社につとめていて、夜は、パートで喫茶店のレジやっているんだ。土曜日は会社が半ドンで、喫茶店に出るまで、少し時間があくだろ。その間が、夫婦

生活のお時間」

「あわただしいのな。どこでやるんだ」

「彼女のアパート。梅ヶ丘に住んでいてね」

レジやっているのは、梅ヶ丘の駅前の、〈ジョイア〉って喫茶店だ。

ちょっとばかり、見せてやろうか、と誘われ、彼は、即答できなかった。梅ヶ丘という場所が、地上から消えてしまえばいいくらいに思っている。

野呂の方でも、誘っておいて、彼がOKしそうになると、ためらいをみせた。

他人に自慢したい気持と、もし、彼に女を奪われたらという危惧が、あい半ばしたのだろう。ルックスは、どうみても、野呂の方が分が悪かった。

野呂の躊躇《ちゅうちょ》に気づいて、「連れてけよ」彼は、いじ悪く出た。

「あ、あ」

野呂は、複雑な気持を、咳払いでごまかした。


〈ジョイア〉は、だだっ広いばかりで、およそムードのない店だった。椅子は全部ビリアード・グリーンの布張りなので、マージャン台にとり囲まれているようだ。

レジは入口の脇、アルコーヴになった所にある。畳半分もない狭いくぼみに、若い女が、窮屈そうに腰かけていた。

野呂は、その前を通り過ぎるとき、おどけたしかめ面をしてみせた。女は二十を越えているようだった。握り固めたような小さい顔で、鼻筋がきれいにとおっている。目が大きくて、剃刀《かみそり》でふちを切り取ったようにくっきりしているのでわりあい美人にみえる。

ほんの一瞬の間に、野呂とその女は、多くの言葉を視線でかわしあったように、彼には思えた。

「あれか？」

並んで席についてから、問うまでもないことをたずねた。

野呂は、ウェイトレスの運んできたタオルで、大げさに顔をぬぐった。

自分でも理解しがたい感情が、湧き起こってきた。彼は、驚いて、自分の中をのぞいた。

それは、嫉妬《しっと》であることは確かだった。

しかし、女とうまくやっていると、野呂をねたんだのではなかった。

自分の所有物を女に奪われた、という思いが、彼を捉えたのであった。

彼は、野呂の肩に手をまわした。

あら、お兄さん、およしになって、と、野呂はふざけ、わざと、しなだれかかってきた。

野呂との肌の接触を快がっている自分の心の動きをさとられないように、彼は、じっとしていた。頰のこけた細長い野呂の顔が、彼の唇のすぐそばに仰向いていた。汗ばんだ体臭に、彼は惹《ひ》かれた。

「おまえ、知ってる？」

だらしなくもたれかかったまま、野呂は訊いた。

「高須のやつ、入院したって」

「盲腸か？」

さりげなく、野呂の髪をもてあそぶ。それは、幼児の髪のようにやわらかく腰がなくて、指に重くからまる。

「いや、精神科。ノイローゼだってさ」

野呂は、起き直ろうとした。彼は、肩にまわした手に少し力を入れて、野呂の動きを押さえた。

「村越の自殺が、よっぽど、こたえたんだな。まるで、高須に対するつらあてみたいな死にざまだもんな。おまけに、デカが、高須のところに聞きこみに行ったっての、知ってるだろ。ひどい被害妄想におちいって、まるっきりおかしくなっちゃったって。頭がよすぎるのも悲惨だな。おれなんか、低空飛行でよかったよ」

村越と、高須と……と、野呂は、指を折った。

「二人脱落か。真垣、おまえ、当確だな」

彼は、躰をこわばらせた。もたれかかった野呂の躰を、つきとばしそうになった。

あら、乱暴ね、お兄さん。野呂は、すねた声を出し、レジの女と視線があって、ちょっと肩を動かした。些《さ》細《さい》な動作が、会話のかわりになっていた。

「あいつの部屋って、およそ、何もないんだぜ」

女のことをさしていた。

「女の部屋だったら、たいてい、何かちまちま飾ってあると思うだろ。きれいさっぱり、何もないんだ。ビニール製の簡易洋ダンスが一つあるっきり。だから、ときどき、不安になる。この次にたずねたら、ふっと消えちまってるんじゃないかって。ここに来て、あいつがあの隅っこに坐ってるの見ると、安心する」

野呂の口調は、やさしさにみちていたので、彼は、また、みぞおちに不快な感覚をおぼえた。

「じゃあな」

なま暖い野呂の肌の感触を削《そ》ぎ落すように、彼は、立ち上がった。

「今来たばかりじゃないか。あとで、彼女に紹介してやるから」

「いや、用を思い出した。おまえは、ゆっくりしていけ」

彼は、コーラ二杯分の勘定を記した伝票をつかみ、レジに行った。野呂は、合点のいかない顔で、彼の唐突な行動を見送った。

レジの女は、釣銭を渡しながら、ほほえんだ。翳《かげ》のある淋しそうな笑顔だった。野呂が、〝ふっと消えちまいそう〟と言った感じがわかるような気がした。

「土曜日ごとに、あいつとやってるんだってね」

耳もとに、ざらざらしたものをこすりつけるようにささやき、釣銭をわし摑みにして、外に出た。

駅舎の右手の、遮断機のない踏切を渡る。それは、公園への道だった。

——何も、今さら、あんな所へ行くことはない……。

彼の脚は、彼の意思に逆らった。二つに引き裂かれたような気分だ。自分の殻《から》が、自分の内臓をむりやりひっぱって歩いていた。

——殺人者は、必ず、殺人現場に立ち戻る。

でも、ぼくは、村越の友人なのです。たまたま、彼の自殺した場所の近くに来たから、思いついて寄ってみただけです。何も、おかしいことはないじゃないですか。

その場で刑事に詰問でもされたように、彼は、こたえた。

夕食時のためか、遊具のある場所に、子供たちの姿はなかった。一人だけ、学齢前ぐらいの男の子が、ブランコに腰をおろしていた。

彼は、ベンチに腰かけ、男の子を眺めた。

足もとには、迷路の壕が黒く深くうねっていた。それは、死者を冥府に運ぶというアケロンのよどんだ流れを思わせた。

漕げよ、マイケル……。

ものうく、耳もとで、メロディーが鳴った。死者は、彼方《かなた》の岸辺めざして、舟を漕ぐ。

男の子は、彼をみつめた。視線があっても、目をそらさなかった。まじまじとみつめ続けた。彼は、子供を手招いた。子供は、ばね仕掛けの人形のように立ち上がり、ぎくしゃくした足どりで近寄ってきた。

ここにおかけ、と、隣を指さす。男の子は、少し離れて腰をおろした。もうちょっと、こっちへおいで。距離がちぢまった。男の子のむき出しの腿が、彼の腿にふれた。

彼は、そっと、その男の子の手をとり、自分のズボンの中にひきいれた。男の子は、右手を彼の手にあやつられながら、彼の顔をみつめつづけていた。

ふいに、緊張がとけた。男の子は、自由になった右手がべっとり濡れているのを不思議そうに眺め、それから、大声で泣き出した。泣きながら、走り去った。

彼は、男の子の指の感触を反芻《はんすう》した。それが、野呂の指であるような錯覚をおぼえ、その錯覚を、大切に暖め直した。

ベンチの背に腕をかけ顔を伏せて、彼は、泥酔《でいすい》者のように呟き、低く笑った。

5

一週間ほどして、野呂から電話がかかってきたとき、彼は、ほぼ正常な気分に立ち戻っていた。電話は彼の部屋に一つおいてあって、階下のと切り換えできる。野呂の声をきいているうちに、子供の指の感触がよみがえった。

「あのなア、真垣……」

野呂の声は、ためらいがちだった。

「ちょっと、ききたいことがあるんだが……」

「なんだ」

「だいぶ前に、おまえ、エロ写真を貸してくれたっけな」

「ああ」

「そいつを、村越と高須に、別々に見せろって言ったな」

「ああ」

自分でやってもよかったのだ。しかし、彼は、ふだんから、エロ写真をみせびらかして悦にいるようなタイプではなかった。とつぜん、そんなことをすれば、あとになって、疑惑を抱かれるおそれがある。

野呂なら——いたずら好きで、自分を道化役にしたてでよろこんでいるような野呂なら、いかにもあいつのやりそうなこと、と、誰にも不信感は持たれない。

だから、
あいつらガリ勉どものお脳を惑乱させてやろうや。どんなツラするか、みものだぜ。

野呂をけしかけたのだった。

この写真、俺のだなんて言うなよ。

「あのとき、写真は、一枚ずつ、ノートのページの間にはさんであった。どうして、あんなことしたんだ」

「どうしてって……その方が、先公にみつかったとき、かくしやすいだろう。二十枚くらいあるやつを、バラで持っていてみろ。かくそうとしたとたんに、ばらまいちまう。ノートの間にはさんでおけば、先公が来た、それっと、閉じちまえば、簡単に目を逃れることができる」

「それもそうだな……」

少し間をおいて、野呂はつづけた。

「あのノート、スパイラル型の、まっさらな奴だったな」

「そうだっけ。忘れたよ、もう」

こないだの土曜も、あの女とやったのか、と、彼は話題を変えた。おまえと寝たくなったよと言ったら、野呂は驚愕してひっくり返るだろうと思い、小声で笑った。しかし、彼の躰は、彼の理性にかかわりなく、うずいていた。もし、ここに、小さい無抵抗な男の子がいたら、とびかかり、組敷き、裸にひきむいてしまいそうだった。

野呂は、うじうじと、何か一言二言いって、電話をきった。

――あいつは、馬鹿じゃないな。

成績はひどいし、数学の理解力の低さときたら話にならないが、カンはいいらしい。わかりっこないと思って野呂を道具に使ったのだが、うすうす怪しみだしたようだ。やばいんじゃないかな。

徹夜した朝のように、頭の芯が痛んだ。

彼は、野呂の家の電話番号をまわした。野呂はいなかった。電話は出先からかけてよこしたものだった。

思いついて、彼はポケットを探った。ほとんど無意識につっこんできたジョイアのマッチが出てきた。グレイの地に、しゃれた花文字で店名を記してある。殺風景な店のつくりより、マッチのデザインの方が、はるかに気がきいていた。

「もしもし」

たぶん、あの女だろうと、彼は思った。電話は、レジの傍においてあった。

「そこに、野呂っての、来てませんか」

「ちょっとお待ちください」

間をおいて、「もしもし」と、野呂の声がした。

「俺だ」

「真垣か！」

どうして、俺がここにいるってわかった？　うすっきみ悪いな。

入りびたりらしいじゃないか。やれないときでも、女の傍にいたいのか。

「何の用だ？」

「退屈しているんだ。遊びに来ないか」

「おまえ、出てこいよ。ここで待っていてやる」

「おっくうだよ。もう、女は、大丈夫、消えてないってことわかったから、そこにいなくてもいいんだろ」

「でかい声出すなよ」

野呂は、うろたえた。女は電話の隣りにいる。女が消えてしまわないかと、たえずはらはらしている気持を、野呂は、女にはさとられたくないのだろう。

「待ってるぜ」

返事を待たないで、彼は、電話をきった。
三、四十分して、かすかな足音が、バルコニーの階段を上がってきた。窓ガラスがノックされた。彼は、窓をあけた。

用心して、彼は、村越と高須に見せた写真のことは話題にしないようにした。

野呂は怪しみはじめている。厄介なことにならないうちに、野呂も始末してしまった方がいいと、そう考えたのだけれど、野呂の顔を見たら、勇気が失せた。

「今日は、あれはいやだぜ」

野呂は、しめ落とす身ぶりをした。野呂も、用心しているのかもしれない。

「コーヒー飲むか？」

彼は、決心がつかなかった。同じ方法をくり返すのは危険だ。野呂には自殺の動機がない。

それに、本当に野呂が気づいたかどうか、まだ、わからない。

「ああ、いれてほしいな」

でも、火傷はごめんだぜ。

嘲弄《ちょうろう》を、野呂の声の裏にきいたような気がした。彼は、サイフォンのアルコールランプに火をつけた。

「アッコがよ……」野呂は、くすくす笑った。

「アッコって、あの女か」

「ああ。おまえのこと、あの人、童貞ねって言いやがった」

「何言っちゃって」

彼は、コーヒーカップを野呂に手渡した。溶かしこんだ睡眠剤の量の少なさが、彼のためらいをあらわしていた。

「かったるいな」

野呂は、空になったカップをテーブルに戻し、彼のベッドに仰向けに躰をのばした。瞳孔の焦点がぼやけ、それにつれて、陽気に、饒舌《じょうぜつ》になった。舌たるい、間のびした声で、

「アッコがよ……」女とのセックスの様子を、露骨な言葉で喋り、だらしなく笑った。

こうか。こういうふうにか。野呂の言葉のとおり、彼は、野呂の服を脱がせ、自分も裸になった。

「おまえ……何か、飲ませた?」

だるそうに、野呂は訊いた。

「ああ」

「落とされるより、こっちの方がいいな。長い間……楽しめて……」

薬の作用で頭がぼんやりし、彼に対する用心を忘れたのか、それとも、野呂が怪しみだし

たと思ったのは彼の思い過しで、実際には何も気づいていなかったのか、野呂は、けだるい眩暈《めまい》の快さに、無防備に浸りこんでいった。

濟げよ、マイケル……。

彼は、裸の胸と胸をあわせた。野呂の皮膚は、蒼白く、痩せているわりにはしっとりと滑らかだった。ブリーフに手をかけると、「止せよ」と咎《とが》めたが、積極的に抗《あらが》おうとはしなかった。脱力感が野呂の四肢をとらえ始めていた。

自分が二つの個体に分裂しているのを、彼は感じた。一人は、複雑な体位で、少年の躰とからみあい、もう一人は、ベッドサイドに立って、嫌悪にみちた目で、それを見下ろしていた。

やがて、野呂は睡《ねむ》った。

彼の躰は、みち足りていた。薬の助けを借りなくても、酔ったような恍惚感は、十分に、彼を包みこんだ。頭の血がひき、思考力はまるで失せ、野呂の隣に横たわった彼の躰をささえるベッドは、ゆるやかに回転した。

野呂を殺さなくてよかったと、彼は思った。ドアには鍵がかけてある。家人は、彼が勉強しているものと思い、彼の方から声をかけないかぎり、妨げに来ることはない。村越がここを訪れたときも、バルコニーの階段を利用した。死の直前、彼と村越がこの部屋で二人きりの時間を持ったことは、誰も知らないはずであった。

彼は、毛布を、二人の躰の上にひきあげた。

6

予備校の建物は、五階建てで、エレベーターがついている。エレベーターの脇には、冷水のボックスがあった。

階段を歩いて、彼は屋上にのぼった。たどりつく頃は、少し、息が切れた。手摺の周囲には、金網がはりめぐらしてある。亀甲型の金網の目に指をかけ、顔を押しつけた。針金が顔にくいこんだ。このまま力をいれて押しつけたら、挽肉器から細断された肉がぞろぞろ出てくるように、顔の肉が亀甲型に切れて、網の外に出ていきそうな気がした。

力いっぱい押しつけると、顔が痛くなって、妄想が本当になりそうに思え、彼は、いそいで、金網から離れた。

ズボンのポケットに、テスト用紙が入っていた。ひき出して、彼は、冷酷に記された採点の数字を見直しもせず、縦に細く切り裂いた。金網の目に一つ一つ結びつけてゆく。ひどく意味ありげな動作だが、実は、何の意味もない、なかば無意識の動作であった。強い陽射しに、風のない日の吹き流しのように垂れた紙片は、しなびきっていた。

「何をしているの？」

ときどき顔を見かける女子聴講生に声をかけられ、結びかけた紙をひきちぎって、外に流し捨てた。

この春、地方の高校を卒業し、Q大の医学部をめざして浪人中というその娘は、彼からQ大の情報を入手したがって、ときどき、話しかけてくる。

「あなたなんか、付属なんだから、受験クラスに入ってがっつくこと、ないんじゃないの。付属はフリーパスでしょ」

その娘は、あから顔で、鼻の頭の毛穴が黒ずんでいた。

彼は、娘のそばを離れた。

——この次のテストでは、挽回《ばんかい》できるさ。

彼は、中学入試に失敗したときの屈辱感を思い出しそうになり、いそいで、他のことに考えを移そうとした。うまくいかなかった。

公立の小学校に通っているころ、彼は、神童扱いされた。両親は、彼を国立の付属中学に進学させようとした。受験のための塾に、日曜ごとに通わされた。母が付添ってきた。

塾でやることは、各学科のテストと、その解説であった。上位の点数をとった者は、成績順に、名前をプリントにのせられた。満点をとった者には、満点賞が与えられる。一枚の小さな紙片だが、権威があった。その塾で常に上位の成績をとっていれば、難関突破はまちがいないといわれていた。

親も教師も、錯覚していた。塾のテストで好成績をとりさえすれば、入試は大丈夫。そう思わせる魅力が、塾にはあった。成果としての点数だけが問題にされ、その点数をとるための経路は無視される。どういう勉強法をしたかは、誰も問わない。だから、点数をあげるために、さまざまな手段がこうじられる。成績をあげるための特殊な塾に通うというのは、正攻法である。テストは、毎年、同じような問題の繰り返しが多い。だから、先輩の古いテストペーパーをもらって、それで練習する者もある。

子供たちも、点数稼ぎの方法を会得した。書き取りの字があやふやなときは、一度書いた上をちょっとこすって、あいまいにしておけばいいとか、数学は、最後の答があっていれば、途中は多少ごまかしても大丈夫だとか。

彼の母は、もっと確実に点をとれる方法を採った。経験者から教えられた方法である。クラスは、午前と午後の二部にわかれ、どちらのクラスも、同じ問題が出される。子供がテストに取組んでいる間、付添いの父兄に、問題用紙が売られる。父兄という言葉で呼びならわされているけれど、実際に付添ってくるのは、ほとんど母親であった。

彼の母は、彼を午後のクラスに入れた。そうして、午前組の付添いのふりをして、その日のテスト用紙を手に入れ、近くのそば屋で待っている彼に渡した。ざるそばの昼飯をかっこみながら、小学六年生の彼は、辞書や参考書片手に、問題をといた。一度やった問題を繰り返すのだから、午後のテストはやさしい。彼の名前は、いつも、成績番付表の上位を飾った。

少し冷静に考えれば、こんなことをして点をあげても実力には関係ないとわかるのだが、入試の熱気は理性を狂わせる。小学校の担任教師までが、〝今度の塾のテストは、何番だった？〟と目の色を変え、少し落ちると、〝だめじゃないか〟と、ハッパをかける。

〝真垣くんなら、国立、まちがいなしです〟

塾の教師も担任も、太鼓判を押した。

しかし、彼は、失敗した。

知人から、公立中学に行っているのか、国立ではなかったのかと、意外そうな顔をされるたびに、彼は、なにげない表情をとりつくろいながら、相手をなぐりつけたい衝動にかられた。自尊心を踏みにじられた。同情やあわれみの目で見られるのは、いっそう、苦痛だった。

入試は、勝てば官軍だ。どんな不正な手段を使っても。その考えは、十二歳の彼の意識の深奥に刻みこまれた。

高校受験のとき、彼は父と相談してQ大の付属を選んだ。私立ではあるが、Q大の医学部は国立に劣らない評価を受けている。都立高校から大学入試で医学を狙うより、高校のときにQ大付属に入っておく方が楽だと、考えた。

Q大の付属高校は、入試の難しさでは国立付属に劣らない。競争率は十倍である。もともと頭はいいし、中学の三年間、入試を目標に勉強したから、高校入試は、通過できた。

しかし、医学部にすすむには、付属高校といえども大きな難関があることを、彼は思い知らされなくてはならなかった。

「ねえ」

暖い息が首筋にふれた。さっきの娘が、すぐ隣に並んで歩いていた。

「のど渇かない？」

彼は、首を振った。娘は、ほとんど肩がふれあうまでに、くっついてきた。

階段の上まで来ていた。娘を突き落としたい衝動に負ける前に、彼は、階段をかけ下りた。勢いあまって、最後の二、三段はすべり落ち、尻もちをついた。尾骶骨《びていこつ》を打ち、痛みが脳天につきぬけた。階段の上から、娘の笑い声がふりかかった。娘は、ふられたことに気づいていた。笑い声に、嘲りが、たっぷりこめられた。

何でもないような顔をむりにつくって、立ち上がり、エレベーターで一階に下りた。入口のそばに三つ並んだ赤電話の一つにとりついた。野呂の家の電話番号を廻した。

麻薬に溺れるように、彼は、野呂の躰との接触を求めていた。その快さは、彼のすべての知覚を麻痺させた。恐怖や不安もいっしょに。

そうして、野呂も、半睡半醒《はんすいはんせい》の間に何をされているか、気づかないわけではないのに、あれ以来、幾度か、彼の誘いに応じた。

合意の上で行なうのだから、薬剤をコーヒーに溶かしこむといった手のかかる方法はやめた。たいがい錠剤をかじった。一つ、二つ、と数えながら、彼は野呂の唇の間に錠剤をくわえさせた。

時には、静脈注射によることもあった。パピナールという薬品名で呼ばれる鎮痛剤の与える陶酔感を、野呂は、一番好んだ。

劇薬は、診療室に並んだ薬室の鍵のかかる戸棚に保管されてある。厳重なようだが、その鍵は戸棚のわきの釘にかけてあるのだから、盗み出すのはたやすかった。父は、薬品の管理を診療を手伝っている女医にまかせている。自分の小さな盗みが発見されないのは、おそらく、女医が、薬品の横流しをもっと大規模にやっているからだろうと、彼は見当をつけていた。

野呂は、女との行為を、睡眠剤の作用による譫妄《せんもう》のなかで語った。本当にうわ言なのか、意識して喋っているのか、彼にはわからなかったけれど、どちらでもかまわない。それは、彼の昂奮をいっそう激しくするのに役立った。彼は、女に対する嫉妬をこめて、野呂の躰をさいなみ、もてあそんだ。

「来ないか、今夜」

「ああ」

電話の会話は、それだけで通じた。野呂の方から自発的にたずねてくることはなかったが、誘えばことわらなかった。

その日の授業には身が入った。夜訪れる快楽を思うことで、元気が出た。

7

野呂は、ぐったりと横たわっていた。浅い喘《あえ》ぐような呼吸をするたびに、小鼻がかすかに動く。裸の躰をあわせて、彼は、野呂の唇の間に舌をさし入れた。

野呂は、顔をそむけた。

「もう、よせよ」

思いのほか、はっきりした声で言った。

彼は、水を浴びせられたような気持になった。意識のない人形だと思った相手が、醒《さ》めていた。

思わず頰を打とうとあげた手を、野呂は、下から押さえた。

「あんまり、かってなまね、するなよな」

凄んではいなかった。無邪気な感じさえする笑顔だった。

「話があるんだ」

と、野呂は続けた。

――薬が、だんだん効かなくなってきたのだろうか。量をふやさないと、だめなのかもしれない。

彼は、おおいかぶさっていた自分の躰をひき起こし、隣に横になった。

「金、貸せよ」野呂は明瞭に言った。

「金？」

いくらだ？　ことわるつもりはなかった。ねだられるだけ与えてやってもいいと思った。

しかし、「五万」と野呂が言うのをきいて、「ばかやろ」声は低いが、どなりつけた。

「そんな金、あるかよ」

「おれ、脅迫してるんだぜ」

「脅迫？　おたがいさまじゃないか。おまえだって、承知の上で楽しんでんだろ。それに、このことをばらしてみろ。同罪だ。世間から唾を吐きかけられるのは、おまえだっていっしょだぜ」

「このことじゃねえや。あっちのことだ」

村越を殺したの、おまえだろ、と、野呂はささやいた。

野呂は、少し重そうに両手を持ち上げ、甲の方を、彼の目の前にかざした。「俺も、ずいぶん、こけにされたものだ」まだ、てらてらと火傷のあとが残り、かすかなひきつれになっていた。

今なら、こいつの口をふさげる……と、彼は思った。薬に耐性ができてきたとはいえ、ハイミナールをかじったあとだ、抵抗力は衰えているにちがいない、簡単に扼殺《やくさつ》できそうだ……。そう思いながら、彼は、けだるく、横たわっていた。また、あの重労働を繰り返し、心の奥のよどみが深まるのかと思うと、うんざりした。村越のときは、睡《ねむ》らせはしたものの、あとは自然に窒息死するよう放置したので、自分の手の中で犠牲者が絶命したのとは違う。

それに、まだ、野呂がどのていど確実に真相をつかんだのかわからない……。

彼の内心の動きを見とおしたように、

「俺を殺して口をふさごうったって、だめだぜ。俗っぽい手だけど、アッコに、おまえのこと、話してあるからな」

まるで、テレビのスリラー物を地でいくみたいだ、と、野呂は、笑いだした。脅迫者は、自分の役割を、いとも不真面目に演じていた。

村越と高須が脱落したおかげで、医学部志望のやつは、ぐっと割りがよくなった、と、野呂は、女に話した。

土曜日の〝夫婦生活のお時間〟だった。

「どうして？　だって、付属の人は、好きな学部に無試験で行けるんでしょ」

女――篤子《あつこ》は、訊いた。あまり興味のない話題だけれど、少し無理して調子を合わせているという感じだった。二つ三つ年上なだけだが、篤子の方がはるかに大人びていた。四畳半一間の篤子の部屋は、野呂が語ったように、女の住まいらしい装飾品は何一つない。ビニールでおおった簡易洋ダンスの花模様が、唯一の色彩だった。壁に、小さい鏡が一つ。

背中に畳の目のあとをつけて、篤子は坐り直した。暑苦しいからといって、野呂がふとんを敷かせなかったのだ。篤子は、野呂の言葉は何でも受け入れてくれた。はりあいがないくらい、逆らわなかった。要するに、子供扱いされているのではないかと、野呂はときどき思ってしまうのだけれど、甘え放題、いばり放題を許してくれる相手がいるのは、悪くなかった。長くは続かないだろうという予感はあった。もし、本気で二人の間を持続させるつもりがあるのなら、女はもっと真剣に、不満や怒り、不愉快さをぶちまけてくるはずだと野呂は思った。まるで、死期の近い病人に対するように、篤子は二人の愛を扱っていた。一言のことわりもなく、ふっと消えてしまいそうな感じは、いつも篤子にまといついていた。

「付属でも、他の学部はフリーパスだけど、医学部だけは制限があるんだ」

うん、うん、と、かるくうなずいて、篤子は、ムームーに似たワンピースを頭からかぶり、部屋を出ていった。アパートは、家賃が安いかわり、共同便所しかない。戻ってくると、魔法びんの熱湯でタオルを濡らし、固くしぼって、野呂に手渡した。

「たった、五人しか推薦してもらえないんだぜ」

「え、何が五人なの？」

寝ころがったまま躰を拭いている野呂のわきで、篤子は鏡にむかい、化粧を直しはじめた。

「いやだな。アッコが訊いたんじゃないか。医学部のことさ。付属から推薦で医学部に進めるのは、三年生百五十人のうち、上位五人だけってこと」

だからさ、と、野呂は説明した。いつも一番二番を独占していた二人が脱落したということは、医学志望者にとっては、ありがたい話だったろうよ。定員五名といっても、あの二人ががんばっているおかげで、空席は三つしかないも同様だったんだから。

俺なんか、どこの学部でも、入れてくれりゃ御の字だから、ほいほい遊んでるけど、医学部をめざす連中のがっつきときたら、目もあてられないぜ。高校のとき、十対一の難関を突破して外部から入ってくるやつは、推薦で医学部に進めるメリットめあてが多い。その連中は、表面、ガリ勉なんて……といいながら、かげでの争闘の激烈なことといったら……。

「もしかしたら、高須のノート紛失事件、誰かのしかけた罠かもしれないな」

ひょっと思いついて口にした言葉だった。「村越が高須の成績をさげるためにとった手段としては、いかにも幼稚すぎる。誰かが、高須のノートを盗んで村越の指紋をつけ、インキをかけてロッカーに戻しておいたってことも考えられるな」

「何のために？」

「邪魔者をのぞくためにさ。結果的に、村越は自殺、高須はノイローゼ……」

「でも、村越さんて人、自殺するとはかぎらないじゃないの。そのくらいのことで」

篤子は、少し受け口の薄い唇に、白っぽいピンクの口紅をぬった。

「あたしが二人をのぞこうと思ったら、自殺とみせかけて、村越さんを殺すわ。自殺するかもしれないなんてあやふやなことで、満足しないわ」

「おっかねえんだな」

「村越さんを殺す方が目的、ノート事件は、自殺の動機を与えるため」

化粧を終えて、篤子はふり返り、アイラインをひいた目をやさしく細めた。

「でも、ノートにどうやって村越さんの指紋をつけるの？　そんなことできないでしょ。裕ちゃんの探偵、出発点からまちがってるわね」

ムームーを脱いで、外出着に着かえた。

「あんまりお店に来てはだめよ。ヒモちゃんみたいにみえるわよ」

数日後、野呂は、高須のノートに村越の指紋をつける方法を思いついた。それを行なったのは野呂自身であり、示唆《しさ》した人物は一人しかいなかった。

野呂は真垣に電話をかけてたしかめたけれど、

——まさか……。

一つの方法として、そういうこともあり得ると思っただけだった。まさか、真垣がそこまでやるとは信じなかった。

急に大金がいることになったとき、野呂は、このことを思いだした。

試してみるのは、悪くない。真垣が関係なければ、もともとだ。

冗談半分、さぐりを入れてみたのだった。「エロ写真をはさんだノート、あれが、手品の種だろ。高須のと同じ種類の、スパイラル型の新しいノート。写真を見るためには、ノートを一ページ一ページめくらなくちゃならない。俺は、おまえにいわれたとおり、村越と高須に、そいつを、別々のときにみせてやった。二人の指紋が、ばっちりついた。しかも、俺の指紋がつかないように、ご丁寧に、前もって俺に火傷させ、包帯を手袋がわりにした」

盗み出した高須のノートの内容を、二人の指紋のついた新しい方に筆蹟をまねてうつす。手間のかかる仕事だけれど、書きうつしながら内容が頭に入るから、試験勉強の助けにもなり、一石二鳥だ。それから、高須が自分のノートと確認できるていどに字を残して、インキをかける。高須を激怒させるためと、筆蹟をごまかすため、二重の意味をもっている。ノートのらせん形の留金をしずかにぬき、表紙をつけかえる。汚れぐあいや名前の筆蹟までごまかすのはむずかしいから、表紙は、もとのを利用する。なかみの入れかわったノートを、高須のロッカーに戻す。犯人をあばき出してやると激昂する高須に、指紋をしらべたらいいと、それとなく吹きこむ……。

「証拠があるか、証拠が」

真垣の強い声に、野呂は、内心、ぎくっとした。

――大変なものを、つっき出してしまった。まさかと思ったことが……。

高須に、表紙の指紋をしらべさせれば、証拠は得られる。野呂が考えたとおりなら、表紙には、村越の指紋がついていない。これは、村越がノート泥棒の犯人なら、不自然なことだった。

「五万、頼んだぜ、お兄さま」

野呂は、へらへらした声で言った。

「俺がそんな大金持っていると思うのか」

真垣の返事は、犯行を肯定していた。

「おやじさんのところの薬品か器材でも売っ払えば簡単じゃないの」

「むりだ」

「アッコの腹、うっかり、ふくらんじゃってさ、金がいるんだ」

まだ、平らだけど、と、野呂は、手のひらを水平に動かし、

「放っとくと、進行形だから、早いところやらなくちゃならない」

いくら、毎土曜、結ばれあっても、女を征服したという手ごたえがなかった。

篤子が気分悪そうにしているので問いつめると、つわりだと答えた。一瞬、ぞっとした。

おろすわ、と篤子は言った。だめだ、と野呂は、自分でも思いがけないことを言っていた。子供ができたということに、まるで実感が湧かなかったけれど、もしかしたら、淡い、すぐにも溶けてしまいそうな二人の絆《きずな》が、もう少し現実みのある強靭《きょうじん》なものに変化するのではないかという気がしたのだ。それは、不安と期待を彼に与えた。だめだ、だめだ、と言いつづける彼を、篤子は、静かな、ねばり強い微笑で見守った。彼の中で、不安の方が次第に増殖するのを知っているようだった。頃を見はからって、おろすわ、と、もう一度、篤子は言った。彼は、不承不承という形で、しかし、いくらかほっとして、うなずいた。

金は、俺、工面するよ。

いいのよ。貯金おろすわ。

もしかすると、金、作れるかもしれないんだ。

そのくらいしなくちゃ、男がすたる、と、野呂は、力んでみせた。あまり自信はなかった。しかし、この様子では、ひょっとすると、うまくいくかもしれない……。

「金をくれなければ、俺、喋るよ。村越と高須の家の人に。本気だぜ。アッコは知ってるんだから、俺を殺《ば》らしたら、どんなにうまくやったって、おまえパクられるぜ」

その自信が、野呂を大胆にした。

力いっぱい、彼は、野呂の耳をなぐりつけ、出て行け！　と、どなった。

痛えな、もう……。

起き上がろうとする野呂を、彼は、上から抱きこんだ。

「殺しゃしねえよ、安心しろ。女が知っているんじゃ、俺は、手も足も出ない」

野呂は、身をすくめて、じっとしていた。騒げば、彼を刺激して、殺意をあおりかねないと、感じたからだ。密着した二人の胸の間に、汗が流れた。

8

薬剤を盗み出すのは、これまでに、たびたび手がけている。少し大量にやればいいだけだ。女医は、薬品がへっているのに気づいても、自分もやっていることだから、公にして騒ぎたてられないだろう。

診療所は、母屋と棟続きになっている。深夜、彼は、薬室にしのびこんだ。

自分が二つに分裂するような奇妙な感覚は、このごろは、なくなっていた。落ちついた手つきで鍵をとり、小さい鍵穴にさしこんだ。せまい薬室は、最近戸棚や壁を塗りかえたところで、ニスのにおいが強かった。

高価に換金できる薬品といえば、モルヒネ、コカインなどの麻薬だろうと思った。戸棚の中に、大小の薬壜や箱が、整然と並んでいる。薬品名は横文字で書かれているので、探すのに手間どった。

薬品を金にかえるルートを、彼は知らない。薬のまま、野呂に渡せばいいだろう、と考えながら、レッテルの文字を目で追った。

彼の父が、最近不眠の傾向にあることを、彼は知らなかった。克己心の強い父は、なるべく薬品に頼るまいと思うのだが、あまり睡眠不足が続くと、翌日の診療にさしつかえるので、時々、催眠剤を服用していた。

薬室に薬をとりに来た父の目に、開け放された劇薬戸棚と、その前に立った息子の背がうつった。


彼の躰の中には、殺人という行為の残滓《ざんし》が隅々までつまっていた。それを洗いざらいとり出して、父の手にゆだねてしまえるというのは、どんなに心安まることだったろう。

父は、診療室に彼を導いた。

患者を診察する時のように、ゆったりした回転椅子に父は腰を下ろし、それとむかい合った背もたれのない小さな回転椅子に彼は腰かけた。

まじめな相談をするとき、父と彼は、いつも、この場所で、こういう位置に坐った。

父は、彼の告白を待った。

父が予想したのは、小遣い稼ぎのための薬品泥棒であった。しかし、息子の口から洩れたのは、思いもよらない、過去の殺人行為であった。

彼は、微細な部分まで、具体的に告白した。伏せたのは、野呂の半分睡った躰をもてあそぶことによって知った感覚だけであった。

「敗残者になるのはいやでした」

どんなに努力しても、彼は、高校の三年間、学年で七、八番の位置しか保てなかった。

推薦に洩れて、しかも、どうしても医学部志望となれば、外部からの受験生といっしょに、同じ立場で受験しなくてはならない。これは、付属高生にとっては、きわめて不利なことであった。受験に重点をおいた公立の高校は、三年間の授業をひたすら、受験準備にあてる。付属高生は、そういう鍛えられ方をしていない。Q大医学部の入試の難しさは、一流の国立大学の医学部とかわらない。

しかし、親類や知人は、付属高校から医学部に進むのがそれほど至難であるとは知らないから、彼が当然Q大医学部に進学するものと決めこんでいる。三流四流の大学に移るのは、彼の面子《メンツ》が許さない。

――それに、父を失望させたくなかった。

どんな手段を使ってでも……。入試は、勝てば官軍だ……。

そのあたりから、彼の考えは、飛躍した。狂いだしたといえるかもしれない。

上位にあっても、家庭の事情や本人の好みで他学部を志望する者もあるから、常にトップにがんばっている二人をのぞくことができれば、推薦圏内に確実に入れると思った。

殺害の方法を、こと細かに彼は説明した。

父は、蒼白になって、息子をみつめた。しかし、全く意外な告白というわけではなかったのだ。村越の死を知らされたとき、父の心にまっ先に浮かんだのも、邪魔者が一人減ったという考えであった。車をその夜使用した者があること、車の中に、赤土が付着していたこと、村越の死んだ場所も赤土であること……。父は、ふと、一つにつながりそうになったそれらのことを、強引に切り離した。それでも、息子に訊いた。

一昨日の夜、私の車を使わなかったか。

使いました。息子は、挑むような目で答えた。

父は、それ以上、問いただせなかった。彼は息子を信じていた。しかし、万々が一、藪をつついて、蛇どころか、えたいの知れぬ恐ろしいものをつつき出してしまったら、どうする。

父は、漠として浮かび上がった疑問を捨てることにしたのだった。

なにも、殺さなくても……。

弱々しく、父は呟いた。

だって、やる以上、失敗は許されません。ぼくは、絶対確実な方法を選んだ。

でも、お父さん……。

「もし、お父さんがそうしろと言われるなら、ぼくは自首します」

父の制裁を、彼は待った。気が遠くなるほど、打ちすえられたいという思いがした。

内部から突き動かされたように、彼は、椅子をすべり下り、父の膝に顔を伏せようとした。

躰の中に溜った汚物が生理的に排泄されるような勢いで、咽喉の奥から、号泣がほとばしりかけた。

号泣は、躰の中に、押し戻された。

父が、わずかに身をひき、息子の手が触れるのをさけるように、椅子をまわしたのであった。

「自首は、いかん」

身をかわされて、彼は、床に手をつき、這いつくばった。その姿勢のまま、文字どおり、歯をくいしばった。女々しく泣くことは許されないのだと感じた。

父の低い呟きが、頭の上できこえた。はじめ、何を言っているのか、わからなかった。その呟きの意味を理解したとき、彼の背筋を悪寒が走った。父は、彼がもっとうまく立ちまわらなかったことを非難しているようだった。ちんぴらの友人に脅迫される羽目になったことを、一人言のように、くどくど咎《とが》めていた。脅迫者というのは、一度金を与えれば、味をしめて、何度もあとをひく。いっそ、その男も……父は、自分が呟いているのを意識していないようにみえた。

そこにいるのは、彼の見なれた、毅然《きぜん》として悪をはねのけ叩きのめす男ではなかった。父は、野呂をも抹殺することを、それとなくすすめているのだ。

やがて、父は、背をどやされたように、厳しい表情をとり戻した。

「忘れなさい」父は命じた。「その、野呂という友人のことは、私が……金でどこまで解決できるか、やってみよう」

父の言葉は、遅すぎたし、彼の期待したようなものではなかった。

自首して、法の裁きを受けろ。

父なら、そう命じることと思っていた。逃げることよりも、父の手で、とめどない転落からくい止めてほしい。彼の深層意識は、そう願っていたようだ。

だが、父は、無意識に洩らした言葉とはいえ、彼に、もう一つの殺人を示唆したのだった。かすかな呟きだったが、彼の耳は、とらえてしまった。

誰にも言うなと、父は念を押した。

彼は、父に一礼し、診療室を出た。

父の足音に、あわててレッテルもたしかめずポケットにつっこんだ薬壜が、ポケットの裏布をとおして、腿にふれた。父は、追って来なかった。

二階の自分の部屋に戻って、彼は、電話の受話器に手をかけた。

薬が手に入ったと言って、野呂を呼び寄せ、いつものやつをもう少し量を多くして、熟睡させて、それから……。

あとの始末は、父がやってくれる。今度は、父が助けてくれる……。

彼は、いったん持ち上げた受話器を、落とした。

ポケットの薬壜をとり出して、レッテルを眺めた。頬がゆがんだ。二、三度、小さいすすり泣きのような声を漏らした。

本棚のかげにあるガスの栓を細く開け、手のひらに、白い錠剤をこぼした。

一つ……二つ……。

数えながら、口にはこぶ。

Michael, row the boat a-shore, Hallelujah!
アケロンの昏《くら》い流れを、彼の舟は、漕ぎ出した。錠剤が床に散った。

解説

ミステリ評論家
日下三蔵

SF作家の半村良は、かつて「作家は読者のチャンピオンだ」といったことがある。わずかな例外はあるかもしれないが、ほとんどの作家は、小説が好きで好きで、大量に読み耽った挙句、自分でもこういう物語を書いてみたいと思って筆を執るものだ、という意味だ。この形容に習うなら、皆川博子は「チャンピオンの中のチャンピオン」といって過言ではない。古今東西の古典、純文学、時代小説、ミステリ、幻想小説を少女時代から読みまくってきた皆川博子の読書量の一端は、講談社の「IN☆POCKET」連載中の読書エッセイ「皆川博子の辺境図書館」で、うかがい知ることができる。

七二年にジュニア向けの時代小説『海と十字架』(偕成社)でデビューして以来、一貫して「面白い物語」を書き続けている皆川博子だが、作家生活四十年を超えて、その想像力にはますます磨きがかかっており、ここ数年だけでも大作が何冊も刊行されている。

開かせていただき光栄です　11年7月　早川書房　↓　ハヤカワ文庫JA

双頭のバビロン　12年4月　東京創元社　→　創元推理文庫
少年十字軍　13年3月　ポプラ社　→　ポプラ文庫
海賊女王　上・下　13年8月　光文社
アルモニカ・ディアボリカ　13年12月　早川書房

他に怪談絵本『マイマイとナイナイ』（10年10月／岩崎書店）、初期作品集『ペガサスの挽歌』（12年10月／烏有書林）、最新幻想小説集『影を買う店』（13年11月／河出書房新社）があり、『妖恋』がPHP文芸文庫、『結ぶ』が創元推理文庫、『少女外道』が文春文庫、『薔薇忌』が実業之日本社文庫、『猫舌男爵』がハヤカワ文庫JAと、旧作短篇集の文庫化、再文庫化も相次いでいる。

さらに文庫にならなかった旧作については、出版芸術社から刊行中の〈皆川博子コレクション〉（全10巻）に大半が収録される予定であり、これほど皆川作品が入手しやすい時期というのも珍しい。古くからのファンはもとより、最近になってこの作家の魅力を知ったという方も、多くの作品を堪能しておられることと思う。

こうなると、過去に一度文庫化されて品切れになった作品集、文春文庫『水底の祭り』『壁　旅芝居殺人事件』、集英社文庫『愛と髑髏と』『骨笛』、学研M文庫の『巫子』などの方が、かえって手に入りにくいということになる。その中でも、とりわけ入手困難だったのが、ここに増補・再文庫化された著者の第一作品集『トマト・ゲーム』なのである。

この短篇集は、「トマト・ゲーム」「アルカディアの夏」「獣舎のスキャット」「漕げよマイケル」「蜜の犬」の五篇をまとめて七四年三月に講談社からハードカバーで刊行された。八一年十二月の講談社文庫版では「獣舎のスキャット」と「蜜の犬」が割愛され、代わりに単行本未収録だった「アイデースの館」「花冠と氷の剣」、第三短篇集『祝婚歌』（77年5月／立風書房）から「遠い炎」の三篇が追加され、全六篇になっている。

今回のハヤカワ文庫版は、講談社のハードカバー版と講談社文庫版の収録作をすべて収めた「完全版」である。講談社文庫版は八六年八月に再版が発行されていることが確認できているが、おそらくそれ以降は版を重ねておらず、平成になってからは極めて入手困難な状態が続いていた。新たな読者が次々と増えている現在、時宜を得た再刊といっていいだろう。

講談社文庫版で割愛された「獣舎のスキャット」と「蜜の犬」の二篇は、後に『悦楽園』（94年9月／出版芸術社／ふしぎ文学館）に収録された。同書の「あとがき」には、当時の事情についてこう書かれている。

ずぶの素人が、いきなり商業誌で書くことになったので、はじめのころは、犬掻きもできないのに、背の立たない海にほうりこまれたような状態だった。

『小説現代』の当時の編集長、大村彦次郎氏と、担当してくださった編集の方々が、親身にはげましてくださったおかげで、どうにか、書き続けることができた。

この作品集には、そのころの物が多い。

「獣舎のスキャット」と「蜜の犬」は、初めての作品集が出たとき、収録したのだが、文庫にするとき、他の作とさしかえた（あまりに不健康かなァと、自粛してしまったのです)。どちらも本人は強い思い入れがあり、ことに、「蜜の犬」は、私の敬愛する作家、赤江瀑氏にほめていただいたこともあり、愛着は深かった。

『悦楽園』は七三年から八〇年までの十篇を収めたものであるから、「この作品集には、そのころの物が多い」というこの文章は、七三年から七六年までの八篇を収めた本書にも、そのまま当てはまる。収録作品の初出は、以下のとおりである(発表順)。

アルカディアの夏「小説現代」73年6月号
トマト・ゲーム「小説現代」73年7月号
獣舎のスキャット「小説現代」73年9月号
漕げよマイケル「小説現代」74年1月号
蜜の犬「小説現代」74年2月号
遠い炎「別冊小説現代」75年4月号
アイデースの館「小説現代」76年2月号
花冠と氷の剣「小説現代」76年8月号

前述のように、既に児童書の単行本は出していたものの、皆川博子は新人賞への投稿を続けていた。『海と十字架』を刊行した七二年には、青春ミステリ『ジャン・シーズの冒険』を第十八回江戸川乱歩賞に投じて最終候補となっている。この作品は受賞を逸したが、選考委員だった南條範夫に小説現代新人賞への応募を勧められ、この年に「地獄のオルフェ」(烏有書林『ペガサスの挽歌』所収)で第十九回の最終候補、翌七三年の第二十回に「アルカディアの夏」で受賞を果たした(松木修平「機械野郎」との同時受賞)。

前回、「地獄のオルフェ」を強く推した山口瞳は、今回も意見が通らなかったら「委員を辞任するつもりだ」とまでいって「アルカディアの夏」を推した。選評には「「アルカディアの夏」の皆川博子さんも端倪すべからざる作家である。私は何よりも構成と文章上の数々の工夫に打たれた。密度が濃いのである。これは「群像」か「文学界」の新人賞ではないかという意見もあったけれど、題材さえ考慮すれば、どう書こうとも少しもさしつかえはない。私は中間小説の有力な二人の書き手を得たと思っている」とある。

結城昌治は「「アルカディアの夏」は前回山口氏と私が推しただけで選に洩れた「地獄のオルフェ」の作者だが、相変らず達者な筆致で、プロットの展開にも工夫が見られた。難を挙げれば、器用にまとめているがもうひとひねり足りない感じで、母と家庭教師の情事を垣間見た少女という人間関係は月並と分っているし、せっかく少女の内部を描こうとしたなら、もっと読む側を慄然とさせて欲しかった。コノハズクという格好の小道具を使いながら、細部にリアリティを欠くところがあり、そのため凄さが迫ってこないのだと思う。しかし、これだけの才筆があればまだまだ優れた作品が書けるはずで、受賞を機会に、さらに一段の飛躍を期待したい」と書いている。池波正太郎、野坂昭如、五木寛之の各委員も、文体や登場人物の存在感に注文はつけながらも作品としては高く評価しており、受賞が決まった。このときの受賞コメント「さまざまな夢」は、以下のとおりである。

私の中に巣喰う狂気が、さまざまな夢を見させる。文字に定着してしまえば、未だ寒々と貧しい世界。いつか華麗な狂気の世界を、文字の上にもあらわしたいと、一枚、二枚、書きつづけています。戒めなくてはならないのは、視野が狭くひとりよがりになりがちなこと。現実の社会をよくみつめ、ディレッタンティズムに陥らないようにしなくてはと思っています。物を書く機会を与えていただきましたこと、本当にありがとうございました。

以後、中間小説誌に次々と作品を発表して、皆川博子は職業作家の道を歩き始める。受賞第一作の「トマト・ゲーム」が早くも第七〇回直木賞候補となるなど、作品自体は高く評価されたものの、当時のリアリズム全盛期の中間小説誌では、作者が目指す「華麗な狂気の世界」は、なかなか受け入れられなかった。

本書に集成された作品群のように、最初期には犯罪サスペンスの形をとるしかなかったともいえるが、それでも「獣舎のスキャット」の例を挙げるまでもなく、「狂気」の噴出はそここに見ることができる。本書によって皆川博子がいかに最初から「完成された作家」であったかを、ぜひ確かめていただきたいと思う。

本書は、一九七四年に講談社より単行本として、一九八一年に講談社文庫で刊行された作品を増補・加筆修正し、再文庫化したものです。

著者略歴　1930年生，東京女子大学英文科中退，作家　著書『壁 旅芝居殺人事件』（第38回日本推理作家協会賞）『恋紅』（第95回直木賞）『死の泉』（第32回吉川英治文学賞、早川書房刊）『開かせていただき光栄です—DILATED TO MEET YOU—』（第12回本格ミステリ大賞、早川書房刊）他多数

HM=Hayakawa Mystery
SF=Science Fiction
JA=Japanese Author
NV=Novel
NF=Nonfiction
FT=Fantasy

トマト・ゲーム

〈JA1197〉

二〇一五年六月十日　印刷
二〇一五年六月十五日　発行

（定価はカバーに表示してあります）

著者　皆《みな》川《がわ》博《ひろ》子《こ》
発行者　早川浩
印刷者　草刈龍平
発行所　株式会社　早川書房

郵便番号　一〇一 - 〇〇四六
東京都千代田区神田多町二ノ二
電話　〇三 - 三二五二 - 三一一一（大代表）
振替　〇〇一六〇 - 三 - 四七七九九
http://www.hayakawa-online.co.jp

乱丁・落丁本は小社制作部宛お送り下さい。
送料小社負担にてお取りかえいたします。

印刷・中央精版印刷株式会社　製本・株式会社フォーネット社

ISBN978-4-15-031197-1 C0193

本書は活字が大きく読みやすい〈トールサイズ〉です。